Solange sich die Wellen brechen

Für Jan

BRINA HOPE

Bibliografische Information der Deutschen Nationalbibliothek:
Die Deutsche Nationalbibliothek verzeichnet diese Publikation in
der Deutschen Nationalbibliografie; detaillierte bibliografische Daten
sind im Internet über dnb.d-nb.de abrufbar.

TWENTYSIX
Eine Marke der Books on Demand GmbH

© 2021 Brina Hope

Coverfoto: Lisa Fotios von Pexels
Coverdesign, Satz, Herstellung und Verlag:
BoD – Books on Demand, Norderstedt

ISBN: 978-3-7407-8133-0

Prolog

Südwestküste, Australien, Mai 1992

Der Motor ihres klapprigen Vans lief noch, als Skye die Beifahrertür öffnete und aus dem Fahrzeug sprang. In ihre warme Strickjacke gehüllt, die Arme fest vor ihrer Brust verschränkt und die Schultern hochgezogen, ging sie an den Rand der mit rauen Büschen bewachsenen Anhöhe.

Er drehte den Zündschlüssel um und beobachtete sie durch die Frontscheibe.

Der Wind zerrte an ihren Haaren. Die hellen Haarspitzen peitschten um ihre Schultern. Hochkonzentriert studierte sie den vom Wetterdienst angekündigten Swell, der angetrieben von einem Sturm aus Südafrika in ihre Richtung wanderte. Die Brandungswellen an den Kalksteinriffen waren gigantisch.

Die Hand an der Fahrertür, stieg er aus dem Van und zuckte zusammen, als einer der Brecher donnernd am Riff aufschlug. Da draußen war es ziemlich heftig. So heftig, dass er sich wünschte, dass dieser verfluchte Sturm nie entstanden wäre.

Seit Monaten waren sie nun entlang der Küste unterwegs. Auf der Suche nach etwas, das es offensichtlich nur in den Wellen zu finden gab. Inzwischen hatten sie aber ein gemeinsames Kind, das nach einem stabileren Leben verlangte. Vielleicht war es aber auch nur das, was er sich einzureden versuchte, weil er im Grunde nichts anderes kannte. Ein sorgenfreies Elternhaus und Geld, das auf den Bäumen wuchs. So hatte sich damals seine Kindheit angefühlt.

Während der letzten Wochen hatten sie deswegen oft gestritten. Weil sie es nicht so sah. Weil sie das Leben aus einer anderen Perspektive betrachtete. Weil sie alles zu sehr auf die leichte Schulter nahm. Immer wenn er von seinem Uniabschluss und von sich öffnenden Türen redete, winkte sie lächelnd ab. »Studieren ist etwas für diejenigen, die nach Erfolg streben und den Hals dann doch nicht vollkriegen. Wellen gibt es immer irgendwo und sind für alle gleich zugänglich. Man muss nur etwas Geduld haben. Solange sie sich brechen, hast du eine wahre Chance, daran zu wachsen.«

Sie hatte recht. Eigentlich immer, wenn sie ihn dabei anstrahlte. Zudem hatte er es selbst erfahren, wie es in den Wellen sein konnte. Berauschend und niederschmetternd zugleich. Eine Intensität, die er zuvor noch nie empfunden hatte. Unwissend, dass das alles überhaupt existierte.

Trotz allem erkannte sie die Zusammenhänge nicht, die eine Suchende und eine erfolgsorientierte Persönlichkeit verband.

Am Ende nährten vorhandene Möglichkeiten doch immer den Drang, mehr zu wollen.

Als hätte sie seine Gedanken gespürt, warf sie einen Blick über ihre Schulter. »Schläft sie noch?«

»Wie ein Murmeltier.«

Zufrieden wandte sie sich wieder dem Meer zu. Er sah,

wie sie ihre Augen schloss und alles um sich herum ausblendete. Wie sich ihr Brustkorb hob, während sie in Gedanken da rauspaddelte: Hinter die Berge aus Wasser, die sich wie ein Dreieck zu beiden Seiten brachen. Wie sie auf ihrem Brett, hinter der Brechungszone wartend, auf und ab schaukelte. Entschlossen riss sie ihre Gun herum und paddelte los. Hochkonzentriert schoss sie die steile Wasserwand hinunter, während sie eine weiße Narbe in die dunkle Flut schnitt.

Er würde sie nicht aufhalten. Er *konnte* sie nicht aufhalten. Er verstand, wieso sie rauspaddeln, diese gigantische Energie erleben musste. »Es sind unsere eigenen Ängste, die uns limitieren«, sagte sie immer, um seine Einwände zu zerschlagen. Und manchmal, wenn sie gemeinsam hinter der Brechungszone saßen: »Du musst heute keine nehmen.« Oft hatte er seine Komfortzone dann doch verlassen. Seinetwegen. Ihretwegen. An ihrer Seite lebte er auf.

Bis jetzt hatte ihn noch nichts aufgehalten.

Doch heute waren die Bedingungen zu heftig. Die Detonationen am Riff lähmten ihn und hielten ihn zurück. Dieser Swell war schonungslos, heimtückisch. Die heutigen Bedingungen erlaubten keine Fehler.

Im Hintergrund weinte ihre Kleine. Rasch öffnete er die Seitentür, kletterte in den Van und nahm das Baby aus seinem improvisierten Bettchen. Er hauchte ihm einen Kuss auf die Stirn. Dann einen zweiten. »Der ist von Mummy.«

Weil sich die Kleine nicht beruhigen wollte, stöhnte er innerlich auf. Sie waren beide noch zu jung, um eine solche Verantwortung zu tragen. Ihr momentaner Lebenswandel war zu unsicher, zu unstet, um ein Kind behütet großzuziehen.

Gelegentlich verdienten sie etwas Geld, doch das reichte meistens hinten und vorne nicht. Das Konto, das sein Vater in weiser Voraussicht für seine Söhne angelegt hatte, in der Annahme, sie würden es später sinnvoll investieren, war beinah leer.

Im Grunde wussten sie, dass sich etwas ändern musste. Auch wenn er sich nicht wirklich dazu bereit fühlte, war es unausweichlich, an die Ostküste zurückzukehren und sich seiner Verantwortung im Familienunternehmen zu stellen. Doch es würde nicht einfach werden, jemanden, der ein von Freiheit bestimmtes Leben anstrebte, davon zu überzeugen, dass es richtig war.

Skye öffnete die Hecktür und nahm ihren noch feuchten Wetsuit aus dem Wäschekorb. Ihre Aufmerksamkeit auf den Point gerichtet, schlüpfte sie hinein. Heute war sie ungewohnt still, sodass ihn ihr Vorhaben beunruhigte. Trotzdem unterstützte er sie dabei. Aus dem einfachen Grund, weil er es immer tat. Sie wusste, worauf sie sich einließ. Im Gegensatz zu ihm wusste sie es immer.

Er legte ihr schlafendes Baby wieder in sein Bettchen zurück und half ihr dabei, das lange, spitz zulaufende Brett vom Dach des Vans zu holen.

Sie vermied es, ihm in die Augen zu schauen. Denn sie würde ihm ansehen, dass er insgeheim darauf hoffte, sie würde es heute dabei belassen.

Aber sie konnte es nicht. Nicht heute, nicht jetzt, wo dieser mächtige Swell da draußen war.

Neben ihrem Van hielten zwei weitere Fahrzeuge. Zwei ihm bestens bekannte Gesichter saßen darin. Beide äußerst erfahrene Surfer und doppelt so alt wie er.

Er grüßte Noah mit einem Nicken, dieser grüßte zurück.

Bereits im Wetsuit stieg der große Mann aus seiner Klapperkiste.

»Draußen ist es ziemlich heftig.« Als Noah ihm mit seinem Blick beipflichtete, bekam er es deutlich mit der Angst zu tun. Als spürte sie seine Sorge um Skye, machte sich ihre Kleine wieder wimmernd bemerkbar.

Er nahm sie in seine Arme.

Während er mit der Kleinen an der Brust am Rand der Anhöhe auf- und abging, um sie zu beruhigen, war Skye bereits im Wasser und bahnte sich einen Weg durch die Wellen in Ufernähe, um hinter die Brechungszone zu gelangen.

Noah stellte sich neben ihn.

»Wird sie es durchziehen?«

»Das hoffe ich nicht«, antwortete Noah, während er seine Aufmerksamkeit auf den Ozean und die junge Frau richtete, die er einst fürs Surfen hatte begeistern können. Der er alles gelehrt hatte, was er über das Meer und das Surfen wusste.

Seine Anspannung übertrug sich auf den Engel, den er in seinen Armen hielt. Die Kleine weinte, er konnte sie nicht beruhigen. Er konnte nicht einmal mehr sich selbst beruhigen.

Der Ozean erschien so dunkel, wie er es noch nie gesehen hatte. Skyes gelbes Brett schaukelte wie ein Leuchtmarker auf der Wasseroberfläche, während sie unermüdlich gegen die Strömung ankämpfte. Kurz setzte sie sich auf ihrem Brett auf und warf einen Blick über ihre Schulter. Für den Bruchteil einer Sekunde sah es aus, als würde sie abwägen, ob sie nicht doch umkehren sollte.

Während er verzweifelt hinaus auf das Meer starrte, holte

Noah sein Brett vom Autodach. Sein Schützling lehnte sich dieses Mal definitiv zu weit aus dem Fenster.

Skye hatte ihren Weg unbeirrt Richtung tosende Brandung fortgesetzt und gelangte hinter den fauchenden Drachen, der hier an der Küste eine Party feierte, zu der sie im Grunde nicht eingeladen war.

Ein neues Set rollte an und verwandelte den Point in ein von Gott gefürchtetes Terrain. Erhebungen schwollen zu Bergen an und entluden sich mit einem markerschütternden Grollen am Riff.

Inzwischen konnte man Skye draußen nicht mehr ausmachen. Jetzt war sie ganz auf sich allein gestellt, den Launen der Natur schutzlos ausgeliefert.

Das kleine Bündel in seinen Armen schrie ohrenbetäubend schrill. Die Szene vor seinen Augen war nervenzerreißend.

»Schschsch …«

Bald würde etwas Normalität einkehren. Ein geregeltes Leben, das etwas mehr Ruhe versprach. Der Ritt auf einer Monsterwelle würde ihr geben, wonach sie immer gesucht hatte. Davon war er überzeugt.

Neben Noahs Auto startete ein Motor. Ein weiterer Surfer brach sein Vorhaben ab. Das Risiko schien zu hoch, die Bedingungen zu riskant.

Während Noah wie ein getriebener hinauspaddelte, tauchte Skye auf einem gigantischen Wasserhügel auf. Er betete innerlich und hoffte, dass ihr der Ritt an der steilen Wasserwand glückte. Die Brandung war gnadenlos. Er durfte nicht daran denken, was passieren würde, wenn die brachiale Wucht sie erfasste und aufs Riff schmetterte.

Wie in einem Albtraum holperte ihr Brett über Unebenheiten, während sie die Wasserwand hinabschoss. Sie balancierte sich aus, verlor den Halt auf ihrem Brett und fiel ausgeliefert in den Schlund der Hölle.

Eine Lawine aus weißem Wasser überrollte sie, schmetterte sie hinunter auf das Riff.

Unter der Wasseroberfläche wütete eine Energie, die Kalkbrocken vom Riff löste und Skyes Körper herumwirbelte.

Er rannte die Treppe zum Strand hinunter.

Am Horizont schwoll eine weitere Welle zu einem Berg an. Panisch suchte er den tobenden Ozean ab. Er hielt den Atem an und verfiel in Panik, in eine lähmende Angst, die ihn hinderte, klar zu denken.

Ihr gelbes Brett tauchte auf.

Die pure Verzweiflung ließ ihn ins Wasser rennen. Eine auslaufende Woge umspülte seine Beine und zog kräftig an seinen Waden, als sie sich zurückzog.

»Dort drüben!«, brüllte er zu Noah. Das gelbe Brett trieb an der schäumenden Wasseroberfläche. »Dort drüben!«, schrie er erneut, das kleine Baby fest an seine Brust gedrückt.

1. Teil

Umbruch

Kapitel 1

Südostküste, Australien, Oktober 2016

Justine setzte den Blinker, gab Gas und überholte mit ihrer Ducati einen Radrennfahrer Richtung Brighton. Wie immer war sie in Eile.

Es war Freitagnachmittag. Auf dem Meer waren wie immer Segler unterwegs. Auf dem Strandweg liefen Jogger den mit Büschen und Norfolk-Tannen bewachsenen Küstenabschnitt entlang.

»Ich weiß, dass ich mich verspäte«, knurrte Justine, als in der Innentasche ihrer Motorradjacke ihr Mobiltelefon erneut vibrierte. Schließlich hielt sie an einem der Strandparkplätze entlang der Port Phillip Bay. Sie schaltete den Motor aus, hängte ihren Helm an den Lenker und prüfte ihr Smartphone.

Wie erwartet, versuchte Logan unermüdlich, sie zu erreichen. Justine schüttelte den Kopf. Auch wenn er bereits seit einer Viertelstunde auf sie wartete, brauchte er sie nicht zigmal anzurufen. Wäre sie nicht bis Mornington hinuntergefahren, hätte sie es rechtzeitig zur Wohnungsbesichtigung geschafft. Einschließlich duschen und umziehen.

Justine wählte Logans Nummer und biss auf ihre Unterlippe, während sie entnervt darauf wartete, dass er abhob.

Dieser Freitag war zum Davonlaufen.

Bereits heute Morgen hatte sie sich mit der Arbeit am Ocean-Bay-Projekt wieder derart selbst gestresst, dass sie davon heftige Kopfschmerzen bekommen hatte.

Sie hatte nach Ablenkung gesucht, was nicht wirklich funktioniert hatte. Ihre Gedanken rotierten ständig. Vor allem nachts, wenn sie eigentlich schlafen sollte. Da war diese innere Unruhe, die sie nicht in den Griff bekam, weil sie immer damit rechnete, dass bei der Umsetzung des Hotel-Projekts etwas schiefging und sie sich am Ende eingestehen musste, dass sie doch nicht alles im Griff hatte. Dass sie zu sehr träumte und ihre Ziele niemals erreichen würde, da dieses Projekt zu groß für sie war.

Inzwischen war die Vorprojektierung abgeschlossen. Ein Schritt auf den sie eigentlich hätte stolz sein können. Wochenlang hatte sie mit Ethan, einem weiteren Architekten in der Bauunternehmung ihrer Familie, über den CAD-Visualisierungen gebrütet, ihre Ideen und Pläne mit Bauingenieuren erarbeitet, Machbarkeitsanalysen durchgeführt und bei diversen Ämtern erforderliche Baubewilligungen eingeholt.

Nächsten Dienstag würde noch einmal die Bauherrschaft vorbeikommen. Danach konnten sie bereits mit dem Aushub für die Tiefgarage starten. Der Beginn der Realitätsprüfung bereitete ihr jedoch mehr als nur ein bisschen Kopfzerbrechen.

Bisher hatte sie eher kleinere Neu- und Umbauten geleitet. Projekte überschaubarer Größe. Einfamilienhäuser oder eine Sanierung eines kleinen Cafés. Selbst solche Projekte garantierten keinen reibungslosen Ablauf. Doch bis jetzt hatte sie alle Herausforderungen gemeistert.

Inzwischen hatte sie große Zweifel, weil sie mit diesem umfangreichen Projekt eine Verantwortung auf sich genommen hatte, die sie sich im Grunde nicht zutraute.

Doch sie musste sich selbst ja so unbedingt beweisen, dass sie genügend Biss hatte und dazu imstande war, früher oder später in die Fußstapfen ihres Onkels zu treten. Und deshalb machte sie sich jetzt halb verrückt.

»Komm schon, geh ran, Logan!«

»Hey, wo bist du? Ich warte.«

»Kurz vor Brighton. Kannst du mir noch einmal die genaue Adresse durchgeben? Ich habe deine E-Mail irgendwie gelöscht.« Sie ignorierte, dass er genervt war, und konzentrierte sich auf seine ausführliche Wegbeschreibung.

Schließlich machte sich Justine wieder auf den Weg. Inzwischen war sie nicht weniger entnervt, weil der Autofahrer drei Fahrzeuge vor ihr es offensichtlich nicht eilig hatte.

Endlich zweigte er ab.

Der Verkehr floss, so wie ihre Gedanken.

Im Moment war ihr alles zu viel. Die große Verantwortung bei der Arbeit. Die Tatsache, dass Logan sie dazu drängte, endlich mit ihm zusammenzuziehen.

Der Zeitpunkt konnte nicht ungünstiger sein. Doch wie sollte sie es Logan erklären, wenn sie es nicht einmal selbst verstand? Sie hatte das Gefühl, als müsste sie sich zunächst beweisen, dass sie etwas Großes auf die Beine stellen konnte, bevor sie sich auf alles andere einließ.

Im Grunde fühlte sie sich wohl in ihrem kleinen Haus, in das sie vor zwei Jahren allein eingezogen war und zur Miete lebte. Die beiden modernen Bauten, die sie rechts und links einpferchten, störten sie nicht. Auch nicht, wenn sie ihre Veranda nutzte.

Zudem war es schwierig, ein Objekt in einer Wohngegend zu finden, das für beide passte.

Sie mochte ihr Haus. Die Nähe zum Pier und zu der Straßenbahn, mit der sie leicht das Stadtzentrum erreichte. Neben all den Vorzügen, die St Kilda sonst noch zu bieten hatte.

Logan teilte sich mit zwei Mitbewohnern eine schicke Stadtwohnung, die zugegeben einen traumhaften Blick auf die Skyline und den Yarra River bot. Sowie die Anwaltskanzlei, die sie sich teilten.

Logan wartete mit verkniffener Miene vor dem Eingang einer hochmodernen, kürzlich erbauten Appartementanlage.

Irgendwie hatte es Justine geahnt, dass sie mit der heutigen Wohnungsbesichtigung nicht glücklich werden würde. Melbourne hatte eine abwechslungsreiche Architektur vorzuweisen. Eine Balance aus viktorianischem und modernem Baustil. Das betraf sowohl die auffällig bunten Strandhäuschen in Mornington als auch die am Brighton Beach. Man musste den gemischten Baustil einfach lieben und sich mit den vielfältigen Bauten als auch mit der multikulturellen Bevölkerung identifizieren können, wenn man in Melbourne oder einem der Vororte lebte.

Die videoüberwachte Appartementanlage in Brighton war so gar nicht ihr Geschmack.

Justine stellte ihr Motorrad hinter Logans Porsche ab, nahm den Helm vom Kopf und schüttelte ihr Haar auf. Sie konnte Logan ansehen, dass ihm ihre heutige Aufmachung nicht passte. Normalerweise trug er in seiner Freizeit keinen Anzug.

»Bist du direkt von der Arbeit gekommen?«, fragte Justine, während sie ihre Motorradjacke öffnete und auf Logan zuging.

»Ich hatte viel zu tun.«

»Du bist sauer«, stellte sie fest.

»Jetzt bist du ja hier.«

»Stimmt.«

Logan legte seine Hand auf Justines Rücken und geleitete sie zum Eingangstor.

»Was? Kein Makler?«, fragte Justine erstaunt, weil Logan den Zugangscode kannte und ganz selbstverständlich die Tür zum Sicherheitstrakt öffnete.

Logan grinste, obwohl er angespannt war. Immerhin hatte er Justine bei einer wichtigen Entscheidung übergangen. Er fragte sich, wie heftig sie darauf reagieren würde. Doch wenn er nicht spätestens jetzt ein Zeichen setzte, würden sie ewig so weitermachen wie bisher.

Er streichelte zärtlich über ihre Wange, um die misstrauischen Züge in ihrem Gesicht zu glätten. »Wir brauchen keinen Makler«, sagte er, während er Justine musterte und hoffte, dass sie ihm wenigstens in dieser einen Sache vertraute.

Sie begaben sich zum Aufzug. »Bitte sehr, nach Ihnen.« Logan gab erneut den Code ein, woraufhin sich die Türen schlossen und der Aufzug sie in die vierte Etage, direkt in die Attikawohnung, beförderte.

Der erste Eindruck war genauso, wie sie es erwartet hatte. Großzügige, barrierefreie Räumlichkeiten. Offene Küche. Glatte Schränke. Modernste Technik. Eine minimalistische

Möblierung. *Die perfekte Wohnung für Vollzeitbeschäftigte, die auch ihre Freizeit außerhalb ihrer eigenen vier Wände verbringen*, dachte Justine zynisch.

Aber sie wollte nicht voreilig urteilen und testete die Sofalounge, auch wenn sie sich mit einem Lederbezug nicht wirklich anfreunden konnte.

Logan musterte sie erwartungsvoll. »Und?«

»Ich weiß nicht, Logan. Die Wohnung würde bestimmt ein Vermögen verschlingen. Zudem fangen wir gemeinsam doch gerade erst an. Und Brighton … ist mir irgendwie zu nobel.«

»Brighton und St Kilda fließen beinah ineinander.«

»Trotzdem ist es ein Unterschied.«

Logan half Justine beim Aufstehen. Konnten sie sich nicht einfach mal einig sein? »Komm, ich will dir noch die Terrasse zeigen. Die ist der Wahnsinn.«

Sie betraten den großzügigen, bepflanzten Außenbereich.

»Die Terrasse ist zu übertrieben, in Anbetracht dessen, dass wir sie nur ein paar Monate im Jahr wirklich nutzen würden. Wenn überhaupt. Außerdem haben wir beide keine Zeit für Gartenarbeit. Und ohne das Grünzeug würde das Ganze ziemlich kahl rüberkommen.«

»Hast du noch mehr Einwände?«

»Nein.« Genervt wandte Justine den Blick zu einer schlicht gehaltenen Bar. Auf der Theke stand ein gekühlter Kübel mit einer Flasche Prosecco darin. Daneben zwei Gläser zum Anstoßen.

Auf einmal hatte sie ein ziemlich ungutes Gefühl. Eine leise Vorahnung beschlich sie. »Du hast die Wohnung doch nicht etwa bereits gekauft?!«

Zu ihrem Entsetzen widersprach ihr Logan nicht.

»Ich fass es nicht!«, blaffte Justine und ging an das verglaste Geländer.

Logan trat neben sie. »Ich habe gehofft, dass dir die Wohnung gefällt.«

»Darum geht es nicht, Logan, sondern ums Prinzip. Du kannst doch nicht einfach rausgehen und allein gemeinsame Entscheidungen treffen.«

»Moment! Nur eine Entscheidung, wenn auch eine wichtige. Aber allein kommst du ja nicht in die Gänge.«

»Das ist nicht fair, Logan.« Nachdenklich berührte sie ihren Verlobungsring.

»Es ist doch bloß ein Anfang, Justine. Im Grunde ist die Wohnung nicht so wichtig. Wenn sie uns in einem Jahr nicht mehr gefällt, verkaufen wir sie einfach wieder«, beschwichtigte Logan sie.

»Darum geht es nicht.«

»Worum dann?«

Er hatte es einfach satt, weiterhin zu warten. Seine Kumpels zogen ihn bereits damit auf, dass mit seiner Beziehung etwas nicht stimmte. »Okay, ich habe einen Fehler gemacht. Ich hätte dich miteinbeziehen sollen.«

Justine sah Logan direkt in die Augen.

Sie ähnelten sich mehr, als sie sich offen eingestehen würden. Beide hatten ehrgeizige Ziele. Bei Logan kamen noch die schwer zu erfüllenden Erwartungen seiner Eltern dazu. Sein Vater war ein angesehener Kardiologe. Seine Mutter eine überengagierte Politikerin. Seine Berufswahl akzeptierten sie gerade mal so, und das wusste er. Trotzdem würde es sich Logan nie eingestehen, dass er gerade deshalb die schwierigsten Rechtsfälle an sich nahm. Solche, über die in den Zeitungen geschrieben wurde. Oder gar welche, die es ins Fernsehen schafften.

»Hast du aber nicht.« Sie wandte sich von ihm ab und ging hinein.

»Wo gehst du hin?«, fragte Logan.

»Zur Toilette.«

Danach fuhren sie bei Justine zu Hause vorbei, damit sie sich kurz umziehen konnte. Während sie duschte, beschäftigte sich Logan auf der Veranda mit seinem Smartphone. Justine beeilte sich, damit Logan nicht allzu lange warten musste.

Fünf Minuten später starrte Justine in ihren Kleiderschrank. Sie konnte sich nicht entscheiden, was sie für heute Abend anziehen sollte. Irgendetwas, das zu Logans schickem Anzug passte und die Wogen zwischen ihnen etwas glätten würde.

Alles in allem dauerte der Zwischenstopp dann doch länger, als sie gedacht hatte. Logan schien es heute nicht zu stören. Inzwischen hatte er es sich mit seinem Laptop, den er aus dem Auto geholt hatte, auf ihrem Sofa gemütlich gemacht. Er schien sich wohlzufühlen, während er auf sie wartete. Im Grunde verhielt er sich genauso, wie sie es sich immer gewünscht hatte. Nur passte es ihr ausgerechnet heute nicht in den Kram.

Würde er es ihr überhaupt jemals recht machen können?

Sie aßen in einem der Restaurants mit Blick auf den Yarra River. Die Gebäude der Northbank spiegelten sich wie einige vorüberziehende Wolken in den Fensterfronten der gegenüberliegenden Hochhäuser wider.

Justine spürte, wie Logan sie musterte, während er an seinem Weinglas nippte. Als wartete er auf den passenden Moment, die Wohnungssache nochmals anzusprechen.

»Du kannst die Einrichtung ändern, wenn sie dir nicht gefällt.«

»Und wenn die Einrichtung nicht das Problem ist?« *O Gott*, warum konnte sie nicht einfach mit Logan zusammenziehen, wenn sie doch schon die Möglichkeit dazu hatten?

Logan wich ihrem Blick aus. »Wie findest du den Fisch?«

»Nicht schlecht«, antwortete sie, während sie mit der Gabel appetitlos im Essen herumstocherte.

Logan musterte Justine und musste erkennen, dass er es ihr wohl nie würde recht machen können. Dass seine Freunde recht behielten und sie seine guten Absichten nicht zu schätzen wusste.

»Ich werde die Wohnung nicht verkaufen«, sagte Logan kämpferisch.

»Das erwarte ich auch nicht.« Justine griff nach ihrem Weinglas und trank einen Schluck. Im Moment wurde ihr alles zu viel. Doch das konnte sie Logan nicht sagen. Die Blöße wollte sie sich nicht geben.

Nach außen verkörperten sie meistens ein harmonisches Paar, das hübsche Babys haben könnte.

Im Moment strebten sie aber unterschiedliche Ziele an. Die Umsetzung des Ocean-Bay-Hotels hatte bei ihr absolute Priorität. Eine Mammutaufgabe, die ihr alles abverlangte. Es war eine Prüfung, die sie bestehen musste, weil sie sich selbst und allen anderen etwas zu beweisen hatte. Sie wollte es schaffen. Erst recht wollte sie sich von niemandem etwas reinreden oder gar bemuttern lassen. Aus diesem Grund fasste sie jetzt einen Entschluss. »Wir können nicht zusammenziehen, solange ich meine gesamte Zeit in mein Hotel-Projekt investieren muss.« Er wirkte ehrlich getroffen. »Logan, es liegt nicht an dir, es liegt an mir.«

Es war dunkel geworden, und die Stadt hatte sich in tausende Lichter verwandelt, die in den verschiedensten Farben auf der Wasseroberfläche des Yarra Rivers schillerten.

»Ich weiß, dass du mich nicht verstehst. Aber ich kann mich irgendwie nicht auf andere Dinge konzentrieren, solange ich mein Ziel nicht erreicht habe. Das Ocean-Bay-Projekt ist genau diese Chance, auf die ich mein ganzes Leben lang gewartet habe.«

Er wartete, bis sie nichts mehr sagte. »Man kann sein Leben leben und trotzdem erfolgreich sein. Die gesteckten Ziele erreichen.«

»Musst du immer zu allem, was ich sage, eine andere Meinung haben?«

Er lachte zynisch. »Als wäre es bei dir anders.«

Justine fühlte sich nicht ernst genommen und war enttäuscht. Sie stand vom Tisch auf und bezahlte das Essen und ihre Getränke an der Theke.

Logan erhob sich ebenfalls und wartete draußen vor dem Restaurant.

Schweigend gingen sie nebeneinanderher.

»Vielleicht sollte ich mit der Straßenbahn nach Hause fahren.«

Logan blieb stehen und sah sie an, als wäre sie nicht klar bei Verstand. »Sprechen wir jetzt über eine Trennung?«

»Nein.« Justine war den Tränen nah, hielt sie jedoch zurück. Tränen brachten sie nicht weiter, weder in ihrer Beziehung noch in ihrem Beruf. Also stieg sie zu Logan ins Auto.

»Du bist wütend«, stellte Justine fest, als Logan unnötig viel Gas gab und das Getriebe misshandelte. »Fahr langsamer!«, schrie sie, damit er zur Vernunft kam und die Geschwindigkeit den Straßenverhältnissen anpasste.

Er hörte auf sie, und sie entspannte sich.

Sie erreichten Justines Haus. Logan hielt mit quietschenden Reifen am Bordstein, und sie stieg wortlos aus. Als sie etwas sagen wollte, hatte er bereits den ersten Gang eingelegt und raste davon, als würde er auf einer Rennpiste starten.

Justine fühlte nach ihrem Verlobungsring.

Hatte sie gerade ihre Beziehung aufs Spiel gesetzt?

Kapitel 2

Während sich Justine im Badezimmer die Wimpern tuschte, fragte sie sich, ob sie Logan nicht doch eine Nachricht hätte schreiben sollen.

In diesem Moment hörte sie ein Auto vorfahren.

Nach dem Streit gestern war sie sich nicht sicher gewesen, ob Logan sie heute Abend überhaupt zu Jades Geburtstagsparty begleiten würde.

Sie trug noch ein wenig Lipgloss auf, bevor sie das Haus verließ.

Logan wartete im Auto.

Es roch nach seinem Duschmittel und einem Hauch Parfum, das sich mit dem Geruch der Innenausstattung des neuen Wagens mischte.

»Schön, dass du trotz allem gekommen bist.«

»War ja auch so abgemacht.«

Sie fuhren aus St Kilda hinaus und bogen auf die Schnellstraße ab. Auf der rechten Seite zog die Skyline an ihnen vorbei. Stolz ragten die Hochhäuser in den wolkenlosen Himmel. Im Kontrast zu ihrer Beziehung, in der im Augenblick nichts perfekt war.

»Wegen gestern Abend …«

»Ich will jetzt nicht darüber reden.«

Nach gut zwanzig Minuten erreichten sie die gegenüberliegende Seite der Bucht. Williamstown und St Kilda lagen sich quasi gegenüber. Im Grunde ähnelten sich die beiden Vororte. Beide boten einen beeindruckenden Blick auf die Metropole Melbourne. Alte sowie neue Architektur, Seite an Seite. Cafés und Restaurants entlang der Straße oder mit Blick auf die Bucht. Nur dass ihr Vater und Jade in Williamstown lebten und Onkel Vince in Brighton. Das Familienunternehmen war das einzige Band, das die beiden Brüder miteinander verband.

Logan folgte der Straße zum Hafen und hielt auf beiden Seiten der Fahrbahn nach einer freien Parklücke Ausschau. Er entdeckte Vinces Wagen. Dabei konnte sie ihm ansehen, wie er sich entspannte. Onkel Vince zählte zu den wenigen Leuten aus ihrer Familie, mit denen Logan tatsächlich etwas anfangen konnte.

Direkt neben dem Range Rover ihres Vaters wurde eine Parklücke frei. Es war bloß ein Parkplatz, trotzdem hatte sie den Eindruck, dass es Logan etwas ausmachte, neben dem Wagen ihres Vaters zu parken, was sie ein wenig traurig stimmte. Andererseits kam sie im Moment selbst nicht wirklich mit ihrem Vater klar. So wie er sich in letzter Zeit verhielt.

Hoffentlich würde er sich bald wieder fangen.

Justine stieg aus dem Wagen, und Logan zauberte einen prachtvollen Blumenstrauß aus dem Kofferraum. Dazu noch eine gute Flasche Wein.

Für diesen üppigen Blumenstrauß hat er bestimmt ein Vermögen ausgegeben, dachte Justine und würde sogar darauf wetten, dass er heute Morgen noch einmal beim Blumenladen angerufen hat, um noch ein paar Blumen extra draufzupacken und sie so zu beeindrucken.

Sie überquerten die Straße und gingen zum Restaurant. Ein Mitarbeiter des Servicepersonals führte sie nach oben in einen abgetrennten Raum, von dem man einen wundervollen Blick auf den Hafen und die Skyline hatte. Die geladenen Gäste saßen ausgelassen an einem langen Tisch direkt an der Fensterfront.

Jade war in Hochform und bei bester Feierlaune. Bodenständig und elegant zugleich wie immer. Die Zwei hinter der Fünf war bloß eine Zahl und nichts, was wirklich etwas über ihr Alter aussagte. Mit ihrem weißen, tief ausgeschnittenen Jumpsuit war sie unumstritten der Blickfang des heutigen Abends.

Ihr Vater hingegen, der Jade gegenüber saß, wirkte müde und auch ein wenig deplatziert, da er sich nicht an den Gesprächen der vom Segeln begeisterten Tischrunde beteiligen wollte. Ganz anders als Onkel Vince, der immer und überall auf seine Kosten kam. Ungeachtet dessen, was er zu sagen hatte, wirkte es irgendwie immer wie ein gelungener Auftritt.

Mit seinem lässigen, weißen Hemd und der hellen Hose harmonierte er gut mit Jades Aufmachung. Als hätten sie sich für den heutigen Abend abgesprochen.

Jade drehte sich nach ihnen um. Logans üppiger Blumenstrauß entfaltete sogleich seine Wirkung. Er hatte einen Volltreffer gelandet.

»Oh, wie schön«, sagte Jade mit glänzenden Augen und hielt sich staunend die Hand vor den Mund.

Während Jade vom Tisch aufstand, um die Blumen dankend in Empfang zu nehmen, zeigte sich Onkel Vince zuvorkommend und verlangte beim Personal des Restaurants ein Gefäß mit Wasser, damit sie ihren Blumenstrauß reinstellen konnte.

Er nahm ihr den Strauß ab, dabei sah er ihr etwas länger in die Augen, als unter Bekannten eigentlich üblich war. Verlegen strich sich Jade eine Haarsträhne hinters Ohr.

»Danke.«

Onkel Vince stellte die Blumen auf den Gabentisch, und Jade wandte sich wieder Justine und Logan zu. »Du siehst heute sehr hübsch aus, Schatz. Das Kleidchen steht dir gut. Mal etwas anderes als Blusen und Hosen.«

»Ich habe mich heute sogar geschminkt.«

»Das sehe ich. Vielleicht sollten wir beide mal wieder zu einer ausgiebigen Shoppingtour aufbrechen«, schlug Jade vor, weil sie vermutete, dass sich in Justines Leben fast alles nur noch um die Arbeit drehte.

Am Tisch wurde es plötzlich lauter. Ihr Vater und Onkel Vince lieferten sich einen Wettstreit.

»Ich gehe mal lieber dazwischen«, sagte Jade, da der Streit zwischen den beiden Hitzköpfen, in dem es mal wieder um die Firma ging, zu eskalieren drohte. Während Onkel Vince seine angeborene Überlegenheit ausspielte, machte sich ihr Vater mit seinen chaotischen Gedankengängen und seiner zornigen Ausdrucksweise zu einem missverstandenen Störenfried.

Was war in letzter Zeit nur los mit ihm? Warum ließ er sich überhaupt auf Onkel Vinces Zündstoff ein?

Zur Erleichterung aller schnappte sich Jade ein Glas Prosecco und schlug unüberhörbar mit einem Teelöffel dagegen. »Ich würde gern auch noch etwas sagen, falls ihr beiden Streithähne mich lasst.« Dabei warf sie Russell einen mahnenden Blick zu. »Ich freue mich, dass ihr alle gekommen seid, um mit mir diesen besonderen Tag zu feiern. Ach, und … fürs Essen habe ich nichts Einheitliches organisiert. Ihr seid also frei, das zu bestellen, was ihr möchtet.«

Justine und Logan setzten sich an den Tisch.

Ein Mitarbeiter des Restaurants verteilte die Speisekarten. Justine trank einen Schluck Prosecco und beobachtete ihren Vater dabei, wie er lustlos die Menükarte überflog. Am liebsten würde sie etwas zu ihm sagen. Irgendetwas, um ihn ein wenig aufzumuntern. Letztendlich sagte sie dann aber doch nichts.

Das hervorragende Essen und der köstliche Wein heizten die gute Stimmung weiter an. Jades Gäste fühlten sich sichtlich gut aufgehoben an diesem schwungvollen Geburtstagsparty-Tisch.

Zu ihrer Überraschung erhob sich Onkel Vince mit einem Glas Wein in der Hand. »Nur ganz kurz«, besänftigte er die ausgelassene Tischrunde und wandte sich an Jade. »Ich möchte einen Toast auf das Geburtstagskind aussprechen. Auf eine wundervolle Frau und ein unverzichtbares Mitglied der Geschäftsleitung. Du meine Güte ...« Er ließ den Blick schweifen, als müsste er sich erst einmal sammeln, um das eigentlich Offensichtliche auszusprechen. »Wie sagt man einer Frau, dass sie in ihrer weißen Aufmachung unverschämt attraktiv ist, ohne dabei gleich obszön zu werden?«

Russells Besteck flog klimpernd auf seinen Teller, sodass alle erschrocken ihre Köpfe drehten. Justine konnte Jade ansehen, dass sie sich am liebsten in Luft auflösen wollte, während Onkel Vince offensichtlich auf eine Konfrontation mit ihrem Vater aus war.

»Anscheinend will noch jemand anderes das Wort ergreifen. Dann lass mal hören, Kleiner!«

»Vince!«, ermahnte ihn Jade.

Doch Onkel Vince war nicht zu stoppen. Es schien, als hätte er nur auf eine Gelegenheit gewartet.

Vince hatte es satt, dass sich Russell zu Lebzeiten ihres Vaters aus allem rausgehalten und den Schwanz eingezogen hatte, sobald es um unternehmerisch gewichtige Entscheidungen gegangen war, und nun auf einmal doch bei allem mitmischen wollte, nachdem ihr Vater letztes Jahr verstorben war. Und er hatte es satt, wie er Jade behandelte. Die Frau, die seit Jahren unermüdlich die Finanzen der Firma managte. Die Frau, die an Russells Seite vergeblich um die Zuwendung kämpfte, die sie verdiente. Die Frau, die Justine eine gute Mutter war, obwohl sie nicht ihr Kind war.

»Kaum zu glauben, wie du heute wieder mal herumläufst, Russell! In abgetragenen Jeans und einem verwaschenen T-Shirt.« Vince schüttelte abschätzig den Kopf. »Nicht mal beim Friseur warst du. Vater würde sich im Grab umdrehen, wenn er dich so sehen könnte.«

Russell fühlte sich zu Unrecht angegriffen und vor ihren Freunden bloßgestellt. Mit Sicherheit überraschte es niemanden, als er nach dem persönlichen Angriff beleidigt den Tisch verließ.

Er hatte bereits die Treppe erreicht, da überlegte er es sich doch noch anders, stürmte zurück in den Partyraum und deutete wütend mit seinem Zeigefinger auf Vince. »Du vögelst hinter meinem Rücken meine Frau. Glaubst du, ich weiß das nicht?!«

»Lebenspartnerin. Ich *vögele* deine Lebenspartnerin«, verbesserte Vince. »In all den Jahren hast du ihr nicht einmal einen Antrag gemacht.«

Ohne darauf zu reagieren, verließ Russell endgültig den Raum.

Jade hob ihr Weinglas. »Kann mir mal jemand nachschenken?«

Justine stand auf und rannte ihrem Vater hinterher. Als sie nach draußen gelangt war, stieg ihr Vater gerade in seinen Wagen. Obwohl er sie gesehen hatte, fuhr er aus der Parklücke und brauste davon.

Hinter ihr hörte Justine jemanden aus dem Restaurant kommen. Es war Logan.

»Ich fass es nicht, was da gerade passiert ist«, sagte sie verdattert.

»Der böse Onkel hat sich die attraktive Jade genommen«, murmelte Logan.

»Wie kannst du darüber Witze machen?«, fuhr sie ihn an.

»Ich mache darüber keine Witze. Nur frage ich mich, was mit deiner Familie los ist. Seit dem Tod deines Großvaters spielen alle irgendwie verrückt.«

Kapitel 3

Der Rest des Abends war gelaufen. Selbst die beste Nachspeise konnte nicht rückgängig machen, geschweige denn wiedergutmachen, dass sie Russell in einem Anflug der Verletzlichkeit betrogen hatte.

Jade war erleichtert, als nach und nach alle Gäste zum Gehen aufbrachen und sie so behandelten, als wäre nichts geschehen. Auch wenn das hinter ihrem Rücken bestimmt nicht der Fall war.

Vince fuhr sie nach Hause.

Sie erreichten die Zufahrt zu ihrem Haus. Wie erwartet, stand Russells Range Rover nicht in der Garage.

Jade wollte so schnell wie möglich aussteigen und diesen grauenhaften Abend hinter sich lassen, doch Vince versuchte erneut, mit ihr zu reden. »Jade, es tut mir leid.«

Mit versteinerter Miene sah sie ihn an. »Nein, mir tut es leid. Mir tut es leid, dass ich mich auf dich eingelassen habe. Dass ich dir vertraut habe.«

Vince musste schlucken. Ihre Worte trafen ihn mitten ins Herz. »Du bist viel zu gut für ihn. Du hast was Besseres verdient.«

Eine Träne kullerte über ihr starres Gesicht. »Was denn bitte? Jemanden wie dich, der mich vor unseren Freunden blamiert?« Sie schüttelte über ihre eigene Dummheit den Kopf. »Ich hätte mich dir nie anvertrauen, geschweige denn mit dir über meine Träume und Sehnsüchte reden sollen.«

»Schschsch …«, machte er sanft, um sie zu beruhigen, und streichelte liebevoll ihre Wangen. »Ich liebe dich, Jade.«

Jade drehte den Kopf weg und stieg wortlos aus dem Auto. Mit zügigen Schritten ging sie auf das Haus zu.

Erst hinter der geschlossenen Haustür konnte sie durchatmen. Sie lehnte ihren Kopf an die Wand.

In was hast du dich da bloß verrannt, Jade?
In eine innere Leere?

Es fühlte sich genauso an wie vor zwei Jahren, als sie sich ein neues Haus gekauft hatten. Weder das neue Haus noch die komplett neue Einrichtung hatten die Lücke in ihrem Herzen ausfüllen können.

All die Jahre hatte sie hart um Russells Liebe gekämpft. Nun stand sie trotzdem allein da.

In Gedanken versunken betrat Jade die Küche. Sie öffnete eine Flasche Wein und schenkte sich ein Glas ein. Eigentlich hatte sie für heute genug getrunken. Alles andere grenzte an Körperverletzung. Trotzdem konnte sie nicht anders. Vielleicht gerade, weil sie es nicht anders verdient hatte.

Als sie dachte, sie würde Russells Wagen hören, begab sie sich ins Wohnzimmer und trat ans Fenster. Doch es handelte sich lediglich um einen Nachbar, der nach Hause kam.

Jade stieß einen tiefen Seufzer aus. Irgendwann würden sie darüber reden müssen. Hoffentlich kam er bald nach Hause.

Weil sie das Warten auf seine Rückkehr schier verrückt machte, ging sie zurück in die Küche und schenkte sich Wein nach. Bis beinah nichts mehr übrig blieb.

Die Hand am Treppengeländer, zog sich Jade die Stufen hoch. Oben angekommen, blieb sie einen kurzen Moment stehen. Sie ließ den Blick durch den Flur schweifen. Ihre eigenen vier Wände kamen ihr auf einmal so fremd vor. Das Haus spiegelte die Leere wider, die sie in ihrem Herzen fühlte.

So hatte sie sich ihr Leben nicht vorgestellt.

Das Bett im Gästezimmer war ungemacht. Seit ein paar Wochen hatte sie aufgehört, Russells Bettwäsche zu waschen.

Was einst als nette Geste begonnen hatte, damit er sie nicht aufweckte, wenn er so spät von der Arbeit nach Hause kam, war zur Gewohnheit geworden.

Jade sank auf das Bett und legte ihre Hand auf Russells Kopfkissen.

Warum musste es nur so weit kommen, Russell?

Seufzend sank sie in sein Kissen und starrte zur Decke.

Vielleicht hatte sie zu sehr gewollt, dass es mit ihnen funktionierte.

Sie driftete gedanklich in die Vergangenheit. Zurück zu jenem Abend, als ihre Eltern und ihre früheren Nachbarn gemeinsam ausgingen und Vince, der zwölf Jahre älter war als Russell, auf die Jüngeren aufpassen musste.

Damals kletterte Russell im Garten auf einen Baum, von dem er sich auf einmal nicht mehr herunter traute. Während Vince ihn kleinmachte und einen Befehlston anschlug, der ihn zum Herunterkommen zwingen sollte, spürte sie seine Angst. Sie bewies Mut und gesellte sich zu ihm nach oben. »Warum bist du überhaupt auf den Baum geklettert, Russy?«

»Weil ich wie ein Koala klettern wollte«, erklärte er, während er sich am Baum festklammerte.

»Wenn dir das gelungen ist, wirst du es auch wieder wie ein Koala hinunterschaffen.«

»Und wenn ich dabei falle?«

»Das wirst du nicht. Und wenn doch, brichst du dir im schlimmsten Fall etwas. Einen Arm oder so.«

»Das wäre schlimm. Vince würde noch mehr mit mir schimpfen.«

»Bestimmt. Aber ich würde ihn ignorieren und in der Schule erzählen, dass du die Katze der Nachbarn vom Baum retten wolltest.«

»Vince weiß, dass es nicht so ist.«

»Zwei gegen einen! Wem glauben sie wohl eher?«

Die Vorstellung, einmal im Leben im Rampenlicht zu stehen, begeisterte Russell so sehr, dass er zu ihrem Entsetzen unverhofft vom Baum sprang.

Gegen ihre Prophezeiung brach er sich nicht bloß einen Arm, sondern auch noch ein Bein. Zu Hause gab es danach mächtigen Ärger. Und der erhoffte Ruhm blieb ebenfalls aus. Vince erzählte überall rum, die Nachbarskatze hätte seinen Bruder auf einen Baum gejagt.

Jade drehte sich zur Seite. Dass ihre Träume nicht in Erfüllung gegangen waren, machte sie traurig, aber auch wütend. Sie fühlte sich vom Leben betrogen.

Warum konnte Russell sie nicht genauso lieben, wie er *sie* geliebt hatte?

Sie hatte einen Fehler begangen, den sie sich so schnell nicht verzeihen konnte. Doch hätte sich zwischen ihnen irgendwann etwas verändert, wenn sie Russell nicht betrogen hätte?

Jade dachte an Vince, an die Situation im Auto, als er sie

nach Hause gebracht hatte, und wie leicht es ihm gefallen war, ihr zu sagen, dass er sie liebte. Mit diesem Gedanken schlief sie ein.

Jade erwachte, als sie jemanden in der Küche hantieren hörte. Sie musste eingeschlafen sein. Es war ihr furchtbar unangenehm. Russell könnte bereits hier oben gewesen sein und gesehen haben, dass sie in seinem Bett geschlafen hatte.

Sie sah auf den Wecker auf dem Nachttisch. Inzwischen war es fünf Uhr morgens.

Die Kaffeemaschine lärmte.

Wahrscheinlich war er gerade erst nach Hause gekommen. Wo hatte er sich so lange herumgetrieben?

Sie fuhr sich durch die Haare, während sie die Treppe hinunterging. Ihr Schädel brummte. Sie hatte bestimmt Mundgeruch und roch auch nicht mehr frisch. Mit Sicherheit sah sie genauso miserabel aus, wie sie sich fühlte.

Russell zeigte sich jedoch unbeeindruckt und ließ sich nicht aus der Ruhe bringen.

Sie merkte, wie sie wütend wurde. »Bist du gerade erst nach Hause gekommen?«

Russell schüttelte den Kopf. Jade sah zum Sofa. Die Kissen waren noch immer ordentlich platziert. »Ich habe im Schlafzimmer geschlafen.«

Sie schwiegen einander an, bis es aus Jade herausplatzte. »Willst du nicht darüber reden?« Russell reagierte nicht. »Würdest du mich wenigstens ansehen, wenn ich mit dir rede?!«, forderte Jade schniefend. »Was zum Teufel ist bloß los mit dir, Russell? Jeder vernünftige Mensch würde darüber reden wollen.«

Russell lächelte zynisch.

»Ich weiß, ich habe einen Fehler gemacht. Aber denkst du wirklich, dass es vorher besser war?« Sie putzte sich mit einem Küchenpapier die Nase. »Manchmal denke ich, wir hätten uns damals besser nicht aufeinander eingelassen. Dann würde ich jetzt nicht das Gefühl haben, ich hätte meine Zeit verschwendet.«

Jades Ansicht traf Russell unerwartet. War nicht sie diejenige gewesen, die ihn hintergangen hatte? Dass sie nun der Auffassung war, sie hätte ihr Leben an ihn verschwendet, traf ihn härter als die Tatsache, dass sie herumvögelte.

»Nicht einmal jetzt hast du dazu etwas zu sagen.«

»Was willst du denn hören?«

»Dass du mich einmal wirklich geliebt hast.«

Russell wandte den Blick von Jade ab und starrte auf die Kaffeemaschine. In seinem Kopf spürte er wieder diesen penetranten Druck. Er konnte Jade nicht mehr folgen, sich nicht darauf konzentrieren, was sie sagte. Benommen blinzelte er. Alles schien sich zu drehen. Er hielt sich an der Küchenzeile fest.

»Was ist los?«

»Kopfschmerzen. Manchmal wird mir davon schwindlig.«

»Dann setz dich oder leg dich aufs Sofa.«

Er folgte ihrem Vorschlag.

»Brauchst du ein Glas Wasser?«

»Ja, aber das wird wohl nicht viel nützen. Wenn du mir auch noch die Tabletten aus dem Handschuhfach holen könntest.«

Jade ließ sich ihre Überraschung darüber nicht anmerken, dass sich Russell einen eigenen Vorrat an Tabletten angelegt hatte. Sie ging hinaus zu seinem Auto, um sie zu holen. Wieder zurück im Haus, brachte sie ihm die Pillen mit einem Glas Wasser.

»Du solltest nicht zu viele auf einmal nehmen«, wies sie ihn zurecht, da er sich nicht an die empfohlene Dosierung hielt.

»Bis jetzt hat es nicht geschadet.«

Jade setzte sich neben Russell auf das Sofa und musterte ihn. Er wirkte abgekämpft und schien starke Schmerzen zu haben. »Seit wann hast du diese Kopfschmerzen schon?«

»Ich weiß es nicht mehr. Das wird schon wieder.«

»Du solltest zum Arzt gehen und dich untersuchen lassen.« *Vielleicht gibt es eine Erklärung dafür, warum er in letzter Zeit so abgekämpft und vergesslich ist*, dachte Jade.

»Ich glaube nicht, dass es nötig ist.«

Die Schmerzmittel halfen. Manchmal etwas mehr, manchmal etwas weniger.

Jades besorgter Blick nahm ihm das letzte Stück Hoffnung, dass er diese Angelegenheit allein regeln konnte.

Zwangsläufig dachte er an einen Hirntumor. An all diejenigen in seinem Umfeld, die in seinem Alter bereits einen Herzinfarkt gehabt hatten oder an Krebs erkrankt waren.

Erschöpft sank er in die Kissen und legte die Beine hoch.

Jade brachte ihm eine Decke.

Als Russell eingeschlafen war, ging Jade an die frische Luft und spazierte eine Weile planlos durch die Gegend. Irgendwann griff sie zum Telefon und wählte Vinces Nummer.

Kapitel 4

Russell wartete im Sprechzimmer des Krankenhauses auf den behandelnden Arzt.

Dieses Warten und nicht zu wissen, wie das Ergebnis der MRT-Untersuchung ausfallen würde, machte ihn schier verrückt.

Er legte die Hände an seinen Hinterkopf, zog seine Ellbogen zueinander, um die Verkrampfung in den Schultern zu lockern und den Nacken zu dehnen. Durch die verdammten Verspannungen wurde der Druck in seinem Schädel nur noch schlimmer.

Irgendwann würde sein Kopf platzen. Irgendwann würde er einfach nicht mehr können.

Es war nur eine Frage der Zeit.

Irgendetwas sagte ihm, dass es gerade jetzt passieren könnte.

Auf einmal kam ihm Vince in den Sinn, wie er sagte: »Ist mir scheißegal, welche Projekte du parallel noch laufen hast. Morgen früh liegen deine Berechnungen auf meinem Schreibtisch.« Er dachte an Justine, wie sie ihn an seine Vergesslichkeit erinnerte. »Abgemacht war heute. Ganz sicher. Ich habe dich gestern extra noch einmal gefragt.« Jade streifte seine Gedanken. »Wo bleibst du, Russell? Unsere

Gäste warten. Natürlich wusstest du davon. Manchmal frage ich mich, warum ich mir überhaupt so viel Mühe mache. Du hörst einfach nie zu.«

Er hatte im Internet recherchiert. Ein Hirntumor war nicht auszuschließen. Schlussendlich hatte er auch seinen Hausarzt überzeugen können, damit ihn dieser für weitere Abklärungen ans Krankenhaus verwies.

Die Tür ging auf, und der Arzt, mit dem er zuvor bereits ausführlich gesprochen hatte, trat mit der Krankenakte in der Hand ins Sprechzimmer. »So, Mr Williamson.« Er setzte sich ihm gegenüber an den Schreibtisch.

»Was sagen die Ergebnisse?«

Der Arzt faltete seine Hände über Russells Krankenakte, sah ihm in die Augen und kam gleich zur Sache. »Die Ergebnisse sagen, dass bei Ihnen kein Hirntumor vorliegt, Mr Williamson.«

»Aber was ist es dann? Oder wollen Sie mir damit sagen, dass ich mir das alles nur einbilde?!«

»Ich wollte Ihnen damit nur sagen, dass Sie keinen Hirntumor haben.« Er blätterte in seinen Unterlagen. »Ich komme zu dem gleichen Schluss wie Ihr Hausarzt, dass wir Ihr Arbeitsmodell und den chronischen Stress, der sich in Ihrem Berufs- und Privatleben manifestiert hat, genauer untersuchen sollten.«

Russell schüttelte ungläubig den Kopf. »Ich schlucke wöchentlich eine ganze Packung Schmerzmittel, weil mir fast der Schädel platzt, und Sie wollen mir weismachen, dass die Beschwerden vom Stress kommen?!«

»Mr Williamson, ich will Ihnen überhaupt nichts weismachen. Ich beziehe mich lediglich auf die Fakten, die vorliegen. Anhaltender Stress ist nicht zu unterschätzen.

Vor allem dann nicht, wenn er von Betroffenen ignoriert wird. Warten Sie nicht, bis es zu einer totalen Erschöpfung kommt!«

Russell machte eine wegwerfende Bewegung mit seiner Hand. »Ich habe mich bereits darauf eingestellt, dass Sie operieren müssen. Dass Sie das Problem lösen werden«, sagte er aus einer gefühlten Ohnmacht hinaus.

»Ich verstehe Ihre Ratlosigkeit, Mr Williamson …«

»Tun Sie nicht. Also sagen Sie mir nicht, Sie wüssten, wie es mir geht!« Er hielt inne und besann sich wieder. »Entschuldigen Sie meinen Tonfall … Ich schätze, ich muss das alles erst verdauen.«

Der Arzt zeigte sich verständnisvoll. »Heutzutage gibt es gute Anleitungen sowie Therapieformen, um chronischen Stress in den Griff zu bekommen und ein Burnout erfolgreich zu behandeln.« Er nahm eine Visitenkarte aus einer Schublade und überreichte diese an seinen Patienten. »Ich rate Ihnen, dass Sie sich diesbezüglich behandeln lassen. Melden Sie sich bei dieser Fachstelle. Die verhelfen Ihnen zu einem Therapeuten in Ihrer Umgebung. Einzel- oder Gruppentherapie, was auch immer Sie bevorzugen.«

Russell starrte ungläubig auf die Adresse der Visitenkarte. Er hatte mit dem Schlimmsten gerechnet, aber nicht damit, dass er den Anforderungen in seinem Leben offensichtlich nicht gewachsen war. »Sind Sie sicher, dass Sie nichts übersehen haben?«

»Absolut sicher. Aber ich kann gern noch meine Kollegin dazu holen, falls Sie noch eine weitere Meinung wünschen.«

»Das wird nicht nötig sein«, entgegnete Russell und wollte aufstehen. In diesem Raum wurde es ihm allmählich zu eng.

»Bleiben Sie noch einen Moment sitzen.« Er musterte seinen Patienten abwägend. »Ich werde Ihnen ein Arztzeugnis für zwei Monate ausstellen. Aber es liegt an Ihnen, ob Sie sich die Zeit für eine Genesung nehmen und sich professionelle Hilfe holen.«

»So viel Freizeit hatte ich während den letzten zehn Jahren nicht«, intervenierte Russell zynisch.

»Sie können sich gern auch etwas Urlaub gönnen, wenn Ihnen wohler dabei ist, Mr Williamson.«

»Ich wüsste gar nicht, was ich mit so viel Zeit anfangen sollte.«

»Ich bin mir sicher, dass Sie das herausfinden werden. Erstellen Sie zum Beispiel eine Liste mit Aktivitäten, die Ihnen Ihrer Meinung nach guttun würden, die Sie jedoch bisher aus beruflichen Gründen zurückgehalten haben.«

Russell steckte das Arztzeugnis gedankenversunken ein. Vince bezog ebenfalls kaum Urlaub. Im Gegensatz zu ihm saß er jetzt nicht hier und musste sich damit abfinden, dass es in Wahrheit nichts Ernstes war. Dass er dem Arbeitsdruck der heutigen Leistungsgesellschaft nur nicht gewachsen war.

Der Arzt geleitete Russell zur Tür und verabschiedete sich mit festem Händedruck von ihm. »Mr Williamson, ich wünsche Ihnen viel Erfolg auf dem Weg zu Ihrer Genesung.«

Hinter Russell schloss sich die Tür. Etwas ratlos ließ er seinen Blick durch den Korridor des Krankenhauses schweifen.

Also kein Hirntumor. Nichts, das herausoperiert werden müsste, oder woran er sterben würde.

Nicht, dass er unbedingt sterben wollte. Es wäre nur

eine Möglichkeit gewesen, die all seine Probleme auf einen Schlag gelöst hätte.

Er ging nach draußen und stellte fest, dass die Sonne schien.

Hatte sie das zuvor auch? Für gewöhnlich achtete er nicht darauf. Wurde er auf einmal noch sentimental?

Aus der Ferne hörte er einen Krankenwagen. Die Sirene stoppte, und der Krankenwagen hielt vor der Notaufnahme. Mit Sicherheit würde er nur im Weg stehen. Trotzdem ging er näher.

Der Mann auf dem rollenden Krankenbett schien nicht mehr ansprechbar. Russell sah ihnen hinterher, wie das Team aus Sanitätern und Bereitschaftsärzten der Notaufnahme um das Leben eines Menschen kämpften.

Ein absurder Gedanke ging ihm durch den Kopf: dass er gern an der Stelle dieses Mannes wäre. Immerhin kümmerten sich die Ärzte um ihn, während er sich im Abseits mit seinen Problemen auf sich allein gestellt fühlte.

Die gefühlte Hilflosigkeit, die Aussicht, dass er seine Probleme offenbar selbst in Angriff nehmen musste, machte ihn träge und setzten ihn noch mehr unter Druck. Wie sollte er das alles nur schaffen und gleichzeitig Haltung bewahren?

Er setzte sich in sein Auto und verharrte einen Moment.

Als neben ihm andere in ihre Autos stiegen und wegfuhren, startete er den Motor und fuhr ebenfalls los.

Während der Fahrt war sein Kopf wie leergefegt, und er funktionierte wie auf Autopilot.

Abbremsen. Anfahren. Weiterfahren. Blinken. Abbremsen. Abbiegen.

Am Ende landete er in Brighton. Einer Gegend, die er

sonst tunlichst mied. Er musste sich nicht auch noch außerhalb der Firma mit seinem Bruder auseinandersetzen.

Es war schon eine Weile her, dass er zuletzt hier gewesen war. Ihr Elternhaus hatte sich seit seinem letzten Besuch nicht verändert. Wenn er früher hierhergekommen war, dann immer nur seiner Mutter zuliebe. Doch seit sie vor ein paar Jahren an einem Herzinfarkt verstorben war, fanden in diesem großen Haus keine Abende mit vorzüglichem Essen und einer liebevollen Mutter, die für Erheiterung sorgte, mehr statt.

Das Haus von Vince lag lediglich einen Steinwurf entfernt. *Der Apfel fällt nicht weit vom Stamm*, dachte Russell, da sich die beiden Häuser ähnelten.

Er schaltete den Motor seines Wagens ab und musterte das Verkaufsschild der Immobilienfirma am Eisentor. Vince hatte die Firma beauftragt, das Elternhaus zu verkaufen.

Russell stieg aus dem Wagen und ging zum Eingangstor. Angestrengt versuchte er, sich an den Code, der das Eisentor öffnete, zu erinnern. Er tippte die Ziffern ins Tastenfeld ein. Nach etlichen Versuchen öffnete es sich endlich. Rasch kehrte er zu seinem Wagen zurück, fuhr damit direkt vor das Haus und parkte neben dem plätschernden Brunnen.

Die Blumen in den Beeten blühten. Der Rasen hinter dem Haus war frisch gemäht. Offensichtlich beauftragte Vince jemanden, der sich ums leerstehende Grundstück kümmerte.

Er griff nach seinem Schlüsselbund, öffnete die schwere Tür und ging in das Haus. Draußen war es eindeutig wärmer als drinnen. So war es immer gewesen. Zumindest im Erdgeschoss.

Das Gebäude wirkte kühl und verlassen. Bis auf ein paar antike Möbelstücke war es fast leergeräumt.

Genau wie früher sah er zum Kronleuchter, dessen Größe ihn irgendwie noch immer beeindruckte, zu den beiden bogenförmigen Treppen, die ins Obergeschoß führten. Als Kind hatte er immer die rechte Treppe genommen. Vince die linke.

Er musste schmunzeln, da er früher immer der Meinung gewesen war, dass sie in einem Palast lebten. Heute erschien ihm das Anwesen überschaubar.

Schließlich betrat Russell das Juwel der Immobilie, wie er es immer nannte: die großzügig ausgestattete Küche seiner Mutter. Schwere Holzschränke mit prunkvollen Griffen. Zwei Backöfen, zwei Kühlschränke. Da sie immer in der Küche gearbeitet hatte, wenn sie von der Schule und später von der Uni nach Hause gekommen waren, war die Küche ein Ort gewesen, an dem sie ihre Hausaufgaben erledigt oder über Gott und die Welt geredet hatten. An der langen Theke war viel geredet, gelacht und gegessen worden.

Er vermisste seine Mutter. Weniger jedoch die Traurigkeit, die sie gelegentlich erschüttert hatte. Meistens hatten sie bereits im Bett gelegen, wenn ihr Vater nach einem langen Arbeitstag nach Hause gekommen war. Vince hatte immer gesagt, dass Dad so hart arbeiten müsse, um den Palast zu bezahlen. Dass ihr Vater seine Arbeit als seinen Lebensinhalt betrachtet hatte, hatte er erst viel später verstanden. Schulpflichtige Kinder hatten nicht zu seinen Prioritäten gehört. Erst viele Jahre später hatte sich das Buhlen um seine Gunst gelohnt.

Russell zog einen Stuhl heran und setzte sich an die Theke. Die Gedanken an seine Vergangenheit machten ihn träge und müde. Während er dasaß und darauf wartete, dass etwas geschah, musste er sich eingestehen, dass seine Mutter höchstwahrscheinlich nicht grundlos an einem Herzstillstand verstorben war.

Früher oder später würde sie an gebrochenem Herzen sterben, hatte sie immerzu mit einem Hauch Zynismus gesagt. Damals hatte er nicht verstanden, was sie damit gemeint hatte. Doch letztendlich hatten sich ihre Worte bewahrheitet.

Russell lächelte bedrückt, da er gewisse Parallelen in seinem Leben erkannte.

Er dachte an die Ermahnung des Arztes aus dem Krankenhaus. »Warten Sie nicht, bis es zu einer totalen Erschöpfung kommt.«

Zwei Monate. Acht Wochen. Sechzig Tage. Ein unplanmäßiger Zwangsurlaub, den er sich im Grunde nicht leisten konnte. Seine Arbeit erledigte sich schließlich nicht von selbst.

Frustriert vergrub Russell das Gesicht in seinen Händen. Warum musste das ausgerechnet ihm passieren?

Während Russell an der Küchentheke hockte und über seine Situation grübelte, wurde es draußen dunkel.

Irgendwann raffte er sich auf und ging zur Toilette.

Wieder zurück in der Küche, griff er nach seinem Mobiltelefon. Er scrollte durch die Lieferservices der Umgebung, konnte sich jedoch nicht für einen entscheiden. Seine Unschlüssigkeit ging ihm auf die Nerven. Es konnte doch nicht so schwer sein, sich etwas zu essen zu bestellen. Russell verkrampfte sich. In seinem Kopf fing es heftig an zu pochen.

Schließlich gab er die Suche auf und wählte den Lieferservice, den die Suchmaschine als Erstes vorschlug.

Eine freundliche Frauenstimme meldete sich mit einer einstudierten Standardbegrüßung. Russell murmelte ein paar Floskeln und schien damit die dienstbeflissene Angestellte des Lieferservices an ihrem gewohnten Arbeitsfluss zu hindern.

Er war davon ausgegangen, dass er wusste, was er bestellen wollte, sobald er den Lieferservice am Telefon hatte. Offensichtlich hatte er sich geirrt.

Während sie unter Zeitdruck und etwas entnervt die Online-Menükarte vorlas, ärgerte sich Russell über sich selbst, da er nicht bereits vorher überlegt hatte, was er bestellen wollte, und es ihm schwer fiel, eine spontane Entscheidung zu treffen. Dabei hätte er Zeit gehabt. Während andere sich den Arsch aufrissen, hatte er den ganzen Tag untätig herumgesessen.

Russell spürte ihre Ungeduld, weil er weiterhin unschlüssig blieb. Seine Unschlüssigkeit nervte nicht nur sie. Er spürte, wie sich jetzt auch noch sein Nacken und die Schultern verkrampften.

»Welche der Pizzen würden Sie mir denn empfehlen?« Er hatte nicht das Gefühl, dass sie sich wirklich Gedanken darüber machte. Nur dass sie einfach willkürlich drei Pizzen aufzählte.

Jetzt musste er sich entscheiden. Je schwerer er sich damit tat, desto mehr glaubte er, den Punkt zu erreichen, an dem auch die Angestellte des Lieferservices merkte, dass er ein Problem hatte. Dass er sich jetzt nicht einmal mehr im Alltag zurechtfand.

»Sie scheinen mir nicht gerade auf Pizza aus zu sein. Wie wäre es mit unserem Chili-Burger?«

Russell bestellte einen Chili-Burger und eine Flasche Wasser.

Als er auflegte, fühlte er sich erschlagen, mindestens so, als hätte er den ganzen Tag durchgearbeitet. Er war fix und fertig, sodass er sich nicht einmal mehr sicher war, ob er es überhaupt schaffen würde, sich hochzuraffen, zur Tür zu gehen, um seine Lieferung in Empfang zu nehmen.

Er dachte an die Pillen im Handschuhfach und überlegte, wie viele davon ein Erwachsener wohl schlucken müsste.

Es klingelte an der Tür. Russell schreckte hoch und setzte sich auf die Bettkante. Er sah auf die Armbanduhr. Es war bereits Mittag. Er hätte mit Sicherheit noch viel länger geschlafen, wenn es nicht geklingelt hätte. Auf der neuen, mit Plastik bezogenen Matratze im Haus seiner Eltern, die offenbar Vince besorgt hatte, damit sich das antike Bett besser verkaufen ließ.

Es klingelte erneut. Jemand polterte gehässig gegen die Tür. Russell hörte eine Frauenstimme.

Jade.

Er hatte Jade nicht, wie sie von ihm erwartet hatte, über die Testergebnisse der MRT-Untersuchung in Kenntnis gesetzt. Bestimmt war sie deswegen hier.

»Russell, mach auf! Ich weiß, dass du da bist. Vince hat mich angerufen … Dein Auto steht vor dem Haus.«

Russell zog sich den Pullover über, den er als Kissen benutzt hatte. Er sah Jade direkt vor sich, wie sie sich die Mühe machte und ums Haus ging. Wie sie vom Garten aus durch die Fenster blickte und an die Hintertür klopfte.

Vielleicht sollte er jetzt aufstehen und zur Tür gehen. Doch eigentlich wollte er einfach nur hier sitzen bleiben.

Sie hatte ihn betrogen. Dazu noch mit seinem verdammten Bruder. Es fiel ihm noch immer schwer, das zu glauben.

Vor dem Haus heulte der Motor von Jades Auto auf. Er hörte das Tor, wie es sich öffnete und wieder schloss.

Kurz darauf griff Russell nach seinem Mobiltelefon und schaltete es ein. Jade hatte ihn ein paar Mal angerufen und eine Sprachnachricht hinterlassen. Er bemühte sich nicht einmal darum, sie abzuhören. Es interessierte ihn nicht mehr, was sie zu sagen hatte.

Schließlich stemmte er sich vom Bett hoch. Während er in der Küche ein Glas Wasser trank und zwei Schmerztabletten schluckte, sah er aus dem Fenster und dachte dabei an den Schuppen, in dem wahrscheinlich noch immer seine alten Sachen aufbewahrt waren. Sofern Vince sie nicht bereits hatte entsorgen lassen.

Russell trank sein Glas aus, stellte es ins Spülbecken und begab sich zum Geräteschuppen hinter der Garage des Hauses.

Sein alter Kram war noch da. Hinter dem Rasenmäher und den Geräten, die der Gärtner offensichtlich benutzte. Die Kisten waren noch immer genauso aufeinandergestapelt, wie er sie damals hinterlassen hatte, als er nach Skyes tragischem Unfall gemeinsam mit einem Baby nach Hause zurückgekehrt war.

Er öffnete den ersten Karton und stieß auf das Geschirr, das sie damals benutzt hatten. Auf Skyes alte Teetasse, an welcher der Henkel fehlte, was sie nie wirklich gestört hatte. Sie hatte all die Dinge geliebt, die ihre Ecken und Kanten hatten. Anders als sein Vater, der ihn stets das Gegenteil gelehrt hatte.

Mit einem Seufzer legte Russell die Tasse zum restlichen

Geschirr zurück und öffnete eine weitere Kiste. Dabei stieß er auf Justines Plüschtier. Einen kleinen Delfin, den Skye für weniger als einen Aus-Dollar auf einem Markt erstanden hatte. Mit ihrem sonnigen Gemüt hatte ihr niemand einen Wunsch abschlagen können.

Russell sah Skye direkt vor sich, wie sie mit dem flauschigen Kuscheltier Justines Wangen kitzelte. Er hörte seine Kleine herzerwärmend Glucksen, als wäre die Zeit stehengeblieben. Eine wunderschöne Zeit, die er nicht missen wollte. Trotzdem hatte er alle Erinnerungen daran verdrängt und Justine nicht alles über ihre Mutter erzählt.

In Gedanken sah er zu den alten Surfboards, die seit Jahren unbenutzt an der Wand lehnten. Er hatte es nicht übers Herz gebracht, sie zu verkaufen.

Irgendwann war er an den Wochenenden nicht mehr hinunter nach Torquay gefahren. Er hatte mit dem Surfen aufgehört. Es war nicht mehr dasselbe gewesen.

Spontan kniete sich Russell hin und nahm das lange, gelbe Brett, das Skye am Tag des Unglücks benutzt hatte, aus der Schutzhülle. Mit der Hand fuhr er über die Oberfläche, über die Schicht aus altem Wachs.

Dabei zog sich seine Brust vor Schmerz zusammen.

Auf eine Einladung flogen sie damals nach Perth. Sie residierten eine Woche lang in Fremantle in einem aufwändig restaurierten Hotel, dessen Besitzer seinen Vater kannte.

Sein Vater hatte ein Faible für denkmalgeschützte Häuser. Genauso fürs Segeln und guten Wein. Während Dad, der Besitzer des Hotels, dessen Tochter und Vince sich mit Segeln vergnügten, schloss er sich den Interessen seiner Mutter an.

Zu Fuß erkundeten sie den sonnenverwöhnten Ort. Beob-

achteten das Treiben am Hafen. Picknickten im Park. Faulenzten an den weißen Stränden unweit von Fremantle mit Blick auf türkisfarbenes Wasser.

Auf Empfehlung des Freundes seines Vaters mieteten sie sich einen Wagen und fuhren weiter südwärts nach Margaret River.

Vier Wochen Urlaub, die sein Leben veränderten.

Er hatte seine Hosen hochgekrempelt. Trug die Schuhe in der Hand, damit diese von den Wellen, die ans Ufer schwappten, nicht nass wurden. An seiner Seite das Mädchen, das lebhaft vor sich hin plapperte und es witzig fand, dass er immer den Wellen auswich, als müsste er tunlichst darauf achten, dass seine Füße trocken blieben.

Sie machte sich über ihn lustig. Er wollte gerade seine Ehre verteidigen, als sie sich ihr vom Wind flatterndes Kleidchen über den Kopf zog und ihn damit etwas überrumpelte.

Sie lachte, weil er aussah, als hätte er noch nie zuvor jemanden in einem Bikini, geschweige denn in einem roten gesehen.

Er sah ihr hinterher, beobachtete sie dabei, wie sie sich ins Wasser stürzte. Wie ein Delfin durch die chaotisch brechenden Wellen hindurchtauchte.

Übers ganze Gesicht strahlend drehte sie sich nach ihm um. Immer wenn eine Welle sie überragte, tauchte sie ab und dahinter lachend wieder auf.

Weil er so wenig über das Meer außerhalb von der Port Phillip Bay wusste, sprang er blauäugig genau in dem Moment ins Wasser, als eine größere Welle an das steil abfallende Ufer rollte.

Mit Salzwasser in der Nase und Sand an Stellen, an denen

man keinen haben wollte, rettete er sich hustend aus dem Wasser.

»Jetzt, Russy! Da drüben! Jetzt!«, hörte er sie rufen.

Er sah zu der Stelle, auf die sie deutete, und fragte sich, ob er es nochmals riskieren sollte. Die Welle war kleiner. Er wagte einen weiteren Versuch. Immer wenn sie untertauchte, folgte er ihrem Beispiel.

»Schwimm hierher, Russy! Schwimm!«

Auf einmal war er neben ihr, was sich erholend anfühlte. Doch als er realisierte, dass sie weiter vom Ufer weg waren als angenommen, wurde ihm mulmig zumute.

»Strampele nicht so hektisch mit den Beinen, Russy. Du lockst sonst nur die Haie an.« Grinsend vollzog sie ein paar ruhige Bewegungen, um sich über Wasser zu halten. »Nur keine Sorge, die sind meist auf größere Brocken aus.«

Er war ein schmächtiger Bursche, jedoch größer als Skye. Die Wahrscheinlichkeit, dass es zuerst ihn erwischen würde, war demnach viel größer. Während er seine Überlebenschance ausrechnete, rief sie: »Hinter dir! Die Wellen kommen!«

Durch die Strömung waren sie ein Stück von ihrem Ausgangspunkt abgedriftet. Sie befanden sich jetzt etwas näher am Strand, doch die Wellen wurden immer größer und sie steckten mittendrin.

Russell lernte unfreiwillig eine Folge von Wellen kennen, die dicht hintereinander anrollten, und jede dieser Wellen war größer als diejenige, die ihn zuvor in Ufernähe erwischt hatte.

Er holte tief Luft, tauchte unter, tauchte auf und tauchte wieder unter. Hustend durchbrach er wieder die Oberfläche. Zu seinem Entsetzen war Skye beinah schon am Strand, während er offenbar nicht vom Fleck kam.

Russell kämpfte gegen die Strömung. Kämpfte mit seiner schwindenden Kraft. Kämpfte gegen die Angst und rang gegen die Überzeugung, dass er es nicht an den Strand zurückschaffen würde.

»Schwimm, Russy, schwimm! Ich weiß, dass du das kannst.«

Er mobilisierte all seine Kräfte. Kräfte, die er nie für möglich gehalten hatte. Die er sich nicht zugetraut hätte.

Als er den Strand erreichte und sich keuchend hinsetzte, dachte er, dass dies die sinnloseste Dummheit war, der er sich jemals ausgesetzt hatte. Sie hätten dabei ertrinken können.

Skye lächelte, da sie das Erlebnis berauschend fand, sich dabei so herrlich lebendig fühlte, wie man sich im Leben nur lebendig fühlen konnte.

Die gleiche Wucht purer Unbeschwertheit erfasste ihn.

Er musste lachen.

Sie lachte mit.

Skye setzte sich neben ihn, lehnte sich an und schmiegte ihren Kopf an seine Schulter. »Ich dachte mir schon, dass die verklemmten Züge aus deinem Gesicht verschwinden.«

Er musterte sie im Wissen, dass sie es spürte. »Du bist anders als alle, die ich kenne.«

Sie richtete sich auf und sah ihm direkt in die Augen. »Ich fühle mich frei, das zu tun, was ich möchte.«

»Sage ich ja: Du bist anders.«

»Ich weiß nicht, was du meinst, denn ich bin nicht anders als andere. Wir sind nur dann anders, wenn wir glauben, dass wir nicht wie die anderen sind.«

Russell dachte darüber nach. Auch darüber, dass sein Vater es nicht guthieß, dass er sich mit Skye herumtrieb. »Wie fühlt es sich an, so frei zu sein?«

Sie sah auf das Meer hinaus. »Ich weiß es nicht. Darüber habe ich mir noch nie Gedanken gemacht. Vielleicht würde ich es tun, wenn ich das Gefühl hätte, dass in meinem Leben etwas nicht stimmen würde. Dann bekämen wir doch erst die Chance, etwas zu ändern.«

»Bist du glücklich?«

Sie lachte. Russell fürchtete, dass sie ihn wegen seiner Frage auslachte.

»Auch darüber habe ich mir noch keine Gedanken gemacht. Wahrscheinlich würde ich es, wenn ich nicht zufrieden wäre.« Skye schlang ihre Arme um die angezogenen Beine und beobachtete ihn, wie er einem Surfer fernab im Wasser zusah. »Du siehst aus, als würdest du es gern einmal selbst versuchen. Surfen, meine ich.«

»Ich glaube nicht, dass ich das könnte.«

»Davon war auch nicht die Rede. Ehrlich gesagt, weiß ich nicht, ob ich es selbst kann. Um das zu wissen, müsste ich mich mit den Augen anderer beurteilen. Oder mich zumindest mit anderen vergleichen.«

»Du surfst gut. Ich habe dich gestern beobachtet.«

»Danke«, erwiderte sie lächelnd. »Die Bedingungen stimmten, sie waren nahezu perfekt und ich konnte mich ganz darauf einlassen.«

»Hast du nicht manchmal Angst? Die Wellen gestern waren, wie ich gesehen habe, ziemlich hoch.«

Sie hielt inne und dachte ernsthaft über seine Feststellung nach. »Manchmal. Aber eigentlich nur dann, wenn ich mich mehr auf das konzentriere, was alles schiefgehen könnte, als auf das, was ich in diesem Moment gerade mache.«

Die Wellen fernab am Surfers Point überragten den Surfer beachtlich und sie brachen so weit draußen, dass

Russell allein die Vorstellung, so weit rauszupaddeln, ängstigte.

»Wir können es morgen hier versuchen, wenn du möchtest. Keine Sorge, es ist nicht gefährlich.«

Dieses eine Jahr, dachte er. Dieses eine Jahr, in dem es nur ums Surfen gegangen war. Als Geld verdienen und Verantwortung übernehmen lediglich eine Nebenrolle gespielt hatte. Dieses eine Jahr, kurz bevor Justine geboren worden war, in das er so gern das vollkommene Glück hineininterpretierte. Obwohl er wusste, dass auch damals nicht alles vollkommen gewesen war.

Gelegentlich hatte es für ihn die perfekten Wellen gegeben. Meistens waren sie etwas zu heftig gewesen, wenn er die Welle nicht bis zum Ende hatte reiten können und zu früh vom Brett gefallen war.

Skye hatte nicht jede Welle erwischt und auch nicht jede Welle bis zum Ende geschafft. Doch im Gegensatz zu ihm, hatte sie sich keinen Kopf darüber gemacht. Während er der Überzeugung gewesen war, dass wenn man etwas anpackte, es richtig anpacken musste und erst dann damit aufhörte, wenn man allen weit voraus war. Genau wie sein Vater.

Als Russell aus dem Schuppen kam, brannte in einigen der umliegenden Häuser bereits Licht. Anscheinend hatte er sich ziemlich lange im Schuppen aufgehalten, ohne dies beabsichtigt zu haben.

Der Wind hatte aufgefrischt, und Russell verkroch sich ins Haus. Draußen begann es, zu stürmen. Starke Windböen fegten durch die Straßen und rüttelten an den Häusern der Nachbarschaft. Ein loses Wellblech wehrte sich dagegen, mitgerissen zu werden. Irgendwo kippte ein Fahrrad um, während er freudlos ein Sandwich aß.

Als er zu Bett ging, schlief er sofort ein, doch er wachte noch vor dem Morgengrauen auf und verlor sich in seinen Gedanken.

Er dachte an das Arbeitsunfähigkeitszeugnis, das ihm der Arzt ausgestellt hatte. An die Unfähigkeit an und für sich, weil er sein Leben offensichtlich nicht im Griff hatte.

Russell verstand es nicht, denn er hatte sich immer angestrengt und überall sein Bestes gegeben.

Aber warum bekam er in seinem Leben trotzdem nicht alles auf die Reihe?

Eigentlich sollte er sich erholen und die Zeit zum Runterfahren nutzen und mit Sicherheit nicht seiner Vergangenheit hinterherjagen. Trotzdem tat er es.

Russell fuhr über die Schnellstraße, ließ die Skyline von Melbourne, die mit Container beladenen Frachter im Hafen und Hebekräne, hinter sich.

Kurz darauf verließ er den Highway. Der Verkehr wurde langsam weniger. Bis auf ein paar wenige Ampeln, die den Verkehrsfluss störten und die Fahrzeuge stauten, wurde das Fahren entspannter.

Das Lichtsignal wechselte auf Grün. Die Autokolonne löste sich langsam auf.

Russell öffnete die Seitenfenster und atmete die frische Luft ein, was sich gut anfühlte.

Bis nach Torquay dauerte es noch gut eine halbe Stunde.

Während der Autofahrer hinter ihm zu einer Tankstelle abzweigte, bremste er ab und hielt an der Ampel.

Nach einer Weile erreichte er einen dichtbesiedelten Landstreifen, auf dem die Häuser platzsparend angeordnet waren. So als existierte das großflächige nutzbare Land zwischen den Städten gar nicht.

Die Landschaft veränderte sich langsam. Weite Felder wurden zu hellen Flächen. Vereinzelt standen ein paar hartnäckige, graustämmige Bäume mit wettergegerbten Kronen.

An der linken Straßenseite kündigte ein Ortsschild den Flugplatz von Torquay an.

Es war schon lange her, dass er das letzte Mal hier gewesen war.

Die Anfahrt war ihm immer zu aufwendig gewesen. Das Gedränge am Wasser, das Gerangel um die Parkplätze, wenn am Wochenende gefühlt halb Südostaustralien nach Torquay strömte.

Er umfuhr das Zentrum und hielt weiter Richtung Bells Beach auf einer sich steil auf und ab bewegenden Straße, die am Ende mit einer vielversprechenden Belohnung aufwartete.

»Bells Beach«, murmelte Russell ehrfürchtig, während er auf den geteerten Parkplatz hinunterfuhr und seinen Range Rover oberhalb der Bucht parkte.

Nachdenklich sah Russell zu den leerstehenden Fahrzeugen neben ihm und dann zu seinem Surfbrett, das auf dem heruntergeklappten Rücksitz im Kofferraum lag.

Er zögerte.

Zweifelte.

Schließlich fasste er doch den Entschluss, einen Versuch zu wagen.

Er stieg aus, reckte sich in der Sonne und trat oben an

den Rand der halbmondförmigen Bucht. Der abfallende Strand leuchtete golden im späten Morgenlicht und bildete das perfekte Sujet für eine Touristenkamera.

Auch im Wasser herrschten lohnenswerte Bedingungen. Russell war erstaunt, dass der Spot nicht überlaufen war.

Er beobachtete eine Gruppe Surfer, wie sie auf ihren Brettern hockten und sich abwechselnd die Wellen teilten. Die Wellen türmten sich ungefähr schulterhoch auf, sofern er es von hier oben wirklich beurteilen konnte.

Er spielte mit dem Gedanken, sich ihnen anzuschließen, bekam dann aber auf einmal kalte Füße.

Weshalb war er eigentlich hergekommen? Was wollte er sich beweisen?

Justine hatte damals ein stabiles Umfeld gebraucht. Keinen Vater, der sein Leben nach den Wellen richtete.

Duff! Eine Welle schlug dumpf am Strand auf.

Russell bekam Herzklopfen und kämpfte mit seiner altbekannten Anspannung. Wie damals, als er vom Strand aus viel zu lange abgewogen hatte, während Skye von ihren Ritten bereits schwere Glieder bekommen hatte.

Ihm fiel ein Surfer auf, der mit seinem Können außerordentlich aus der Gruppe herausstach. Dabei dachte Russell über sein eigenes Surfbrett nach, das wohl etwas aus der Mode gekommen war. Seins war bestimmt weniger auf enge Kurven und auf möglichst kurzen Raum ausgelegt. Doch hinter der Brandung warteten noch andere Surfer, die alle unterschiedliche Bretter und ihre eigenen Surfstile hatten.

Russell überwand sich dazu, sich zumindest in seinen Wetsuit zu zwängen, der ihm noch immer passte. Er hatte nicht wirklich viel zugenommen. Oder vielleicht hatte er in letzter Zeit auch wieder etwas abgenommen. Trotzdem fühlte er, dass er körperlich überhaupt nicht mehr in Form war. Physisch wie psychisch.

Dennoch fühlte er in seinem Inneren ein erheiterndes Kribbeln, das sich verstärkte, als er mit seinem Brett unter dem Arm die Treppe hinunterging.

Am Strand kämpfte er gegen seine Vernunft. Gegen die Komfortzone, in die er sich in den letzten Jahren geflüchtet hatte. Genauso gegen offensichtliche Selbstzweifel.

Trotz allem war er hier.

Wahrscheinlich war er nur etwas eingerostet.

Beobachten, den richtigen Moment abwarten, das war jetzt wichtig.

Je länger er zögerte, desto mehr redete er sich ein, dass es heute um etwas ging. Dass er sich etwas beweisen musste.

Wenn du etwas anpackst, dann mach es gefälligst richtig!
Einen Scheiß werde ich!

Entschlossen ging Russell zu der Stelle, an der er hinauspaddeln wollte. Befestigte die Leash an seinem linken Fuß und stürzte sich ins Wasser.

Russell begann zu paddeln, stellte jedoch schnell fest, dass in seinen Armen der Saft fehlte. Er musste sich ordentlich ins Zeug legen, um hinter die Brechungszone zu kommen.

Als er es geschafft hatte, positionierte er sich sitzend auf seinem Brett in einem angemessenen Abstand zu der Gruppe aus Surfern. Er wollte erst einmal beobachten und sich vorsichtig an sein Vorhaben herantasten.

Russell schaukelte auf und ab und hatte Mühe, seinen Körper in Balance zu halten, während sich Richtung Ufer eine Welle nach der anderen brach.

Was tat er hier eigentlich? Er war doch längst aus der Übung.

Schließlich schloss er doch zu der Gruppe auf.

Sein Herz schlug am Limit, aus Angst vor etwas, das er nicht benennen konnte. Er haderte mit sich selbst, dem Urvertrauen, dass er diese Hürde meistern konnte.

Wie James Cook einst die Ostküste für die Briten beansprucht hatte, erhob er jetzt ebenfalls Anspruch auf eine Welle.

Er paddelte los. Ohne Wenn und Aber. Mit jugendlichem Übermut, wie damals, als er sich noch etwas zugetraut hatte.

Er schaffte es, auf die Füße zu springen, konnte sich jedoch nicht lange aufrecht halten. Die Welle überrollte ihn und zog ihn unter Wasser. Luftschnappend und nach Orientierung suchend, tauchte Russell wieder auf. Die Energie des Wassers hatte ihn näher an die Küste gebracht, als er gedacht hatte.

Er tauchte unter, als eine weitere Welle anrollte. Mit der nächsten kleineren Welle ließ er sich weiter Richtung Strand tragen.

Er war ziemlich aus der Puste, als er sich mit dem Brett unter dem Arm ans trockene Ufer schleppte.

»Alles klar, Kumpel?«, fragte ihn ein breitschultriger Surfer, dessen Muskeln sich unter seinem Wetsuit abzeichneten.

»Alles bestens!«, erwiderte Russell grinsend. Er fühlte sich blendend. Wie ausgewechselt. Ohne ersichtlichen Grund.

»Nicht aufgeben!«

Russell schaute dem gestählten Athleten nach, der es mit Leichtigkeit hinter die Brandung schaffte. Er setzte sich neben sein Brett in den Sand und studierte die Surfer im Wasser. Ihre eigene Art zu surfen. Verfolgte gelungene sowie missglückte Manöver.

Letztendlich waren sie alle aus dem gleichen Grund hier: *die sich brechenden Wellen.*

Er rieb sich über sein salzverkrustetes Gesicht und blieb noch eine Weile am Strand sitzen. Dann ging er die Treppe hinauf und zurück zu seinem Wagen.

Er zog sich um und schob das Surfbrett vom Kofferraum über die heruntergeklappte Rückbank in seinen Wagen.

Als Russell hinter dem Steuer saß, schaute er durch die Frontscheibe und verharrte einen Augenblick in einem Moment, der sich ausgesprochen leicht anfühlte.

Schließlich machte er sich auf den Rückweg. Als er am kleinen Flugfeld vorbeikam, warf er einen Blick in den Rückspiegel. Da hinter ihm kein Fahrzeug auftauchte, trat er auf die Bremse. Er stieß ein paar Meter rückwärts, bog nach rechts ab und folgte der Schotterstraße über eine kleine Brücke bis zum Point Impossible – einem weiteren Surfstrand, der nicht von der Straße aus sichtbar war.

Russell parkte seinen Range Rover neben anderen Fahrzeugen auf dem kleinen Parkplatz, stieg aus und beobachtete die schwarzweißen Vögel, die sich an der mit rauen Büschen und Bäumen bewachsenen Küste niedergelassen hatten.

»Magpies«, sagte der Mann, dessen Auto neben ihm stand und der sich gerade aus seinem Neoprenanzug schälte.

Russell nickte, er kannte die Flötenvögel von früher aus der Schule. Er hatte sie bloß länger beobachtet, weil er ungewohnt mehr Zeit hatte.

Russell folgte einem schmalen Pfad bis zum Rand der Küste. Eine ausgewaschene Steintreppe führte zum felsigen Strand hinunter. Im Wasser tummelten sich ein paar Longboarder, die die langen, gleichmäßig laufenden Wellen nutzten. Sie surften einen gemächlichen Style. Die Gelassenheit, die sie dabei ausstrahlten, faszinierte ihn.

Letztendlich blieb Russell länger am Strand, als er beabsichtigt hatte.

Während er über die staubtrockene Piste auf die Straße zurückfuhr, dachte er darüber nach, sich ein neues Surfboard anzuschaffen.

Andererseits stellte sich die Frage, ob er sich die Zeit zum Surfen wirklich nehmen würde, jetzt, wo er mehr zur Verfügung hatte.

Wie auch immer. Er würde es herausfinden.

Kapitel 5

Unvorhergesehenes passierte bekanntlich immer dann, wenn man es am wenigsten gebrauchen konnte. So wie jetzt, wo ein wichtiges Meeting bevorstand und Justine sich bereits zum zweiten Mal an diesem Morgen übergeben musste.

Eigentlich war sie nie krank. Das konnte sie sich auch nicht leisten. Am allerwenigsten an einem Tag wie heute.

Sie rief Ethan an und bat ihn, das Meeting, das für neun Uhr mit der Bauherrschaft des Ocean-Bay-Hotels angesetzt war, für sie zu übernehmen. Er willigte sofort ein. Als hätte er auf diese eine Gelegenheit gewartet, sein Können unter Beweis zu stellen.

Sie ermahnte ihn, keine leeren Versprechungen zu machen. Ethan war der Typ Mensch, der sich gern mal zu weit aus dem Fenster lehnte. Das konnte er ihretwegen tun, nur nicht bei einem umfangreichen Projekt dieser Größe. Und schon gar nicht zu einem Zeitpunkt, an dem sie soweit alles im Griff hatten.

Kaum hatte Justine aufgelegt, zog sich ihr Magen erneut zusammen.

Sie wischte sich über den Mund, trat ans Waschbecken und wusch sich die Hände. Dunkle Ringe schimmerten unter ihren Augen, und ihr Gesicht war aschfahl.

War sie etwa schwanger?

Das hätte ihr gerade noch gefehlt.

Geradezu panisch überlegte sie, wann sie und Logan zuletzt miteinander geschlafen hatten, und stellte dabei fest, dass es bereits eine Weile her war. Demnach konnte sie unmöglich schwanger sein.

»Aufatmen, Justine. Auuufatmennn!«

Sie nahm ihr Smartphone in die Hand und prüfte den Verlauf ihrer Anrufe. Es war lächerlich, weil sie sich sicher war, dass sie Logan angerufen hatte, bevor sie Ethan darum gebeten hatte, sie beim heutigen Meeting zu vertreten.

Als hätte sie sich bei Logan vergewissern müssen, dass sie richtig handelte.

Wahrscheinlich war Logan bereits im Gerichtssaal, da er nicht zurückrief.

Am Ende brauche ich seinen Zuspruch nicht wirklich, dachte sie, während sie zurück in ihr Bett kroch. Trotzdem konnte sie nicht loslassen und geriet ins Grübeln.

Warum musste sie ausgerechnet heute krank werden? Das Leben war einfach nicht fair!

Sie wollte gerade aufstehen, um sich etwas zu trinken zu holen, als sich Logan doch noch meldete. »Hey, schön, dass du zurückrufst.«

»Ich habe deinen Anruf erst jetzt gesehen.«

Im Hintergrund hörte Justine Geschirr klimpern und ausgelassene Stimmen. »Ich will dich nicht lange aufhalten.«

»Schon in Ordnung. Jetzt habe ich Zeit.«

Justine überlegte, ob sie Logan erzählen sollte, dass sie krank war. Mittlerweile ging es ihr ein wenig besser. Jedenfalls besser als heute Morgen. »Ich habe mir eine Magen-

Darm-Grippe eingefangen und musste Ethan darum bitten, dass er mich beim Meeting vertritt.«

»Ethan?! Warum hast du dich denn nicht für eine Stunde zusammengerissen?«

»War ja klar, dass du so etwas sagen würdest. Du musstest dich ja auch nicht dreimal übergeben.«

»Wenn ich gesagt hätte, dass es okay ist, hätte es dir auch nicht gepasst.«

Logan beobachtete seine Begleitung im Business-Look, wie sie an der Theke ihre Bestellung aufgab, bevor sie sich wieder zu ihm an den Tisch setzte. Sie griff nach ihrem Smartphone und tätigte einen Anruf.

Ich fass es nicht, dachte Justine verärgert, als sie die Stimme seiner Ex-Freundin hörte. »Hättest du nicht in ein anderes Restaurant gehen können?«

Logan stand auf und entfernte sich vom Tisch. Er wollte seinen Beziehungsstress nicht vor Publikum austragen. »Wir sind uns im Gericht über den Weg gelaufen. Sie hat mich zum Lunch eingeladen.«

»Ach sooo ... Dann will ich euch nicht länger aufhalten!«

»Hey, ich würde ja gern allen erzählen, dass wir zusammenziehen und bald heiraten werden. Doch du lässt mich wie immer zappeln.« Schweigen. »Bist du noch dran?«

»Ja.«

»Ich werde mich später noch einmal melden, okay?«

»Klar.« Justine legte auf und sank frustriert in ihr Kissen.

Bei Logan sah alles immer so leicht aus, während sie das Gefühl hatte, dass sie sich nur noch abstrampelte, und deswegen ihre Erfolge gar nicht richtig genießen konnte.

Irgendetwas machte sie nicht richtig in ihrem Leben.

Kapitel 6

Sich die Augen reibend, lehnte sich Russell in seinem Sessel zurück. Sein Nacken war steif, und der Druck im Kopf hatte seinen Höhepunkt erreicht. Wenn er es nicht besser wüsste, würde er spätestens jetzt sein Testament aufsetzen.

Er sah auf die Zeitanzeige seines Bildschirms und stellte erschrocken fest, dass er seit fünf Stunden das Internet durchforschte und dass in gut zwei Stunden die ersten seiner arbeitseifrigen Mitarbeiter im Büro einmarschieren würden.

Hinter ihm ratterte noch immer der Drucker. Die Informationsmenge über Burnout war schier unerschöpflich. Nicht wie bei ihm. Seine Batterien waren aufgebraucht.

Er griff nach dem frischgedruckten Stapel und sortierte die Seiten nach Themen. Symptome, Ursachen, Verlauf und Therapie.

Im Grunde war ihm alles zuwider.

Trotzdem wälzte er sich durch die unzähligen Seiten und fragte sich, ob irgendetwas aus diesem Wirrwarr an Informationen ihn überhaupt weiterbringen würde. Oder ob es ihn am Ende nur noch mehr belasten würde, weil er mehr zu bewältigen hatte.

Die Hände hinter dem Kopf verschränkt, dehnte er die

verkrampften Muskeln in seinem Nacken, die sich genauso wenig lösten wie seine Probleme.

Weil er weder auf dumme Sprüche noch auf Mitleid seiner Arbeitskollegen aus war, packte er seine Sachen zusammen.

An der Tür zu Vinces Büro blieb er stehen. Er nahm das Arztzeugnis aus seiner Mappe und legte es auf die Tastatur von seinem Rechner. Um ihm Bescheid zu sagen, dass er sich eine Auszeit nahm. Dass er nicht mit sich verhandeln ließe und schon gar nicht mit ihm darüber reden würde.

Er hatte bereits die Ruftaste des Aufzugs gedrückt, als er kurz zweifelte und sich überlegte, was es für ihn bedeutete und welche Folgen es haben könnte, wenn er jetzt diesen Schritt ging. Indem er offen zeigte, dass er seine Grenzen erreicht hatte und nicht mehr so weitermachen konnte wie bisher.

Die Aufzugstür glitt auf, und Russell stieg ein.

Kapitel 7

Justine hetzte gestresst durch ihr Mietshaus, stellte den Früchte-Porridge neben dem Waschbecken ab und trocknete sich die Haare.

Sie hätte die Augen nicht wieder schließen dürfen, nachdem der Wecker geklingelt hatte. Aber sie war immer noch nicht fit. Zumindest nicht so, wie sie es gern gehabt hätte. Heute gab es mit Sicherheit viel zu tun, aber das würde sie schon irgendwie bewältigen. Ihr blieb auch nichts anderes übrig.

Justine betrachtete sich im Spiegel und trug rasch etwas Make-up auf. Immerhin sah sie jetzt nicht mehr ganz so müde aus.

Äußerlich machte sie alles richtig. In ihrem Inneren hingegen bröckelte es. Eine Tatsache, die sie zu diesem Zeitpunkt nicht wahrhaben wollte. Trotzdem war es da, dieses unangenehme Gefühl, dass in ihrem Privat- und Berufsleben nicht alles reibungslos lief.

Sie hatte ihr Frühstück kaum angerührt. Ihr Magen rebellierte immer noch ein wenig. Sie stellte die Frühstücksschale in den Kühlschrank und putzte sich die Zähne.

Justine war schon fast zur Tür hinaus, als sie sich dazu entschied, mit dem Motorrad anstatt der Straßenbahn zur Arbeit zu fahren.

Rasch stopfte sie ihre Mappe in den Rucksack und zog ihre Motorradjacke samt Helm über, während sie zum Carport hinüberlief.

Dann schwang sie sich auf ihre Ducati, drückte den Startknopf und machte sich auf den Weg.

Das Wetter wusste nicht so recht, was es wollte. Es konnte heiter werden oder auch Regen geben. Die Wetterbedingungen waren genauso ungewiss wie Vinces Reaktion darauf, dass sie sich krankgemeldet hatte, obwohl sie eigentlich ein wichtiges Meeting mit der Bauherrschaft des Ocean-Bay-Hotels gehabt hätte.

Doch am Ende machte sie sich bestimmt mal wieder einen Kopf um nichts.

Justine verlangsamte und drehte das Gas wieder auf, als das Auto vor ihr abbog.

Mit ihren Gedanken war sie überall. Nur nicht auf der Straße.

Augenblicklich musste sie scharf bremsen, um einem an einer Ampel stehenden SUV nicht ins Heck zu knallen. Das Hinterrad ihrer Maschine hob leicht vom Boden ab. Justine spürte den Adrenalinschub, wie ihr Herz gegen den Brustkorb hämmerte.

Die Füße wieder auf dem Boden, klappte sie das Visier auf und atmete ein paar Mal tief durch, ehe die Ampel auf Grün wechselte.

Justine fuhr in die Tiefgarage des Firmengebäudes. Jades Parkplatz war besetzt, der ihres Vaters hingegen leer.

Im Grunde konnte sie ihren Vater verstehen. Vielleicht war es besser, erst einmal ein wenig Gras über das Ganze wachsen zu lassen. Wobei es eigentlich Jade war, die sich für ihr Verhalten schämen müsste. Schließlich war sie diejenige, die ihren Partner betrogen hatte.

Im selben Atemzug fragte sich Justine, wie sie sich Jade gegenüber verhalten sollte. Konnte sie ihr überhaupt noch in die Augen sehen?

Justine stieg in den Aufzug und wählte die Etage. Die Kabine setzte sich in Bewegung. Mit einem Ruck blieb der Fahrstuhl plötzlich stehen. Entnervt probierte sie alle Tasten durch. »Das kann jetzt nicht wahr sein, oder?!« Sie war auch so schon spät dran.

Verärgert drückte sie den Alarmknopf und wurde allmählich ungeduldig. Sie war nicht aufgestanden, um in diesem verfluchten Fahrstuhl ihre Zeit zu vergeuden.

Von oben hallte die Stimme der Empfangsdame durch den Aufzugsschacht hinab. Diese hatte bereits den Servicetechniker gerufen. Dennoch wartete Justine beinah vierzig Minuten, bis er endlich kam, um sie aus ihrer Misere zu befreien.

Dieser Tag konnte nur noch besser werden. *Oder anscheinend doch nicht*, stellte Justine fest, als sie Vince direkt in die Arme lief, bevor sie überhaupt die Chance hatte, sich auf eine Konfrontation vorzubereiten.

»Ich bin im Lift stecken geblieben«, rechtfertigte sie ihr Zuspätkommen, da sie seine offensichtlich schlechte Laune auf sich selbst bezog. Er nickte und ging an ihr vorbei.

Am Empfang angelangt, bat er eine der beiden Mitarbeiterinnen, anstatt ihre Arbeit etwas Dringendes für ihn zu erledigen.

Sie war beinah in ihrem Büro angekommen, als sie Vince hinter sich hörte: »Komm bitte nachher zu mir.«

»Klar«, sagte Justine beschwingter als beabsichtigt. Sie hatte einen straffen Zeitplan und zudem keine Lust, ihm Rede und Antwort zu stehen. Sie war noch immer nicht ganz fit. Nicht nur körperlich.

Sie fuhr ihren Computer hoch und richtete sich erst einmal ein. Erst als sie das Gefühl hatte, dass sie Vince die Stirn bieten konnte, klopfte sie zaghaft an den Türrahmen seines Büros.

Vince sah von seinem Bildschirm auf, winkte Justine zu sich heran und bat sie, hinter sich die Tür zu schließen.

»Es tut mir leid, dass ich das Meeting gestern auf Ethan abschieben musste. Ich hatte offenbar was Schlechtes …« Sie unterbrach sich, weil ihn ihr Gesundheitszustand nicht wirklich zu interessieren schien. Vielmehr lag ihm offenbar etwas auf der Zunge, womit er nicht sofort herausrücken wollte. »Was ist los?«, fragte sie und hielt unbewusst den Atem an.

Vince erhob sich von seinem Schreibtisch. »Bitte setz dich.«

»Ich stehe lieber, danke.« Sie straffte die Schultern, obwohl ihr überhaupt nicht danach zumute war.

»Wie du möchtest. Dann kommen wir gleich zur Sache: Ethan hat die Sache gut gemacht. Der Bauherrschaft wäre es lieber, wenn ab jetzt Ethan ihr direkter Ansprechpartner wäre«, sagte er, während er sich wieder an seinen Schreibtisch setzte.

Justine schüttelte ungläubig den Kopf. »Was?! Wieso?!«

»Ich habe nicht nach den Gründen gefragt«, erwiderte Vince sachlich.

»Hast du überhaupt eine Ahnung, wie viel Zeit und Arbeit ich in dieses Projekt investiert habe? Wie wichtig dieses Projekt für mich ist?«, presste sie heraus und fühlte sich wie in einem Albtraum. Es war fast so wie eben in diesem Fahrstuhl, als sie sich nicht selbst aus der Situation hatte befreien können und sich absolut hilflos vorgekommen war.

Hatte sie etwas verpasst? War Vince mit ihrer Arbeit so unzufrieden, dass er sich jetzt einfach nicht hinter sie stellte?

Sie war doch gut in dem, was sie tat. Sie enttäuschte ihre Kunden nie. Vielleicht war sie in mancherlei Hinsicht etwas vorsichtiger als andere und nur dann verbindlich, wenn sie zu hundert Prozent davon überzeugt war, dass sie ihre Versprechungen auch einhalten konnte. Heutzutage musste man offensichtlich alles gewährleisten können, zumindest nach außen hin, und der Beste auf seinem Gebiet sein.

»Es tut mir leid, Justine, es ist einfach so.« In seinen Augen wirkte Justine oftmals überfordert, und er hatte sich bereits gefragt, ob sie die Firma den Kunden gegenüber auch wirklich angemessen vertreten konnte. Ethans Art hingegen kam von Anfang an entschlossener und selbstsicherer rüber.

Er beobachtete Justine dabei, wie sie trotzig ihre Arme vor der Brust verschränkte. Wie ihr die Tränen in die Augen stiegen. »Herrgott, das ist kein Weltuntergang. Dir wird das Projekt ja nicht entzogen. Ethan wird von jetzt an lediglich der direkte Ansprechpartner für den Kunden sein. Das ist das Beste und die Sache damit erledigt.«

»Nein, ist es nicht! Siehst du denn nicht, was Ethan vorhat? Er wird ihnen Versprechungen machen, die ich am Ende umsetzen muss. Die niemals funktionieren können.«

»Es gibt für alles Lösungen. Das dazwischen sind einfach nur Herausforderungen, die es zu bewältigen gilt. Oder warum glaubst du, dass ich hier das Sagen habe? Aus Nächstenliebe? Nein, meine Liebe, ganz bestimmt nicht. Man muss hart und konsequent sein, um sich durchzusetzen. Das musst du noch lernen.«

Justine drehte sich um und lief aus dem Büro.

»Selbstmitleid ist hier fehl am Platz, das bringt dich nicht weiter«, rief er ihr hinterher, während sie ohne ein weiteres Wort regelrecht die Flucht ergriff.

Arschloch!

Vince war ein verdammtes Arschloch, und die Bauherrschaft bestand aus frauenfeindlichen Scheißkerlen!

Justine stieß die Tür zur Damentoilette auf. Vor lauter Wut und Enttäuschung liefen ihr die Tränen über die Wangen.

Das konnte doch alles nicht wahr sein. Was sollte das Ganze? Sie waren doch nicht mehr im Mittelalter. Unfassbar!

Von wegen Gleichstellung der Frauen!

Für dieses verdammte Projekt hatte sie sich den Arsch aufgerissen und dafür gesorgt, dass alles funktionierte. Und als Lohn würde Ethan jetzt alle Lorbeeren ernten. Das war weder fair noch richtig.

Justine wusch sich am Waschbecken das Gesicht und kämpfte mit heftigen Selbstzweifeln, während sie sich im Spiegel musterte. Auf einmal begann sie, alles infrage zu stellen. Alles, was sie jemals in Angriff genommen hatte.

Hatte sie bisher etwa nur geglaubt, dass sie tolle Arbeit leistete? Dass sie es zu etwas bringen würde, wenn sie nur hart dafür arbeitete? War das lediglich der Traum eines kleinen Mädchens gewesen?

Hatte sie am Ende zu wenig überzeugt, weil sie selbst manchmal doch nicht immer zu hundert Prozent von sich und ihrer Arbeit überzeugt gewesen war?

Die Ungerechtigkeit nagte so sehr an ihr, dass der Tag für sie gelaufen war und sie ihre Sachen zusammenpackte. Sie musste das alles erst einmal verdauen.

Entschlossen, sodass niemand auf die Idee kam, sie aufzuhalten, begab sie sich mit dem Motorradhelm in der Hand zum Aufzug. Sie plante nach Sorrento runterzufahren, um den Kopf freizubekommen.

Justine überholte drei Radfahrer, die sich auf der Fahrbahn breitmachten, als zwischen den an der Seite parkenden Autos ein Hund aus dem Nichts auf die Straße rannte.

Sie stieg voll auf die Bremse. Das Vorderrad rutschte seitlich weg, und sie verlor die Kontrolle über das Motorrad. Der Aufprall drückte ihr die Luft aus den Lungen. Mit einem stechenden Schmerz in der Schulter schlitterte sie über den Asphalt.

»Charly!«, rief jemand.

Beim Versuch, aufzustehen, merkte Justine, dass mit ihrer Schulter etwas nicht in Ordnung war. Trotz ihrer Verletzung schleppte sie sich an den Straßenrand.

Eine Frau hielt mit ihrem Auto und fragte besorgt, ob sie ihr helfen könne.

»Ein Krankenwagen ist bereits unterwegs«, antwortete der Hundebesitzer. »Charly, komm her!«, befahl er, als sein Hund Justine beschnuppern wollte.

Justine wollte sich den Helm abnehmen. Doch der Schmerz in ihrer Schulter war so heftig, dass sie es nicht konnte. Da wurde ihr bewusst, dass sie nicht bloß mit ein paar harmlosen Schrammen davonkommen würde.

Aus der Ferne heulte die Sirene eines Rettungswagens zu ihr heran, während sie schwer atmend den Kopf auf die Knie legte.

Was für ein Scheißtag!

2. Teil

Aufbruch

Kapitel 8

Russell klopfte leise an die Tür und betrat daraufhin das Krankenzimmer.

Er war bereits vor einer Stunde hier gewesen, aber Justine hatte noch geschlafen. In der Cafeteria hatte er einen Kaffee getrunken und gewartet, bis sie aufgewacht war. »Hallo, Kleines.«

»Hallo, Dad.«

Auf ihrem Bauch lag der Plüschdelfin, den er ihr vorhin unbemerkt auf das Bett gelegt hatte. Justine hatte ihre Hand schützend über das kleine Stofftier gelegt.

»Wie geht es dir, mein Schatz?«, fragte er sichtlich besorgt und trat an das Krankenbett.

»Es geht so. Ich habe das Schlüsselbein gebrochen und eine leichte Gehirnerschütterung. Ein paar Prellungen und Schürfwunden.« Sie wartete auf eine Art Standpauke über das Motorradfahren und seine Gefahren, doch ihr Vater nickte nur mitfühlend. »Und wie geht es dir, Dad? Du warst heute Morgen nicht im Büro.«

»Ja, das stimmt. Ich habe mir eine kleine Auszeit genommen.«

»Wegen Jade?«

»Nein.«

Sie betrachtete den Plüschdelfin und dachte daran, dass ihr Vater ungern über Probleme redete. Dass es schwierig war, mit ihm ein Gespräch anzufangen. Er war für sie schon länger nicht mehr erreichbar. »Ist der von dir?«

Er nickte. »Da hast du noch geschlafen.«

»Hätte ich gewusst, dass du kommst, hätte ich mir einen Wecker gestellt«, sagte sie und brachte sogar ein kleines Grinsen zustande.

Die Leichtigkeit, mit der Justine die Situation zu bewältigen schien, erinnerte Russell stark an Skye. »Du siehst deiner Mutter immer ähnlicher.«

»Wie kommst du denn jetzt darauf?« Im Grunde hatten sie nie über ihre Mutter geredet. Daher wusste sie kaum etwas über sie.

»Den Delfin hat deine Mutter ausgesucht.«

Sie betrachtete den Plüschdelfin genauer. Er war kein bloßer Trostspender aus dem Krankenhausshop? Dann bedeutete er mehr, als sie angenommen hatte. »Woher hast du ihn?«

Russell ging zu der Kiste, die er vor rund einer Stunde in die Ecke des Zimmers gestellt hatte, und brachte sie nun zu seiner Tochter ans Bett.

Justine betrachtete die Dinge darin. Ein Becher mit abgebrochenem Henkel, ein geknüpftes Armband mit der Aufschrift ›Margaret River‹ und Surfbrett-Wachs, das sie aus der Kiste nahm.

»Ich habe im Schuppen deiner Großeltern ein paar alte Sachen aussortiert. Dabei bin ich darauf gestoßen. Das Wachs braucht man, um einem Brett beim Surfen besseren Halt zu geben.«

»Ich weiß, Dad.« Justine lachte amüsiert. »Willst du mir

damit etwa sagen, dass du früher ein Surfbrett hattest und mal ein cooler Typ gewesen bist?« Sie musterte ihren Vater fragend. Konnte das vielleicht sogar wahr sein?

»Ich habe die alten Surfbretter sogar noch. Falls du mir nicht glauben willst.« Auf einmal hatte er das Gefühl, Justine würde lieber wieder allein sein wollen. Also verabschiedete er sich und versprach, dass er sie morgen wieder besuchen würde.

Justine war enttäuscht, als ihr Vater zur Tür hinausging. Er hatte sich in ihrem Gespräch weder gegen Vince noch auf ihre Seite gestellt. Als hätte er keine eigene Meinung dazu, was heute Morgen im Büro vorgefallen war.

Justine tupfte sich die Tränen aus den Augen. Sie fühlte sich von allen im Stich gelassen.

Schniefend legte sie sich das Armand aus der Kiste an. Offensichtlich hatte ihre Mum ebenfalls schlanke Handgelenke gehabt, denn es passte wie angegossen.

Warum hatten sie nie darüber geredet? Warum hatte ihr Vater ihr nie erzählt, dass ihre Mutter in Margaret River aufgewachsen war?

Kapitel 9

Tofino, Vancouver Island, Kanada, November 2016

Er kam gerade ins Haus, als das Telefon klingelte. »Ich komme ja«, knurrte er vor sich hin und machte so schnell, wie ein alter Mann es nun einmal konnte.

»Bist du bei diesem Schneesturm etwa am Strand gewesen?«, fragte sie besorgt, als er abhob.

»Das weißt du doch.«

Er hörte sie seufzen. »Am Ende wirst du dir noch eine Erkältung holen.«

Annie redete und redete. Über alles, was ihr auf der Seele lag. Er musste gut zuhören, damit er ihrem lebendigen Wortschwall überhaupt folgen konnte. Wie konnte jemand nur so viel reden?

Er hatte bereits damit gerechnet, dass sie ihn anrufen und ihm zu seinem Geburtstag gratulieren würde. Das machte sie eigentlich immer. Genauso wie es zur Tradition geworden war, dass Annie am späteren Nachmittag mit einem selbstgebackenen Kuchen vorbeikam.

Wenn er ehrlich war, war er heute nicht gerade in Stimmung, um zu feiern. Sein Geburtstag war schließlich nichts Besonderes. Er hatte bereits einige erlebt. Trotzdem musste er es nicht einmal versuchen, es Annie auszureden.

Er ging ins Schlafzimmer und befreite sich von seinen durchnässten Kleidern. Hustend zog er ein trockenes, kariertes Hemd an. Der lästige Husten blieb hartnäckig und bereitete ihm Schmerzen in seiner Brust.

Schwer atmend setzte er sich auf die Bettkante, schlüpfte in seine Hose und dachte, dass er sich im Grunde doch auf Annie freute und dass er sich ihr gegenüber nicht so abweisend verhalten sollte.

Sie meinte es nur gut mit ihm. Schließlich konnte sie nichts dafür, dass ihr Bruder ihn enttäuscht hatte, indem er ihn bei einer gemeinsamen Geschäftsidee hatte hängen lassen und nach einem Aufenthalt in Australien nicht mehr zurückgekehrt war. Auch konnte sie nichts dafür, dass er dann eines Tages doch wieder aufgetaucht war, um nichts anderes als Unheil anzurichten, bevor er erneut verschwunden war.

Sein Husten wollte sich nicht beruhigen. Seine Brust schmerzte jetzt noch stärker beim Atmen.

Er ging in die Küche und bereitete sich einen Tee zu, obwohl er heute Nachmittag bestimmt nochmals Tee zum Kuchen trinken würde.

Schließlich setzte er sich in seinen Sessel vor den Kamin und blätterte, den dampfenden Becher in seiner Hand, die Tageszeitung durch. Die Artikel waren immer noch dieselben. Er hatte sich heute Morgen bereits mit der Zeitung beschäftigt.

Stöhnend warf er einen Blick auf die Uhr, eine aus Holz geschnitzte Eule auf dem Kaminsims. Die Zeit schien stillzustehen.

Auch wenn er heute länger am Strand geblieben war und er am Nachmittag Besuch erwartete, fühlte sich der Tag unausgefüllt an.

Das Leben an diesem Küstenort konnte manchmal eintönig und gar einsam sein. So kam es ihm jedenfalls heute vor. An diesem nasskalten, grauen Tag, an dem der Nebel hartnäckig über den Wäldern hängen blieb. An denen das satte Grün und die Schönheit der wild anmutenden Strände verloren gingen.

Trotz der eisigen Kälte und der stürmischen Wellen hatten sich ein paar wagemutige Surfer in die Fluten geworfen.

Er ging gern zum Strand und sah ihnen dabei zu, auch wenn er dort manchmal mutterseelenallein war. Es gehörte seit Jahren zu seiner täglichen Routine, da er nicht zu Hause grübelnd die Zeit absitzen und der Vergangenheit nachhängen wollte. Er konnte nicht tatenlos rumsitzen, sobald er die Zeitung gelesen hatte.

Seufzend legte er die Tageszeitung auf den Beistelltisch und stemmte sich von seinem Polstersessel hoch. Mit den Pantoffeln an den Füßen schlurfte er zum Kamin und sorgte dafür, dass das Feuer noch etwas länger brannte, sodass es Annie noch warm und gemütlich haben würde, wenn sie am späteren Nachmittag bei ihm vorbeikam.

Nachdenklich betrachtete er die gerahmten Fotos auf dem Kaminsims. Sie erinnerten ihn daran, dass es einst eine Zeit gegeben hatte, in der ihm Familie und Freunde sowie Momente des leichtsinnigen Übermuts viel Freude bereitet hatten.

Er wünschte sich, die Zeit zurückdrehen zu können.

Als junger Bursche war er ein gefragter Skilehrer gewesen

und die Welt noch in Ordnung. Damals hatte er ein sorgenfreies Leben geführt.

Heute redete er sich gern ein, dass er seinen Vorrat an bedingungsloser Freude während seiner wilden Zeiten großzügig aufgebraucht hatte. Seine Frau, die er vor vielen Jahren an den Krebs verloren hatte, würde jetzt zustimmend nicken. Auch wenn es damals der tollkühne Abenteurer gewesen war, in den sie sich Hals über Kopf verliebt hatte.

Gedankenversunken griff er nach dem Foto seiner Tochter.

Das kleine Mädchen, das sein Herz geöffnet hatte. Es hatte ihn stolz gemacht, dass sie ihm nachgeeifert und sie gemeinsam die schneebedeckten Gipfel erobert hatten.

Sechsunddreißig Jahre lang. Bis sie an einem Berghang während einer Skitour durch eine Lawine ums Leben gekommen war.

Seine Frau hatte stets prophezeit, dass eines Tages etwas Schlimmes passieren würde, wenn sie in ihren Augen zu leichtsinnig waren. Als die schlimmsten Befürchtungen eingetroffen waren, hatte sie geschwiegen, den Schmerz im Stillen verarbeitet. Heute wusste er, dass seine Ehe nicht so verbittert hätte werden müssen, wenn sie mehr miteinander geredet und sich nicht weiter voneinander entfernt hätten.

Er betrachtete das Foto von Chris. Seinem Enkel, den er über alles liebte.

Inzwischen war Chris einundzwanzig Jahre alt. Alt genug, um eigene Entscheidungen zu treffen. Er bekam ihn nur noch selten zu Gesicht. In der Regel während der wärmeren Jahreszeit. Die Wintermonate verbrachte dieser lieber in Australien. An den Stränden der Westküste.

Er konnte sich noch gut daran erinnern, wie es gewesen

war, als Chris angefangen hatte, sich fürs Surfen zu begeistern. Da war er gerade mal sechs Jahre alt gewesen. Sie hatten den Strand aufgesucht, und Chris hatte sich auf den nasskalten Sandboden gesetzt. Im Schneidersitz hatte er fasziniert einen Surfer in den Wellen beobachtet.

Er hatte den Surfer im schwarzen Wetsuit und mit der Haube, die die Ohren vor dem kalten Wasser schützte, zunächst nicht erkannt. Erst als dieser aus dem Wasser gekommen war und Chris zu ihm hinübergerannt war, um das Surfbrett aus nächster Nähe zu betrachten, hatte er ihn bewusst wahrgenommen.

Die beiden hatten sich unterhalten, ohne zu wissen, dass sie in Wahrheit mehr miteinander verband als nur die Faszination fürs Surfen.

Dass sein Enkel heute ein guter Surfer war, hatte er jedoch weniger den Genen als der Tatsache zu verdanken, dass er ihm wenig später das erste Surfbrett gekauft hatte. Ihn unermüdlich in kleinen Brandungswellen auf dem Brett angeschoben hatte, bis der Junge es von selbst gekonnt hatte.

Als ihn die Sehnsucht nach Chris überkam, begab er sich in dessen Zimmer.

An den Wänden hingen noch immer die Poster von früher, den Bären und Walen, die ihn als Kind immer so begeistert hatten.

In ein paar Monaten würde er ihn bestimmt wiedersehen. Wenn auch nur gelegentlich, da Chris sein Geld beim Bau von Blockhütten verdiente und immer einige Wochen am Stück auf den Baustellen unterwegs war.

Sobald der kanadische Winter hereinbrach und das Sparkonto wieder gefüllt war, würde es Chris wieder nach Australien ziehen.

Es klingelte an der Tür, was ihn aus seinen trüben Gedanken riss.

Kapitel 10

Der Typ, der neben ihr im Flugzeug saß, musste erneut aufstehen, als Justine von der Toilette an ihren Platz zurückkehrte.

»Danke.« Sie setzte sich wieder ans Fenster, schloss den Sicherheitsgurt und blätterte in der Zeitschrift, die sie am Flughafen gekauft hatte. Dabei überflog sie einen Reisebericht über die Mongolei, auf den sie sich nicht wirklich konzentrieren konnte. Mit ihren Gedanken war sie ganz woanders.

In Margaret River. Dem Ort, an dem ihre Mutter aufgewachsen war. In dem Guesthouse, in dem ihre Mutter laut den Erzählungen ihres Vaters einst eine Weile gearbeitet hatte.

Ihre Reise an die Westküste beflügelte sie. Das konnte sie im Moment gut gebrauchen.

Die Genesung von ihrem Unfall hatte sie ziemlich runtergezogen. Es hatte länger gedauert, als sie gehofft hatte. Während dieser Zeit hatte sie über vieles nachgedacht. Am Ende hatte sie alles infrage gestellt. Was letztendlich dazu geführt hatte, dass sie das Ocean-Hotel-Projekt ganz an Ethan übergeben hatte. Eine Entscheidung, mit der sie nicht bloß sich selbst enttäuscht hatte.

Selbst Logan hatte nicht wirklich verstanden, weshalb sie sich ausgerechnet nach ihrer Genesung eine Auszeit nehmen und nach Margaret River fliegen musste.

Vielleicht aber konnte er sie doch verstehen, unterstützte sie in ihrem Vorhaben nur nicht, da er befürchtete, dass sie sich noch weiter von ihm entfernen würde.

Zugleich hatte sie inzwischen selbst das tiefliegende Gefühl, dass die Entscheidung, ihre Karriere vorerst aufs Eis zu legen, doch keine so glorreiche Idee gewesen war.

Es war nur ein mieses Kribbeln im Hinterkopf, trotzdem hielt es sich hartnäckig.

Womöglich war es aber auch lediglich ihre eigene Interpretation. Weil es sich anfühlte, als würde sie nicht mehr dazugehören. Als hätte sie den Anschluss verpasst und letztendlich etwas Grundlegendes aufgegeben.

Vielleicht würde sie früher zurückfliegen, als sie vorgehabt hatte. Doch darüber wollte sie sich jetzt noch keine Gedanken machen.

Sie sah aus dem Fenster des Flugzeugs und über die naturbelassene Weite. Vereinzelt sah sie ein paar Häuser mit Pools. Vor dem Landeanflug drängelte sich die Zivilisation wieder dicht an dicht. Als wäre der verbaute Boden ein Magnetfeld. Gelegentlich blühten wunderschöne, lilafarbene Jacaranda-Bäume zwischen den Häusern, die von hier oben wie Fremdkörper wirkten.

Die ›Virgin Australia‹ setzte zur Landung an. Justine verspürte ein Kribbeln im Magen. Sie schloss die Augen und atmete tief durch. Als sie die Augen wieder öffnete, lächelte ihr Sitznachbar sie amüsiert an. Justine erwiderte sein Lächeln. Er war irgendwie süß, sie hatte es zuvor nur nicht bemerkt. Sie war zu sehr mit sich selbst beschäftigt gewesen.

Die Maschine setzte rumpelnd auf und rollte über die Landebahn.

Justine nahm ihre Sachen aus dem Fach des vorderen Sitzes. Lektüre, Smartphone, Wasserflasche. Ihr Sitznachbar stand auf. Er wünschte ihr einen schönen Tag, während er bereits den Mittelgang entlangging.

»Das wünsche ich dir auch.« Sie erhob sich, nahm ihre Handtasche aus der Gepäckablage und gliederte sich in die Reihe ein.

Der Flughafen war überraschend modern. Die Atmosphäre angenehm entspannt. Die Uhren schienen in Perth gefühlt etwas gemächlicher zu ticken als in Melbourne oder Sydney. Das war besser als andersherum. Sie spürte, wie sie sich entspannte.

Justine holte ihr Gepäck und verließ das klimatisierte Gebäude.

Während es in Melbourne noch geregnet hatte, schien hier die Sonne so hell, dass sie ihre Augen zusammenkneifen musste.

Sie zog ihren Cardigan aus und sah sich nach der Autovermietung um.

Die Formalitäten waren schnell erledigt. Zehn Minuten später saß sie bereits in ihrem Mietwagen und kämpfte mit der Technik.

Sie fuhr so selten mit dem Auto, dass allein das Einstellen des Fahrersitzes eine Herausforderung darstellte. Geschweige denn der verfluchte Routenplaner, der ihre Zieleingaben nicht schlucken wollte.

Warum musste das alles so kompliziert sein?

Warum konnte es zur Abwechslung nicht einmal einfach sein?

Mein Gott, sie befand sich noch immer auf australischem Boden, trotzdem kam sie sich auf einmal so unbeholfen vor. Alles fühlte sich so fremd an. Sie kannte sich hier überhaupt nicht aus.

Was zum Teufel machte sie eigentlich hier?

Was erhoffte sie sich davon?

Dass sie nach ihrer Reise schlauer sein und auf einmal wissen würde, wie es zumindest beruflich für sie weitergehen sollte?

Schließlich gelang es ihr, den Zielort in den Routenplaner einzugeben. Die Fahrt nach Margaret River dauerte gemäß der Berechnung drei Stunden.

Sie startete den Motor, und ihr persönliches Abenteuer begann.

Um das Autovermietungsgelände zu verlassen, steckte Justine bei der Schranke ihr Ticket ein. Kurz darauf fuhr sie gefühlt durch etliche Kreisel, während die Hitze durch die geöffneten Fenster ins Fahrzeug drang.

Justine schloss die Fenster und schaltete die Klimaanlage ein.

Kurz darauf gelangte sie auf den Highway. Während sie darüber nachdachte, dass sich die Fahrt eine Weile hinziehen würde, entdeckte sie den Ort Fremantle auf einem Straßenschild. Ein Ort, den sie genauso wenig kannte wie Margaret River. Aber ihr Vater hatte ihr davon erzählt. Von einem Familienurlaub und wie damals alles seinen Anfang genommen hatte.

Weil sie es am Flughafen versäumt hatte, sich etwas zu trinken zu kaufen, und irgendwie auf alles gespannt war, das sie der Vergangenheit etwas näher brachte, beschloss sie, in Fremantle einen Zwischenstopp einzulegen.

Spontan nahm sie den ROE Highway 3 Richtung Fremantle.

Der hellblaue Himmel war wolkenlos, und doch irgendwie von einem grauen Dunst verschleiert. Die Landschaft war anders als an der Ostküste. Heller. Etwas weniger kontrastreich. Das Grau der Straßen, die Umgebung mehr beige statt grün. Der Verkehr auf der Autobahn war gemächlicher als zu Hause. Ungewohnt. Fast lethargisch rollten die Fahrzeuge über die Straße.

Justine sehnte sich nach ihrem Zuhause, während sie sich auf den Weg ins Unbekannte machte. Sie vermisste ihre Alltagsroutine, obwohl sie im Moment die uneingeschränkte Freiheit hatte.

Was willst du eigentlich? Entscheide dich endlich!

Ihr wurde bewusst, dass sie sich selbst runterzog. Aber es war nicht so einfach, sich davon zu lösen. Von den Verpflichtungen gegenüber ihrer Karriere. Der Verpflichtung gegenüber ihrer Beziehung.

Sie konnte es drehen, wie sie wollte – am Ende hatte sie doch immer ein schlechtes Gewissen.

Schließlich erreichte sie Fremantle und musste sich aufgrund des dichteren Verkehrs etwas mehr auf die Straße konzentrieren. Alles andere rückte in den Hintergrund.

Auf den ersten Blick entsprach Fremantle nicht ihren Erwartungen. Die Häuser wirkten zweckmäßig und zugleich etwas abstoßend. Es fiel ihr alles andere als leicht, sich in dieser unbekannten Gegend zurechtzufinden. Trotz allem verlor sie nicht den Mut.

Zunächst folgte sie den Straßenschildern in Richtung des Hafens. Kurz darauf gelangte sie zu einem größeren Parkplatz in der Nähe des Bahnhofs. Sie nutzte die willkommene Verschnaufpause und parkte ihren Wagen.

Justine stieg aus und sah sich um.

Auf der anderen Straßenseite gab es einen Supermarkt. Aber sie würde sich später mit Proviant eindecken. Jetzt wollte sie erst einmal die Umgebung erkunden. Eher unerwartet stieß sie dabei auf ein paar alte Gebäude mit teils beeindruckenden Fassaden.

Justine musste unbedingt ein paar Fotos mit ihrem Smartphone machen.

Nach wenigen Schritten gelangte sie zum Hafen. Etwas weiter zu einer angelegten Grünfläche. Familien flanierten durch den überschaubaren Park. Kinder nutzten den Spielplatz.

Während sie durch die Anlage schlenderte und der Wind ihre Haare zerzauste, stellte sie sich ihren Vater, Onkel Vince und ihre Großeltern vor, wie sie einst vor langer Zeit hier Urlaub gemacht hatten.

Ihre Wahrnehmung verschmolz mit den Erzählungen ihres Vaters. Auch wenn sich seither sicherlich so manches verändert hatte.

Wäre ihre Familie damals nicht nach Fremantle gekommen und weiter nach Margaret River gereist, wäre sie vermutlich nie geboren worden.

Offensichtlich hatte das Schicksal es so gewollt.

Justine überquerte die Straße und fand sich gefühlt mitten im Zentrum von Fremantle wieder. Sie stieß auf ein paar einladende Gassen, in denen sich hübsche Cafés und entspannte Restaurants aneinanderreihten. Auf ein paar beeindruckende Gebäude im Kolonialstil, die sie in eine andere Zeit zurückversetzten.

Letztendlich konnte sie gar nicht anders, als ihr Smartphone aus der Tasche zu nehmen und ein paar detailverliebte Fotos von den abwechslungsreichen Fassaden zu machen. Den bogenförmigen Fenstern. Den vielfältigen Veranden.

Da die Zeit etwas drängte und sie nicht im Dunkeln in Margaret River ankommen wollte, machte sich Justine wieder auf den Weg, nachdem sie sich etwas zu essen und zu trinken gekauft hatte. Margaret River machte sie jetzt noch neugieriger. Hoffentlich war sie am Ende nicht enttäuscht. Sie hatte keine Ahnung, was sie dort erwartete. Ob sie dort finden würde, was sie sich erhoffte. Womöglich erinnerte sich die Besitzerin des Guesthouses nicht einmal mehr an ihre Mutter und auch niemand sonst. Da es bereits eine Weile her war, seit sie dort gelebt hatte.

Sie machte sich zu viele Gedanken und zog sich wieder einmal selbst runter, da sie offensichtlich die Zeit dazu hatte. Viereinhalb Flugstunden von Melbourne entfernt. Mitten in der Pampa. Auf einer sich endlos erstreckenden Straße, die wenig für Abwechslung sorgte. Gelegentlich kam eine Ampel. Eine Tankstelle, Getränkeshops. Danach länger wieder nichts.

Sie warf einen Blick auf das Navigationsgerät. Der Indische Ozean war darauf nicht weit entfernt. Trotzdem war die Küste von hier aus nicht sichtbar.

Die Landschaft zog sich wenig abwechslungsreich dahin, und die Fahrt nahm kein Ende. Ein endloser, grauer Streifen, der mitten durch einen ausgetrockneten Landstreifen führte.

In weiter Entfernung sah Justine ein Auto durch die flirrende Hitze fahren.

Überraschend veränderte sich die Umgebung, während sie mit hundert Sachen an Flächen mit üppigem Baumbestand vorbeirauschte. Sie konnte sich nicht erklären, wie das in dieser Einöde funktionierte.

Trotz der kurzen Abwechslung ermüdete sie das Fahren. Die endlose Weite. Die kaum befahrene Straße.

Justine erschrak, als sie von einem schnellen Auto überholt wurde. War sie etwa beinah eingenickt?

Bis nach Margaret River dauerte es noch gut eineinhalb Stunden. Bei nächster Gelegenheit musste sie unbedingt eine Pause einlegen. Nicht, dass sie am Ende doch noch einschlief.

Sie setzte den Blinker, verließ ihre Route und fuhr weiter Richtung Australind. Sie wollte bereits aufgeben, da der angekündigte Ort auf sich warten ließ. Dann tauchte die Küste doch noch auf und belohnte sie mit einer Bucht, in der das Meer so herrlich glitzerte, dass sie auf dem angrenzenden Parkplatz anhielt.

Justine stieg aus, schlüpfte in ihren Cardigan und beobachtete die drei Windsurfer, die den überraschend kühlen Wind nutzten. Die Arme vor der Brust verschränkt, ging sie ein paar Schritte. Sie setzte sich auf eine Parkbank am Wasser, um sich etwas zu entspannen und neue Energie für die Weiterfahrt zu sammeln. Inzwischen zweifelte sie nicht mehr an ihrem Vorhaben. Es fühlte sich richtig an, dass sie sich diese Auszeit gönnte und diese Reise unternahm. Mit Sicherheit hätte sie es ein Leben lang bereut, wenn sie es nicht getan hätte.

Eine halbe Stunde später ließ sie die Küste wieder hinter sich. Die doppelspurige Straße mündete in eine einspurige Fahrbahn. Eine weiße Doppellinie trennte den Gegenverkehr. Justine musste sich erst wieder daran gewöhnen, dass der entgegenkommende Verkehr so nah an ihr vorbeirauschte.

Die Nachmittagshitze drückte durch die Frontscheibe und brannte an Armen und Beinen. Alles wiederholte sich. Die Landschaft. Die Straßen.

Irgendwann kam sie an einem Weinanbaugebiet vorbei. Immer wieder sah sie Flächen, die großzügig mit Reben bepflanzt waren, was sie nicht überraschte. Die Gegend war bekannt für ihren vorzüglichen Wein.

Kurz darauf erreichte sie Margaret River und sie atmete auf. Sie hatte es geschafft. So fühlte es sich jedenfalls an.

Die Straße führte sie mitten durch das Zentrum. An diversen Shops, Cafés, Restaurants und Übernachtungsmöglichkeiten vorbei. Justine verlangsamte das Tempo, beobachtete ein paar Leute, die an der Straßenseite in ihre parkenden Fahrzeuge einstiegen. Leute, die aus einem Restaurant kamen und entspannt die Straße hinaufschlenderten. Als müsste Justine alles in sich aufsaugen. Weil dieser einzigartige Ort von großer Bedeutung für sie war. Immerhin war ihre Mum hier aufgewachsen.

Auf einmal überwältigten Justine die ersten Eindrücke so sehr, dass ihr die Tränen in die Augen stiegen.

Sie wischte sie weg und bog an der nächsten Kreuzung nach links ab. Die Abendsonne verzauberte die Landschaft und tauchte die Umgebung in eine wohlig goldene Wärme. Hohe, raue Bäume säumten die Straße.

Schließlich bog sie wieder ab, kurz darauf nach rechts. Sie fuhr bis nach Prevelly. Die Sicht auf den Indischen Ozean raubte ihr den Atem.

Spontan folgte sie einer Straße, die oberhalb der Küste auf einen Parkplatz führte.

Während sich im Auto immer noch die Nachmittagshitze staute, empfing sie beim Aussteigen ein kühler Luftzug. Justine hüllte sich in ihre Strickjacke und trat an den Rand der Anhöhe.

In der Nähe befand sich eine Holztreppe, die zum Strand hinunter führte. Hinter den Wolken verfärbte sich der Himmel in orangefarbene Nuancen. Weiter draußen am Kalksteinriff brachen sich die Wellen.

Justine entdeckte einen Surfer in einem dunklen Wetsuit, der wie aus dem Nichts auf einer Welle auftauchte. Fasziniert verfolgte sie seinen Ritt. Sein Surfstil fesselte sie. Die Anmut, die in den langen, sanften Kurven lag. Je länger Justine dem Surfer vom Ufer aus zusah, desto mehr bekam sie eine Vorstellung davon, wie es sich anfühlen musste, im Einklang mit der Welle zu sein.

Hinter ihr hörte sie Stimmen. Justine warf einen Blick über die Schulter. Ein junges Paar setzte sich etwas entfernt auf eine Decke ins Gras. Sie küssten sich, lauschten der Brandung und staunten über die Farben des Himmels.

Justine widmete sich wieder dem Surfer.

Als er sich an den Strand zurücktreiben ließ, brach sie ebenfalls auf.

Ihre Unterkunft lag lediglich ein paar Steinwürfe weit entfernt. Trotzdem musste sie den Hügel hochfahren und nach rechts abzweigen, um wieder etwas näher an die Küste zu gelangen.

Das B&B befand sich an einer wenig befahrenen Straße. Ein hellgrau gestrichenes Holzhaus mit einer weißen Veranda. Fast genauso wie ihr eigenes Zuhause. Nur etwas größer und einladender.

Justine verspürte ein nervöses Kribbeln in ihrem Bauch.

Dieses Guesthouse war unter anderem einer der Gründe, weshalb sie nach Margaret River gekommen war.

Sie fuhr über den abgesenkten Gehweg und parkte den Wagen in der letzten freien Parklücke.

Schließlich stieg sie aus ihrem Auto und betrachtete das Schild beim Eingang. *Welcome to Sally's beach hut.* Daneben blühte ein üppiger Rosenbaum, dessen Blüten bestimmt herrlich dufteten.

Das war also das Haus, in dem ihre Mum eine Zeit lang gelebt und gearbeitet haben soll.

Hatte das Guesthouse schon damals diese einladende Wärme ausgestrahlt?

Am Hügel hinter der Unterkunft befanden sich noch andere Gebäude. Kleinere Häuser, die weniger auffielen. Die sich besser an die braungrüne Landschaft anpassten.

Justine nahm ihr Gepäck aus dem Kofferraum und hielt einen Moment inne.

Auf der gegenüberliegenden Straßenseite, gleich hinter den wilden, vom Wind gepeitschten Bäumen und Büschen, befand sich der Ozean.

Sie ging die Treppe zur Veranda hoch. Ihr Herz schlug spürbar gegen ihre Brust. Ein Rückzieher stand jetzt nicht mehr zur Debatte. Nicht nach allem, was sie bereits auf sich genommen hatte, um sich gegen den Widerstand durchzusetzen und sich diese Reise nach Margaret River zu gönnen.

Justine drehte sich noch einmal um. Von hier oben konnte sie das Meer sehen. Dort, wo die Büsche nicht ganz so hoch gewachsen waren.

Die Strapazen der Anreise hatten sich gelohnt. Über diesem Ort lag eine anheimelnde Atmosphäre. Ein Zauber, den sie nicht richtig einordnen konnte.

Justine betrat die Unterkunft. Hinter ihr schepperte die Fliegentür, als diese zufiel. Trotz des Lärms schien niemand ihre Ankunft zu bemerken.

Während Justine an der weißen Theke wartete, fühlte sie sich aufgrund des gemütlich eingerichteten Wohnzimmers mit der Sitzgruppe, dem Kamin und einem aufgeräumten Bücherregal, als wäre sie mitten in die Privatsphäre der Besitzerin des Guesthouses hineingestolpert.

Sie hörte ausgelassenes Gelächter und trat näher an die offenstehende Tür.

Come in, enjoy the garden, stand auf dem kleinen Schild am Türrahmen.

Gerade als sie der Aufforderung nachgehen wollte, kam jemand zur Tür und stolperte beinah in sie hinein.

»Hoppla!«

Justine musterte die hochgewachsene Frau Anfang siebzig, die sich erschrocken die Hand vor die Brust hielt. Das graublonde, gelockte Haar, das sie locker am Hinterkopf zusammengesteckt hatte. Die verspielte, weiße Bluse und die hellblaue Jeanshose.

»Ich habe dich gar nicht reinkommen hören, Liebes. Wartest du schon länger?«

»Nein, ich bin gerade erst angekommen«, antwortete Justine, während sie sich fragte, ob die Frau mit den grünbraunen Augen und einer Haut, die von einem Leben an der frischen Luft erzählte, die Besitzerin dieser Unterkunft war.

»Ich bin übrigens Sally«, stellte sie sich vor und geleitete Justine zurück an die Empfangstheke. »Hast du im Voraus gebucht?«

»Ja, habe ich.«

»Dann bist du bestimmt Justine Williamson«, vergewisserte sich Sally, während sie die Reservierungen durchging.

»Ja, genau.«

Sally legte den Zimmerschlüssel auf die Theke und erklärte Justine mittels einer regionalen Landkarte die Sehenswürdigkeiten der Umgebung, die sie routiniert mit einem Leuchtmarker hervorhob.

Justine hörte ihr aufmerksam zu.

»Wenn du sonst noch was wissen möchtest, kannst du mich gern jederzeit fragen. Während einer Woche bleibt dir ja genug Zeit, um alles zu erkunden, was es hier meiner Meinung nach alles zu entdecken gibt«, sagte Sally lächelnd. »Die meisten Gäste bleiben zwei bis drei Nächte und fahren dann weiter bis ganz in den Süden. Oder fahren wieder zurück nach Perth.«

Justine überlegte, ob sie Sally sagen sollte, dass sie Skyes Tochter war. Doch sie wusste nicht so recht, wo sie anfangen und was genau sie ihr erzählen sollte. Der Zeitpunkt schien einfach nicht der richtige. Das alles war ja auch schon eine Weile her. »Vielleicht bleibe ich noch ein wenig länger hier. Wenn Sie nächste Woche auch noch ein Zimmer frei haben …« Falls die Gastgeberin überrascht war, dass sie gleich bei der Ankunft ihren Aufenthalt verlängern wollte, zeigte sie es nicht. Stattdessen prüfte sie in ihrem Computer die Buchungen der darauffolgenden Wochen.

»Ja, das ginge. Aber es kann sein, dass ich dich bitten muss, das Zimmer zu wechseln.«

»Kein Problem.«

»Andererseits wissen die Gäste nicht, welches Zimmer ich ihnen ursprünglich zuteilen wollte. Alle Zimmer hier sind individuell und gemütlich eingerichtet. Ich höre immer auf mein Bauchgefühl und entscheide danach, welcher Gast welches Zimmer bekommt. Meistens liege ich richtig. Das hoffe ich zumindest.«

Sally überreichte Justine sämtliche Informationsbroschüren und nahm den Zimmerschlüssel von der Theke. »Dieser Bereich hier ist für die Gäste.« Sie deutete zu der Sitzgruppe und dem Bücherregal. »Falls du ein Buch lesen möchtest …«

»Danke, aber ich lese nicht oft. Nicht, dass es mich nicht interessieren würde. Ich habe nur keine Zeit dazu.«

Sally musterte Justine mit einem Anflug von Bedauern. Die jungen Leute arbeiteten einfach zu viel. Oder setzten ihre Prioritäten falsch.

»Falls du dich doch noch dazu entschließt, ein Buch zu lesen, darfst du dich gern an meiner Auswahl bedienen. Außerdem haben wir einen tollen Buchladen direkt an der Hauptstraße. Du bist daran vorbeigefahren. Es lohnt sich, einen Blick hineinzuwerfen. Ich schaue oft vorbei, bevor ich einkaufen gehe.«

Sie hörten Gelächter. Die ausgelassene Stimmung näherte sich anscheinend dem Höhepunkt.

»Ich zeige dir als Erstes dein Zimmer. Den Außenbereich kann ich dir hinterher noch zeigen. Ansonsten kommen wir mit der Führung durch das Haus nicht weiter.«

Sie gingen die Treppe hinauf.

Im Untergeschoss befanden sich drei Gästezimmer. Im Obergeschoss gab es noch zwei weitere und Sallys privaten, abgetrennten Rückzugsort.

Justines Zimmer, in dem sie sich gleich auf Anhieb wohlfühlte, befand sich am anderen Ende des Flurs. Über einem Rattan-Bett hing ein großes Bild, das daran erinnerte, wie ungestüm das Meer manchmal sein konnte. An der gegenüberliegenden Wand war ein Kleiderschrank. Das edle Holz und die Schnitzarbeiten erinnerten an Bali.

Justine trat ans Fenster und schob es ein Stück weit auf. Auf der gegenüberliegenden Straße hörte sie hinter den Büschen und Bäumen in der Dunkelheit die Wellen an den Strand brechen.

Sally beobachtete Justine und fragte sich, ob diese junge Frau hier schon einmal zu Gast gewesen war, da sie ihr irgendwie bekannt vorkam. Doch hätte sie das beim Einchecken nicht erwähnt? Sie konnte ja später noch einmal die Buchungen durchgehen.

»Kannst du dich für ein paar Tage damit arrangieren?«, wollte Sally wissen.

»Das Zimmer ist wunderschön. Ich freue mich bereits, morgens hier aufzuwachen und aus dem Fenster zu schauen«, antwortete Justine und drehte sich zu Sally um. »Es ist so friedlich hier. Vielleicht werde ich doch noch ein Buch lesen.«

»Eins nach dem anderen. Ich lasse dich erst einmal richtig ankommen und in Ruhe deine Sachen auspacken«, sagte sie, da unten ihre Gäste warteten. »Falls du möchtest, kannst du später gern zum Abendessen zu uns stoßen. Ich habe ein paar Freunde eingeladen.«

Das Angebot klang verlockend. Justine hatte sich noch keine Gedanken darüber gemacht, wo sie auf die Schnelle etwas zu essen herbekommen könnte. Dennoch zögerte sie etwas. Sie war sich nicht sicher, ob sie Sallys Angebot annehmen sollte. Die gebuchte Leistung beinhaltete lediglich ein Zimmer mit Frühstück. Bestimmt war sie der einzige Gast, der sich unter ihre Freunde mischte.

»Die beißen nicht.« Es war schon spät, und die junge Frau schien äußerst sympathisch zu sein. Daher war sie heute Abend gern willkommen.

Sally zog sich zurück, und Justine begann, ihre Taschen auszupacken.

Justine nahm den Delfin, den sie mitgebracht hatte, aus ihrer Tasche und roch an der plüschigen Oberfläche. Der Geruch erinnerte sie an die Kiste, in der er all die Jahre aufbewahrt worden war.

Als Kind und ganz besonders als Teenager, gerade immer dann, wenn sie sich unverstanden gefühlt hatte, hatte sie sich vorgestellt, dass ihre Mutter sie tröstete. Oder zumindest das Idealbild, das sie sich von ihr erschaffen hatte. Im Grunde wusste sie so wenig über sie, dass sie sich jetzt davor fürchtete, das liebevolle Bild von ihr würde zerbrechen.

Justine tupfte sich ein paar Tränen aus den Augen und bettete den Delfin zwischen die beiden Kissen.

Sie ging ins Badezimmer und stellte ihren Kulturbeutel auf die Ablage des Waschbeckens.

Die Lampe an der Decke erinnerte sie spontan an ein Candle-Light-Dinner. Auch sonst war das Bad hübsch eingerichtet. Einen schwarzweißgekachelten Fliesenboden hätte sie hier jedoch nicht erwartet.

Beeindruckt von der Ausstattung ihres Zimmers packte sie ihre restlichen Sachen aus. Als sie ihre Kleidung in den Schrank räumte, fragte sich Justine, was sie eigentlich dazu verleitet hatte, diesen schicken Fummel mitzubringen, den sie auch zu Hause kaum noch trug.

Die Handtasche ohne Träger in der Größe eines Brillenetuis, die sie sich während eines verlängerten Wochenendtrips mit Logan gekauft hatte, würde sie hier sicherlich nicht gebrauchen können.

Mit Sicherheit würde man sie heute Abend damit aufziehen, wenn sie ihr Brillenetui-Täschchen neben ihren Teller legen würde.

Trotzdem überlegte sie fieberhaft, was sie fürs Abendessen anziehen sollte. Schließlich entschied sie sich für das Outfit, das sie gerade anhatte, weil sie sich darin wohlfühlte.

Es kostete sie etwas Überwindung, dann folgte sie schließlich doch dem Stimmengewirr in den Garten. Ehe Justine es sich noch anders überlegen konnte, winkte Sally sie zu dem großen Holztisch hinüber auf der gedämpft beleuchteten Veranda.

Die Gespräche verstummten, und alle warteten neugierig darauf, dass Sally sie untereinander bekanntmachte.

Justine setzte sich Sally gegenüber an den Tisch und wurde von allen herzlich begrüßt. Es dauerte nicht lange, bis sich Justine entspannte. Sie fühlte sich in Sallys Freundeskreis gut aufgehoben und zugegeben auch ein wenig privilegiert, da sie in diese ausgelassene Runde unterschiedlichen Alters aufgenommen wurde.

Justine sah zu den beiden Kindern, die im Garten spielten, als sie zum Essen an den Tisch gerufen wurden.

Während des Essens unterhielt sich Justine mit Jenke, der ungefähr in ihrem Alter war.

Als die Kinder vom Tisch gingen, folgten Justine und Jenke ihnen in den Garten. Sie setzten sich auf das gemütliche Gartensofa und beobachteten die beiden beim Kartenspielen.

Justine nippte an ihrem Portwein und musterte Jenke.

»Woher aus den Niederlanden kommst du eigentlich? Aus Amsterdam?«

»Aus Scheveningen. Das ist ungefähr eine Stunde von Amsterdam entfernt.« Als Justine ihn verständnislos ansah, fügte er hinzu: »In der Nähe von Den Haag.«

»Ich kann es später ja mal googeln«, gab sich Justine geschlagen. »Arbeitest du eigentlich immer für Sally, wenn du nach Margaret River kommst?«

»Eigentlich nicht. Die Renovierungsaufträge haben sich spontan ergeben.«

Justine sah zu den beiden Kindern. »Du wohnst doch bei der Familie?«, vergewisserte sie sich, weil sie zuvor am Tisch nicht alles mitbekommen hatte.

»Ja, sie sind sehr nett.«

»Wie lange wirst du bleiben?«

Er zuckte mit den Schultern.

»Vermisst du dein Zuhause nicht?«

»Was verstehst du darunter?«, hakte Jenke nach.

»Vielleicht Freunde und Familie. Ein Ort, an dem du deinen Kram unterbringst.«

»Ich habe hier ebenfalls Freunde … Familie und alles, was ich brauche, habe ich immer dabei. Ich brauche nicht viel, um mich wohlzufühlen, und wenn man zu große Wurzeln schlägt, verpasst man womöglich alles andere.«

»Kann sein, ja. Trotzdem kommst du genau genommen auch immer wieder an denselben Ort zurück«, sagte sie grinsend.

Auf dem Beistelltisch vibrierte Justines Mobiltelefon.

Logan hatte ihr eine Nachricht geschrieben.

Du fehlst hier, Prinzessin.

Sie war noch nicht einmal richtig angekommen, und

schon machte ihr Logan ein schlechtes Gewissen. Offensichtlich konnte er noch immer nicht nachvollziehen, weshalb ihr zu Hause auf einmal die Decke auf den Kopf gefallen war und sie diese Chance ergreifen musste, da sie unbedingt mehr über ihre Mutter erfahren wollte.

Deshalb war sie noch lange keine Egoistin, die ihre Karriere aufs Spiel setzte. Doch genau so hatte er es gesagt.

Jenke beobachtete Justine mit einem fragenden Blick. Justine hatte aber kein Interesse daran, ihn mit ihrer Beziehung zu behelligen. Zudem war ihr auf einmal nicht mehr nach Gesellschaft zumute.

Anstandshalber trank sie mit Jenke noch ihr Glas aus. »Heute war ein langer Tag. Ich denke, ich gehe mal lieber auf mein Zimmer.«

»Klar. Ich komme hier auch allein klar.«

Obwohl Justine den Eindruck hatte, dass es Jenke lieber gewesen wäre, wenn sie noch länger geblieben wäre, stand sie auf und verabschiedete sich von ihm und den anderen, bevor sie sich zurückzog.

In ihrem Zimmer setzte sich Justine auf ihr Bett und überlegte, was sie Logan schreiben sollte.

Ich bin gerade erst angekommen …
Ich bin noch nicht einmal einen Tag hier …
Ich wünschte, du könntest mich besser verstehen.

Letztendlich löschte sie alles wieder. Sie würde ihm morgen zurückschreiben und ein paar Fotos von der Umgebung schicken. Ihn an ihrer Reise in ihre Vergangenheit teilnehmen lassen.

Sie lag bereits im Bett, als ihr Mobiltelefon um zwei Uhr morgens erneut vibrierte.

Solch heiße Dessous benötigen einen Waffenschein, Sam.

Darunter ein Foto von Logan. Breitbeinig auf dem Bett liegend in weißen Boxershorts, einem locker um den Hals getragenen Schlips und Laufschuhen. Die Socken bis zu den Waden hochgezogen. In beiden Händen eine Bierdose. Im Spiegel seines Kleiderschranks spiegelte sich einer seiner bescheuerten WG-Freunde, der das Foto machte.

Sam war die Abkürzung für Samantha. Logans Ex-Freundin.

Verärgert knipste Justine das Licht an und setzte sich auf die Bettkante. Das Foto, das Logan definitiv unter seiner Würde zeigte, widerte sie an. Auch, was sich zu Hause abspielte, wenn sie nicht da war.

Sie wählte seine Nummer und blieb hartnäckig, bis er ranging.

»Hey, Süße, was ist denn so dringend, dass du mich mitten in der Nacht anrufst?«, lallte Logan ins Telefon.

»Sag mal, hast du sie noch alle?!«, sagte Justine wütend. »Das nächste Mal, wenn du mit deinen bescheuerten Freunden eine Party veranstaltest, solltest du vielleicht weniger trinken, damit du auch begreifst, an wen du diese bescheuerten Nachrichten verschickst!«

Scheiße!, verfluchte sich Logan und fuhr aus dem Bett hoch. Beschwipst tapste er durch das Schlafzimmer, sammelte dabei sein Hemd und seine Hose vom Boden auf und schlüpfte hinein. »Es ist anders, als du denkst.«

»Klar doch. Die Aktion spricht für sich.«

Er schwieg.

»Wie lange läuft die Sache schon?«

»Hey, zwischen mir und Sam läuft nichts, klar?!«

»Ihr schickt euch Fotos in Unterwäsche! Wie bescheuert

bist du eigentlich? Gott, ich hasse es, wenn du dich volllaufen lässt.«

»Ich weiß. Du hättest nicht fortgehen …«

»Ich bin nicht dein Aufpasser, Logan!«

»Schon klar … Trägst du deinen Ring noch?«, wollte Logan wissen.

»Spielt das eine Rolle?« Sie hielt inne. »Ich weiß nicht, wie es zwischen uns weitergehen soll.«

»Komm einfach zurück!«

»Das kann ich nicht. Offenbar verstehst du mich noch immer nicht.« Er schwieg erneut. Das machte es nicht besser. »Logan, ich brauche etwas Zeit. Ich melde mich.«

Sie legte auf und schaltete ihr Smartphone aus.

Inzwischen war es ihr egal, ob er sie jemals verstehen und ihre Entscheidungen akzeptieren würde. Auch, ob ihre Beziehung eine Zukunft hatte.

Justine stand vom Bett auf und öffnete das Fenster. Kühle, frische Luft drang ins Zimmer. Am Himmel leuchteten Sterne. In der Dunkelheit hörte sie das Rauschen der Wellen.

Sie atmete einmal tief durch und fragte sich, ob ihre Mutter einst ebenfalls aus dem Fenster dieses Hotelzimmers geschaut und denselben Geruch nach Salz und Meer wahrgenommen hatte.

Kapitel 11

Im Schatten auf der Veranda im Garten war es heute Morgen noch recht kühl. Trotzdem hatten sich einige der Gäste dazu entschieden, draußen an der frischen Luft zu frühstücken.

Justine gesellte sich mit einer Schüssel Porridge, einem Stück Bananenbrot und einer Tasse Kaffee zu ihnen an den Tisch. Doch die beiden älteren Paare waren nicht gerade gesprächig.

Logan und ihr wurde es nie langweilig. Dazu stritten sie sich viel zu oft. Allmählich hatte sie die ewigen Auseinandersetzungen satt. Sie verursachten nur Stress und machten am Ende beide unzufrieden. Genauso wie der *Scheiß*, den Logan gestern Nacht abgezogen hatte.

Je länger sie darüber nachdachte, desto mehr kam ihr sein Verhalten gerade recht. Insgeheim hatte sie bloß darauf gewartet. Zwischen ihnen funktionierte es schon länger nicht mehr. Bis jetzt hatte sie es sich nur nicht eingestehen wollen.

Sie trank noch eine weitere Tasse Kaffee und setzte sich mit einem Stuhl in die Sonne, während Sally gut gelaunt die Tische abräumte.

Justine überlegte sich, ob sie Sally auf Skye ansprechen

sollte. Traute sich dann aber nicht, den routinierten Ablauf auf der Terrasse zu unterbrechen.

Weil Justine nicht in der Stimmung war, sich die umliegenden Sehenswürdigkeiten anzusehen, fuhr sie an den Küstenabschnitt zurück, an dem sie gestern bereits gewesen war.

Heute Morgen war die vordere Parkplatzreihe gut besucht. Der Wind war etwas stärker, und es war wesentlich wärmer, als sie aus dem Auto stieg.

Sie beobachtete direkt vor sich auf der Rasenfläche vier ältere, ortsansässige Surfer, die sich über Gott und die Welt unterhielten. Daneben, im Schatten eines Pick-ups, hatte es sich ein Hund gemütlich gemacht, der sich nicht aus der Ruhe bringen ließ, während sein Besitzer das Surfbrett auf die Ladefläche schob.

Justine begab sich an den Rand der Küste, sah hinunter zum Meer und staunte. Je nach Untergrund und Tiefe wies das Wasser erstaunliche Farben auf. An seichten Stellen, an denen es nur Sand gab, schimmerte der Ozean genauso türkisblau wie auf den Malediven. Weiter draußen dunkelblau und dort, wo sich die Wellen brachen, schäumte das Wasser strahlend weiß.

Sie beobachtete einen Surfer, der weit hinauspaddelte und hinter den sich auftürmenden Wänden aus Wasser verschwand. Dann tauchten zwei weitere Surfer auf derselben Welle auf. Während der eine nach rechts drehte, über den Kamm schoss und wieder zurückpaddelte, ritt der andere Surfer den beidseitig brechenden Peak nach links ab und zog seinen Ritt weiter in die Länge, als hätte er vor, an den Strand zurückzukommen.

Ihr Blick suchte die beiden anderen Surfer, die hinter den Wellen nicht mehr zu sehen waren.

Als sie wieder näher zum Ufer sah, lag der Surfer auf seinem Brett und ließ sich wie ein Bodysurfer zurück ans Ufer tragen.

Justine ging die Holztreppe zum Strand hinunter, schlüpfte aus ihren Sandalen und beobachtete den Surfer, wie er mit dem Brett unter dem Arm aus dem Wasser kam.

Seine Arm- und Beinmuskeln zeichneten sich unter dem Wetsuit ab. Er war ungefähr einen Kopf größer und vielleicht ein paar Jahre jünger als sie.

Er machte kein freundliches Gesicht. Aber auch kein unfreundliches. Mit seinen Gedanken schien er woanders zu sein. Als er innehielt und angestrengt über seine Schulter zum Point blickte, wusste sie, dass er immer noch dort draußen in den Wellen war.

Justine fragte sich, ob er derselbe war, den sie bereits gestern Abend bei ihrer Ankunft dort draußen gesehen hatte. Als hätte er ihre Gedanken bemerkt, sah er kurz auf, was sie überraschend in Verlegenheit brachte.

Vielleicht lag es an seiner ruhigen Aura. Vielleicht aber auch an seinem Blick. An den glasklaren, blauen Augen, die so faszinierend lebendig leuchteten.

Ihr Herz schlug spürbar gegen ihren Brustkorb. Selbst dann noch, als er bereits die Treppe hinaufging.

Die Arme vor der Brust verschränkt, hielt sie die Füße ins Wasser und beobachtete das Geschehen draußen am Mainbreak.

Ihr fiel auf, dass sie bis jetzt bloß auf Männer gestoßen war, die den Impuls verspürten, an diesem Riff zu surfen, worüber sie sich ein wenig wunderte.

Justine kehrte zum Parkplatz zurück. Dabei fiel ihr das Hai-Alarm-System ins Auge. Sie dachte über die Möglichkeit nach, von einem Hai angegriffen zu werden, und bewunderte den Mut derjenigen, die sich nicht davon abschrecken ließen. Derjenigen, die einen Verkehrsunfall für wahrscheinlicher hielten oder sich schlicht und einfach nicht von der Möglichkeit einer Haiattacke, die durchaus eintreffen konnte, aufhalten ließen.

Justine beobachtete ein Auto mit festgezurrten Surfboards auf dem Dach, das gerade die Zufahrt zum Parkplatz hinunterfuhr.

Hinter dem Steuer saß Jenke. Neben ihm der Sohn der Familie, bei der sich Jenke im Gästezimmer einquartiert hatte.

Justine ging auf die beiden Männer im Auto zu.

Während der Motor noch lief, beugte sich Jenke über die Mittelkonsole und spähte zum offenen Fenster der Beifahrertür hinaus. »Sally meinte, dass wir dich hier finden. Hast du Lust zu surfen?«

Justine schaute ihn ungläubig an. »Ich habe keine Ahnung vom Surfen. Ich bin noch nie mit einem Surfboard in Berührung gekommen.«

»Du kannst ja mal eines der Bretter auf dem Dach anfassen«, meinte Jenke grinsend.

»Haha, sehr witzig.« Justine sah über die Schulter hinaus auf das Meer. Zu den Leuten auf dem Parkplatz, die ihre Sachen aus- und einluden. »Was ist mit den Haien? Außerdem erscheinen mir die Wellen viel zu heftig.«

Jenke und sein jüngerer Begleiter tauschten amüsierte Blicke. »Falls du hier am Mainbreak surfen willst, solltest du vorher zumindest ein paarmal in deinen Wetsuit gepinkelt haben.«

»Was?«

»Erfahrung mitbringen.«

Die beiden machten sich offensichtlich lustig über sie, doch davon ließ sich Justine nicht beirren. »Dann surfst du öfter an diesem Riff?«

»Ja, an Tagen wie diesen. Die Bedingungen sind gut. Nicht zu heftig. Aber mit einem Kook im Schlepptau …«

Justine lachte, was der Junge auf dem Beifahrersitz weniger witzig fand.

»Was ist nun? Kommst du mit? Du kannst uns dabei zuschauen, sofern du nicht selber surfen willst. Es ist auch nicht weit. Nur ein Stück die Straße entlang. Dort, wo der Fluss mündet.«

»Okay. Überredet.«

Letztendlich war es ihre Neugier und die Unvoreingenommenheit dem Unbekannten gegenüber, die sie dazu veranlasste, die beiden zu begleiten und sich die Sache mal etwas genauer anzusehen. Wer weiß, vielleicht würde sie es ja doch noch selbst ausprobieren.

Die Straße endete in einem Parkplatz. Direkt davor, auf der rechten Seite der Margaret River, der sich durch die mit Büschen und Gras bewachsene, hügelige Landschaft hinter ihnen schlängelte und an einer Sandbank endete, erstreckte sich der scheinbar unendliche Ozean, dessen Wellen in die Bucht liefen.

»Der könnte passen«, sagte Jenke und reichte Justine einen Wetsuit.

»Ich werde euch wohl besser beim Surfen zuschauen.«

»Das kannst du auch in einem Wetsuit.«

Unten am Strand zeigte ihr Jenke, wie man die Leash am Fußknöchel befestigte. Wie sie ungefähr paddeln und aufstehen sollte.

Jenkes Einführung in die Welt des Surfens war so kurz, dass sie sich hoffnungslos überfordert fühlte.

Schon rannte er ins Wasser, zog sich auf sein Brett und entfernte sich mit zügigen Paddelschlägen vom tückischen Ufer.

Das Wasser wurde rasch tiefer, und die auslaufenden Wellen schwappten kraftvoll an den abfallenden Strand. Unvoreingenommen stellte sich Justine der Herausforderung, schritt zögerlich durch die Fluten und versuchte, das Brett auf dem Wasser zu halten. Doch die erste hohe Welle riss ihr sofort das Brett aus den Händen. Die Kraft des Wassers wirbelte sie mit samt ihrem Brett herum und spuckte sie am Strand wieder aus.

Als Justine ihr Brett endlich wieder eingesammelt hatte und aus dem Wasser gehen wollte, kam Jenke nach ein paar tollen Ritten ebenfalls an den Strand zurück und überredete sie, es noch einmal zu versuchen.

Jenke ließ sein Surfbrett am Strand. Gemeinsam gingen sie tiefer in das Wasser. Dieses Mal wich er nicht von ihrer Seite. Er half ihr dabei, das Surfbrett auf dem Wasser zu halten, während eine gebrochene Welle schäumend auf sie zukam.

Sie warteten noch zwei weitere Wellen ab. Schließlich forderte er Justine dazu auf, sich aufs Brett zu legen und kräftig loszupaddeln, während er sie Richtung Ufer anschob.

Bis jetzt hatte Justine keine Ahnung davon gehabt, wie berauschend es sein konnte, mit einer Welle zu gleiten und sich von der Energie des Wassers tragen zu lassen.

Justine gab nicht auf, bis es ihr endlich gelang, auf dem Surfbrett aufzustehen. Von da an klappte überhaupt nichts mehr. Es wollte ihr einfach nicht gelingen, stehend ans Ufer zu gleiten.

Jenke meinte, dass sich die Bedingungen geändert hätten. Dass dieser Strandabschnitt für einen Surfanfänger jetzt nicht mehr optimal war. Trotzdem habe sie heute bereits viel erreicht.

Justine wollte das nicht hören, zu sehr war sie von dem Erlebnis berauscht, um es einfach so auf sich beruhen zu lassen.

Vielleicht hatte sie es sich leichter vorgestellt oder auch einfach etwas anderes erwartet.

Feststand jedoch, dass sie es morgen wieder versuchen wollte.

Und zwar genau hier!

Am nächsten Morgen wartete Justine bereits ungeduldig auf der Veranda vor dem Guesthouse auf Jenke. Doch von ihrem tollen Surflehrer war nichts zu sehen. Stattdessen piepte ihr Mobiltelefon.

Sorry, dass mit heute wird leider nichts. Mir ist was dazwischengekommen.

Justine hatte mit vielem gerechnet, aber nicht, dass Jenke sie einfach so versetzen würde. Die Absage per Kurzmitteilung frustrierte sie. Sie hatte sich so darauf gefreut, es heute nochmals versuchen zu können, und gehofft, dass sie ein paar Fortschritte beim Surfen machen würde.

Doch statt ihre Verabredung einzuhalten, blieb Jenke anscheinend lieber mit irgendeiner Bekanntschaft, die ihm früher oder später wieder die kalte Schulter zeigen würde, im Bett liegen.

Aber ein gebrochenes Männerherz mehr oder weniger war zum Glück nicht ihr Problem.

Trotz der Absage wollte sich Justine nicht unterkriegen

lassen. Sie fuhr in das Zentrum von Margaret River und lieh sich im Surfshop, an dem sie bei ihrer Ankunft vorbeigefahren war, das passende Equipment aus. Wofür gab es schließlich Kreditkarten?

Okay, vielleicht hätte ich doch die Hilfe eines Surflehrers in Anspruch nehmen sollen, dachte sie sich, als sie den Parkplatz am Strand erreichte. *Oder zumindest auf die Empfehlungen des Shopbetreibers hören und ein größeres Surfbrett, das für Anfänger geeignet ist, nehmen sollen.* Aber mit einem solch sperrigen Brett, das ihr im Wasser durchaus wie ein Geschoss um die Ohren fliegen konnte, hatte sie sich nicht wirklich anfreunden können. Außerdem hätte so ein Monsterbrett gar nicht in ihr Auto gepasst.

Manchmal konnte sie echt stur sein.

Justine stieg aus dem Auto und beobachtete die Surfer im Wasser.

Die Brandung erforderte heute definitiv etwas mehr Mut als gestern. Vom Parkplatz aus konnte sie die Situation jedoch nicht richtig einschätzen. Das konnte auch täuschen.

Irgendwann wurde ihr klar, dass je länger sie zögerte, es umso unwahrscheinlicher wurde, dass sie sich ins Wasser traute. Doch sie wollte keinen Rückzieher machen, nicht nachdem sie sich die Surfausrüstung bereits ausgeliehen hatte. Das würde sie hinterher mit Sicherheit bereuen. Sie wollte unbedingt erfahren, wie es sich heute mitten in den Wellen anfühlte.

Justine zog sich um und ging mit dem Brett unter dem Arm zum Strand hinunter.

Vor ihr tauchte ein Bodysurfer mitten durch die Gischt aus einer sich brechenden Welle auf. Die Wellen waren chaotisch und mit Sicherheit größer als gestern. Selbst einen Surfer weiter draußen überraschten die Wasserberge und verschluckten ihn ein paar Mal kurz.

Justines Gesichtsausdruck wurde ernster, und sie bekam weiche Knie. Trotzdem wollte sie einen Versuch wagen.

Tapfer befestigte sie die Leash an ihrem Fuß und überprüfte den Klettverschluss ein zweites Mal. Im Wasser gab ihr das Surfbrett Sicherheit, auch wenn sie damit rechnen musste, dass es ihr jederzeit um die Ohren fliegen konnte.

Justine wartete, bis das Set ein wenig abflaute, und machte es genauso, wie Jenke es ihr gestern geraten hatte. Als es sich richtig anfühlte, sprang sie zügig ins Wasser, zog sich auf das Brett und paddelte kräftig los.

Mit schnellen, hektischen Armbewegungen, so als müsse sie sich vor der Brandung in Sicherheit bringen, überwand sie eine Welle nach der anderen.

Außer Atem und mit Armen schwer wie Blei, setzte sie sich auf ihr Brett. Als sie realisierte, dass sich die Wellen vor ihr weit außerhalb ihrer Komfortzone auftürmten, wurde sie von blanker Panik erfasst.

Scheiße, in was für eine dumme und gefährliche Situation habe ich mich da bloß hineinmanövriert?

Will ich mich etwa umbringen?

Justine hatte keine Ahnung, wie sie aus diesem Schlamassel unversehrt wieder herauskommen sollte. Sie wusste ja nicht einmal, wie sie eine so große Welle anpaddeln sollte, und erst recht nicht, wann sie auf die Füße springen musste.

Sie wagte nicht einmal den Versuch, eine der großen Wellen anzustarten. Der Respekt vor ihnen war zu groß. Stattdessen ließ sich Justine mit der Strömung treiben, in der Hoffnung, von einer kleineren Welle an Land getragen zu werden.

Doch so einfach gab der Ozean sie nicht wieder frei. Die Wucht einer brechenden Welle riss Justine vom Brett, drückte sie unter Wasser und wirbelte sie herum.

Sie griff nach ihrem Fuß, nach der Leash, die sie zu ihrem Brett an die Oberfläche führte. Sie tauchte auf, rang nach Luft, als bereits die nächste Welle tosend über ihr zusammenbrach.

Justine tauchte erneut unter, ließ das Ganze noch einmal über sich ergehen. Todesangst griff nach ihr, doch im selben Moment spürte sie die Herausforderung. So einfach würde sie nicht aufgeben.

Entschlossen schoss Justine aus dem Wasser, zog sich bäuchlings auf das Brett und paddelte kräftig Richtung Strand.

Weiter und immer weiter, bis sie es unter ihrem Brett knirschen hörte. Erschöpft, aber auch erleichtert darüber, dass sie in Sicherheit war, setzte sie sich neben ihr Brett.

»Bist du okay?«

Justine sah zu dem Typ hoch, der von den Felsen zu ihr hinübergelaufen war. »Ja«, versicherte sie, obwohl sie sich etwas benommen fühlte. Sie musste erst einmal begreifen, was sie gerade erlebt hatte.

Für heute hatte sie genug. Sie wusste jetzt, wie es war, sich mit den großen Wellen zu messen und der rauen Seite des Ozeans zu begegnen.

»Wie viel von meiner Showeinlage hast du denn gesehen?«, wollte Justine wissen, während sie den gutaussehenden Typen etwas genauer musterte. Das fast schon freche Grinsen in seinem Gesicht, das ihn gerade ziemlich sympathisch machte. Die blauen Shorts standen ihm gut. Auch der verwaschene Kapuzenpulli und die professionell wirkende Fotokamera, die er lässig in seiner Hand hielt.

»Nicht viel. Meistens warst du unter Wasser.«

Justine erhob sich und wischte sich den Sand von den Händen. »Ich mach das hier zum allerersten Mal«, rechtfertigte sie sich, weil sie sich dadurch besser fühlte.

»Was denn?«

Sie wollte *surfen* sagen. Aber ihre peinliche Darbietung im Wasser hatte sich, ehrlich gesagt, gar nicht danach angefühlt. Es entsprach kein bisschen dem Bild, das sie von den Medien über das Wellenreiten im Kopf hatte.

Also schluckte sie die Bemerkung hinunter und warf stattdessen einen Blick über ihre Schulter auf das Meer hinaus. Die Wellen erschienen nicht mehr ganz so hoch. Irgendwie machbarer. Überschaubarer. Plötzlich zweifelte Justine an sich selbst. Sie fragte sich, weshalb sie vorhin im Wasser so hatte kämpfen müssen. Von hier sah alles so einfach aus.

»Ehrlich gesagt, weiß ich selbst nicht so genau, was ich eigentlich hier mache«, murmelte Justine.

»Die Brandung lässt etwas nach, falls du es noch einmal versuchen möchtest …«

»Nein, ich bin noch immer außer Atem.«

Justine fragte sich, ob der Kerl mit der Kamera selbst surfte. Ob er zuvor vielleicht die beiden Kiter und die Windsurfer, die weiter draußen den Wind nutzten, fotografiert hatte. »Bist du Fotograf?«

Er zögerte und sagte schließlich: »Ich arbeite in einem der Restaurants an der Hauptstraße.«

Seine Reaktion verwunderte sie. Er hatte ihre Frage nicht wirklich beantwortet. »Vielleicht laufen wir uns dort mal über den Weg«, sagte Justine belanglos klingend und langte nach ihrem Surfbrett. »Wie heißt du eigentlich?«

»Luke.«

»Hat mich gefreut, Luke. Und danke, dass du mir bei diesem Misserfolg beigestanden hast.« Sie erwiderte sein Lächeln und wandte sich ab.

Als sie sich noch einmal zu ihm umdrehte, stand er bereits wieder auf den Felsen und fotografierte die Gruppe Kiter und Windsurfer. Erst jetzt fiel Justine auf, dass Luke über der linken Wade eine lange Narbe hatte. Dass die linke untere Beinhälfte weniger ausgeprägt wirkte als die rechte. Als würde ein Teil der Muskulatur fehlen.

Hatte er einen Unfall gehabt?

Oder trug er die Narbe bereits seit seiner Geburt?

Nachdenklich kehrte sie zu ihrem Auto zurück.

Nur Luke kennt die Antwort darauf, dachte Justine, als sie zu den Felsen in seine Richtung sah, während sie sich hinter dem geöffneten Kofferraum aus ihrem widerspenstigen Wetsuit befreite.

Justine hob das Surfbrett vom Boden auf und schob es in den Kofferraum über den runtergeklappten Rücksitz.

Auf dem Rückweg legte sie am Surfers Point, der lediglich ein paar Steinwürfe von der Flussmündung entfernt lag, einen Zwischenstopp ein.

Sie blickte durch die Frontscheibe zu den Wellen am Mainbreak und beobachtete die wenigen Surfer, die draußen am Riff surften. Alles erinnerte sie an die plötzlich aufgetretene Angst, der sie sich im Wasser hatte stellen müssen und vor der sie nicht hatte davonlaufen können.

Hatte sie heute zu schnell aufgegeben? Genauso schnell wie beim Hotel-Projekt?

Da es Justine im Auto auf einmal zu eng wurde, stieg sie aus. Dabei entdeckte sie zwei ältere Herren, die sie bereits gestern beim Ein- und Ausladen ihrer Surfbretter gesehen hatte.

Sie unterbrachen ihren Smalltalk, als sie bemerkten, wie die junge Frau sie anblickte. Der eine nickte Justine freundlich zu.

Vielleicht war er bloß freundlich. Vielleicht fragte er sich aber auch, was sie hier wollte.

Justine wandte sich von den Männern ab und trat an den Küstenstreifen. Sie beobachtete die Surfer im Wasser und spürte, wie der Wind ihren Kopf endlich wieder frei machte. Wie ihre Sorgen und das Gefühl, immerzu Herausragendes leisten zu müssen, in den Hintergrund rückten.

Hier konnte sie aufatmen. Ohne eigentlich zu wissen, warum.

Hinter ihr wurden die Gespräche lauter. Neugierig spähte Justine über ihre Schulter und sah, dass sich der Fotograf … Luke, zu den beiden älteren Männern gesellt hatte. Da sie deren Unterhaltung nicht stören wollte und sich auch nicht wirklich traute, sich ihnen anzuschließen, wandte sie sich wieder ab.

Die Herren unterhielten sich noch eine Weile. Als Justine Autotüren zuknallen hörte, verstärkte sich das Gefühl, dass Luke zu ihr hinüberschlendern würde. Trotzdem war sie überrascht, als er neben ihr auftauchte.

»Wenn du weiterhin fleißig übst …«

»Klar«, entgegnete sie. »Ich bin eine Realistin und keine Träumerin!«

»Du hast dir hier auch nicht gerade einen leichten Ort ausgesucht, um zu surfen.«

»Eigentlich war das auch nicht geplant. Ich hatte gestern bloß die Gelegenheit dazu und dachte, dass es heute vielleicht einfacher wäre.«

»Also doch eine Träumerin.«

»Nein, ich glaube nicht. Vielleicht eher unvoreingenommen und naiv?« Justine gefiel sein Lächeln. Die Art und Weise, wie er sie ansah. Die ungeteilte Aufmerksamkeit, die er ihr schenkte.

»Ich habe dich hier noch nie gesehen. Bist du auf der Durchreise?«

»Mehr oder weniger«, sagte sie knapp und fügte schließlich hinzu: »Vielleicht bleibe ich auch etwas länger.«

»Wie heißt du eigentlich?«

»Justine.«

Seine Hände vergruben sich lässig in seinen Hosentaschen. »Hast du morgen Abend schon etwas vor, Justine?«

»Ähm …« Seine Frage überrumpelte sie etwas. Wollte er sie zu einem Abendessen einladen?

»Ein paar Freunde treffen sich bei mir zu Hause zu einem Barbecue.«

»Ein paar Freunde also …«, murmelte sie abwägend.

»Ja, ein paar Freunde.«

Schließlich ließ sich Justine überreden. Hinterher, als sie bereits wieder in ihrem Auto saß und zur Unterkunft zurückfuhr, bekam sie ein schlechtes Gewissen. Sie hätten ja nicht gleich ihre Telefonnummern austauschen müssen.

War sie mit ihrem sorglosen Verhalten am Ende nicht besser als Logan?

Warum zerbrach sie sich darüber überhaupt den Kopf?

Hier ging es lediglich um ein Barbecue, mehr nicht.

Justine erreichte die Unterkunft und fand sofort einen

leeren Parkplatz. Offensichtlich waren alle Gäste ausgeflogen. Auch Sally, denn sie stand vor verschlossener Tür.

Justine kramte ihren Zimmerschlüssel hervor, der auch an der Eingangstür funktionierte, und brachte ihre nassen Sachen, außer das Surfbrett, zum Trocknen auf ihr Zimmer.

Weil es für ein Abendessen noch zu früh war und sie nicht länger allein in dem Guesthouse bleiben wollte, suchte sie den gegenüberliegenden Strand auf.

Sie überquerte die Straße, stieg die Treppe hinauf und ging den schmal angelegten Pfad entlang, den auf beiden Seiten wilde Büsche flankierten.

Justine begegnete zwei Spaziergängern mit Hunden. Ein bullig aussehender bellte und zerrte an seiner Leine, was Justine instinktiv zurückweichen ließ. Aus Erfahrung, weil viele Hundeführer ihre Hunde nicht im Griff hatten und hinterher nur ausweichend lächelten, wenn ihre Vierbeiner respektlos fremde Leute ansprangen oder sich gar angriffslustig zeigten.

Kopfschüttelnd ließ Justine die bellenden Hunde hinter sich und konnte kurz darauf das glitzernde Meer sehen. Davon begeistert, nahm sie das Smartphone aus der Hosentasche machte ein paar Fotos von der Umgebung und der wunderschönen Abendstimmung.

Sie war bereits eine Weile den Strand entlanggelaufen, als sie stehen blieb, einen Moment innehielt und alles auf sich wirken ließ.

Die Strände hier im Südwesten waren heller, wilder und freier. Anders als diejenigen, die sie von der Südostküste her kannte.

Vielleicht lag es aber auch daran, dass sie sich hier freier fühlte. Für gewöhnlich war ihr Leben immer verplant. Ihr Alltag eine stressige Routine. Obwohl kein Tag wie der andere war, fühlte es sich so an.

Ein stetiges Abstrampeln, das gefühlt doch nirgendwo hinführte.

Wozu tat sie es dann?

Justine tupfte sich ein paar Tränen aus den Augen.

Sie war eindeutig zu nah am Wasser gebaut. Ihre Tränen kamen mit Sicherheit nicht vom Wind.

Justine setzte sich in den noch warmen Sand und hing noch eine Weile ihren Gedanken nach. Etwas später fuhr sie fürs Abendessen in den Ort und wählte ein Restaurant nach ihrem Bauchgefühl. Kaum hatte Justine ihre Bestellung aufgegeben, zog sie ihr Mobiltelefon aus der Tasche. Logan hatte sich noch nicht gemeldet. Auch wenn sie diejenige war, die aufgelegt hatte, lag es doch an ihm, sich zu entschuldigen.

Am Ende konnte Justine es nicht dabei belassen und sendete Logan ein paar Fotos der Umgebung.

Ihr Smartphone vibrierte prompt. Eine Bildnachricht ohne Text. Sie war aber nicht von Logan.

Justine betrachtete das Foto, das sie am Strand zeigte, wie sie abwägend mit ihrem Surfbrett dastand, bevor sie sich mutig in die Wellen gestürzt hatte. Unwissend darüber, auf was sie sich gleich einlassen würde und wie beängstigend es sein konnte, keine Kontrolle über das Geschehen zu haben. Selbst wenn es nur für einen Moment war.

Du hast doch hoffentlich nicht das ganze Fiasko fotografiert?!, schrieb sie Luke. Offensichtlich hatte er sie schon länger beobachtet.

Luke antwortete prompt. *Keine Sorge, die Fotostrecke wird mich noch eine Weile bei Laune halten.*

O Gott, dachte sie und tippte: *Es gibt wohl nichts Schlimmeres. Gerade bin ich mir nicht sicher, ob ich dir morgen Abend unter die Augen treten kann.*

Darauf antwortete er mit einem Smiley und den Worten: *Damit kenne ich mich aus. Ich kann dir damit bestimmt helfen.*

Justine biss sich auf die Unterlippe, während sie tippte. *Jetzt machst du mich echt neugierig.*

Sie starrte auf ihr Smartphone. Nichts geschah.

Warum hatte sie das überhaupt geschrieben?

Nach einer gefühlten Ewigkeit vibrierte ihr Mobiltelefon: *Gute Nacht, Justine.*

Sie tippte drei Fragezeichen ein und löschte sie wieder.

Gute Nacht, Luke!, schrieb sie stattdessen.

Kapitel 12

Als Justine zum Hotel zurückkehrte, war es bereits im ganzen Haus still. Das Licht war gedämpft, und es roch angenehm nach der Sandelholz-Duftkerze auf der Empfangstheke, die zuvor noch gebrannt haben musste.

Justine hielt einen Moment inne und genoss die Ruhe in der behaglichen Atmosphäre. In Gedanken versunken, sah sie zu der Kommode, die neben der gemütlichen Sitzgruppe stand, zu dem silbernen Tablett, der Karaffe mit Wein, den Weingläsern.

Spontan schenkte sie sich etwas von dem Wein ein.

Genüsslich an ihrem Weinglas nippend, trat sie an das in die Wand eingebaute Bücherregal. Ihr Blick schweifte über die Bücher und blieb an einem fremdsprachigen, dicken Wälzer hängen. Ohne es sich erklären zu können, zog sie diesen hervor und riss dabei versehentlich ein anderes Taschenbuch aus dem Regal.

»Scheiße«, fluchte sie leise, als sie auch noch einen Schluck Wein darüber schüttete.

Sie stellte ihr Glas ab und sammelte das Foto ein, das über den geölten Dielenboden geschlittert war. Als sie es zurück ins Buch legen wollte, betrachtete sie die verblasste Fotografie und hielt abrupt inne.

Die junge Frau im Wetsuit und einem Surfbrett am Strand war keine Fremde.

Du siehst deiner Mutter immer ähnlicher.

War das alles bloß ein Zufall?

Trotzdem warf sie einen Blick über ihre Schulter und vergewisserte sich, dass außer ihr niemand hier war.

Justine hob das Buch vom Boden auf, wischte die roten Tropfen vom Buchdeckel und blätterte durch die Seiten. Dabei stieß sie auf ein paar Notizen und hervorgehobenen Stellen.

Der Roman handelte von einer jungen Frau, die ihre Familie verloren und in ihrem Leben nichts geschenkt bekommen hatte, bis sich eines Tages das Blatt wendete und sie der großen Liebe ihres Lebens begegnete.

Justine las eine Notiz.

14.12.1990 Jetzt weiß ich, was wahre Liebe bedeutet. Von dem Moment an, an dem du mir begegnet bist.

Sie blätterte weiter.

22.09.1991 Ein Bündel voller Liebe. Nie hätte ich gedacht, dass meine Liebe noch viel größer würde.

Justines Herz begann, wild zu schlagen, als sie ihr Geburtsdatum sah.

Mein Gott, war das wirklich möglich?

Hatte dieser Roman tatsächlich einst ihrer Mutter gehört? Stammten die Notizen von ihr?

Erneut betrachtete Justine das Foto, die junge Surferin, die Leidenschaft ausstrahlte und voller Leben leuchtete.

Justine erinnerte sich daran, wie ihr Vater ihr erzählt hatte, dass er die alten Surfbretter aufbewahrt hatte.

Was war hier los?

Was verschwieg ihr Vater ihr?

Kapitel 13

Heute war die zweite Therapiesitzung, an der Russell teilnehmen würde, dabei hatte er überhaupt keine Lust, eine Stunde mit den anderen Gruppenteilnehmern und dem Therapeuten in einem stickigen Raum zu hocken.

Er war hier fehl am Platz und vergeudete nur seine Zeit. Diese Haltung spiegelte sich auch in seinem Verhalten wider.

Bewusst sonderte er sich von den vier anderen Teilnehmern ab, die brav im Kreis saßen.

Es war besser, wenn er ein wenig Abstand zu dem Ganzen hielt. Er wollte sich auch nicht wirklich einbringen und vor den anderen jammern. Das gehörte sich einfach nicht.

Generell war er psychologischen Maßnahmen gegenüber eher skeptisch eingestellt. Er war weder scharf auf eine Gehirnwäsche, noch wollte er sich etwas einreden lassen, von dem er nicht überzeugt war.

Russell war sich einfach nicht sicher, ob er den Tricks der Therapeuten standhalten und sich selbst treu bleiben konnte. Sich zu behaupten, gehörte nicht unbedingt zu seinen größten Stärken.

Er geriet in eine nahezu lethargische Lähmung, als seine Bereitschaft, einer ausufernd palavernden Gruppenteilnehmerin zuzuhören, den Tiefpunkt erreichte.

Trotzdem war für ihn eine Gruppentherapie noch immer besser als eine Einzeltherapie. Denn es schien niemandem aufzufallen, dass er nicht wirklich bei der Sache war.

Wie kleine Kinder saßen sie in einem Stuhlkreis, obwohl es im Raum auch einen Tisch für Erwachsene gab.

Die Platzierung der Stühle erinnerte Russell an ein Spiel, das sie früher auf Kindergeburtstagen gespielt hatten. Man musste so lange um die Stühle herumgehen, bis jemand die Musik ausmachte und sich dann einen Platz zum Sitzen ergattern, obwohl es immer einen Stuhl zu wenig gab.

Er konnte sich noch gut daran erinnern, dass er sich versehentlich auf den Schoß eines Mädchens gesetzt hatte. Das war ihm etwas peinlich gewesen, aber nicht so sehr, dass er sich in Grund und Boden dafür geschämt hätte. War ja irgendwie auch eine nette Erfahrung gewesen.

In sich hinein grinsend, zog Russell die Aufmerksamkeit des Therapeuten und der Gruppe auf sich. Schnell korrigierte er den, seiner Meinung nach, unpassend wirkenden Ausdruck in seinem Gesicht.

»Lassen Sie uns an Ihren Gedanken teilhaben, Russell?«
»Ich bin nur etwas abgeschweift.«
»Offenbar hat es sich gelohnt. Sie wirkten zufrieden.«

Russell verlagerte seine Haltung auf dem Stuhl und positionierte sich aufrechter. Durch die erwartungsvollen Blicke, die sich nur auf ihn konzentrierten, kam er ins Schwitzen. »Das war mir nicht bewusst.«

Die einzige Frau in der Gruppe konnte Russells ablehnende Haltung nicht länger ertragen. Für sie stand er sich nur selbst im Weg. »Du willst deiner Situation bloß nicht in die Augen schauen, Russell! Während wir anderen uns mit unseren Problemen auseinandersetzen, sitzt du nur schweigend da und beurteilst, was wir uns gegenseitig erzählen. Aber das wird dich keinen Schritt weiterbringen.«

Russell sah in die Runde. Sie schienen sich einig zu sein. Als hätten sie sich abgesprochen. Trotzdem fiel es ihm schwer, sich einzubringen und der Gruppe gegenüber zu öffnen. Seine Probleme zu benennen und diese damit offen zur Schau zu stellen, sodass jeder sehen konnte, wie ihm sein Leben aus den Händen glitt und er nichts dagegen unternehmen konnte.

Unruhig rutschte er auf seinem Stuhl herum. Er hatte den Eindruck, als würde er ein Mikrofon in der Hand halten.

Obwohl er seine Gedanken über die Therapiestunden besser für sich behielt, konnte er nicht länger den Mund halten. »Ich will niemandem zu nahe treten. Aber das hier … Diese Sitzungen bringen mich nicht weiter.«

»Woran könnte das liegen? Was denken Sie?«, hakte der Therapeut nach.

Russell wusste, worauf der Mann hinauswollte. Aber er tat sich schwer damit, sich einzugestehen, dass er tatsächlich in Schwierigkeiten steckte, die sich nicht einfach, ohne dass er sich aktiv an den Gesprächen beteiligte und sich seiner Problemen annahm, in Luft auflösen würden.

Er könnte jetzt aufstehen und den Raum verlassen. Stattdessen sagte er: »Vorhin habe ich mich an eine Sache aus meiner Kindheit erinnert.« Er lachte gezwungen. »Damals hätte ich bestimmt nicht damit gerechnet, dass ich eines Tages an einen Punkt gelangen würde, an dem ich nichts mehr auf die Reihe kriege.«

»Vielleicht hätten wir erst gar nicht erwachsen werden sollen«, sagte der älteste Gruppenteilnehmer.

Alle lachten zustimmend, weil sie sich untereinander verstanden und verbunden fühlten.

»Als Kind war es tatsächlich leichter. So habe ich es jedenfalls in Erinnerung«, begann die einzige Frau unter den Teilnehmern. »Ich wäre gern noch eine Weile unbeschwert geblieben. Doch seit mein Vater letztes Jahr an einem Schlaganfall gestorben und mein Mann im selben Jahr während eines gefährlichen Feuerwehreinsatzes ums Leben gekommen ist, fühlt es sich plötzlich nicht mehr so an. Ich habe alles getan, um unseren Kindern weiterhin eine liebevolle, unbeschwerte Kindheit zu bieten. Bis ich eines Tages zusammengebrochen bin.«

Russell schluckte den Kloß in seinem Hals herunter. Ihr Schicksal machte ihn betroffen. Nicht zuletzt, weil es ihn an sein eigenes erinnerte. Doch Skye war schon seit längerer Zeit verstorben. Er konnte sich nicht mit der Frau vergleichen, die von einem Tag auf den anderen alles selbst in die Hand hatte nehmen müssen. Ihre Situation war eine andere. Im Gegensatz zu ihr hatte er in ein warmes Nest zurückkehren können. Seine Mutter hatte sie mit offenen Armen empfangen und sich liebevoll um Justine gekümmert.

Russell driftete gedanklich noch tiefer ab und entfernte sich von den Gesprächen der anderen. Er dachte an Justine, an ihre Reise nach Margaret River, die bei ihm gemischte Gefühle auslöste. Vielleicht hätte er besser doch noch einmal mit ihr geredet.

»Was sagen Sie, Russell, sind Sie dabei?«

»Bitte?«

Der Therapeut erklärte Russell die Hausaufgaben, auf die sie sich geeinigt hatten. Währenddessen schrieb er mit einem blauen Filzstift auf fünf Blätter seines Schreibblockes *Freifahrtschein,* den er jedem in die Hand drückte.

Die Aufgabe lag darin, sich selbst etwas Gutes zu tun und sich, genau wie damals als Kind, in seinem eigenen Tun zu verlieren. Erst hinterher in aller Ruhe hinzuschauen und dann sein eigenes Befinden zu analysieren.

»Unternehmen Sie etwas, was Sie aufblühen lässt, und vergessen Sie nicht, ein Kind kennt kein Zeitgefühl. Verlieren Sie sich genauso in dieser einen Sache. Benutzen Sie Ihren Freifahrtschein.«

Während sich die anderen noch über die gestellte Aufgabe unterhielten, brachte Russell seinen Stuhl zurück an den Tisch. Der Therapeut stellte sich zu ihm und räumte seine Sachen zusammen.

»Kommen Sie nächste Woche wieder, Russell, um uns zu erzählen, wie es Ihnen ergangen ist?«

»Wenn ich mich nicht zu sehr in meinem Tun verliere. Kinder haben ja kein Zeitgefühl.«

Den Schalk im Nacken, machte sich Russell auf den Heimweg.

Er hatte Mühe, einzuschlafen, was inzwischen zu einem Dauerzustand wurde. Das Gedankenkarussell machte ihn wahnsinnig. Genau wie der zusammengefaltete Freifahrtschein in der Gesäßtasche seiner Jeans, die über dem Badewannenrand hing.

Was sollte diese kindische Aufgabe bezwecken, außer dass man sich um drei Uhr morgens das Hirn darüber zermarterte?

Und wieso stellte eine solch lächerliche Aufgabe eine so große Herausforderung für ihn dar?

Gab es in seinem Leben wirklich nichts, wofür er sich wirklich begeistern konnte?

Wütend über sich und die Welt wälzte er sich noch lange hin und her.

Als Russell wieder aufwachte, war es im ehemaligen Schlafzimmer seiner Eltern bereits wieder hell. Er schoss aus dem Bett hoch und eilte aus dem Zimmer. Erst als er im Badezimmer vor dem Waschbecken stand und Wassertropfen von seinem Gesicht perlten, realisierte er, dass er auch heute nicht zur Arbeit fahren würde. Was ihn einerseits erleichterte, andererseits erschreckte.

Er roch an dem sauberen Handtuch, das er von zu Hause mit ein paar anderen notwendigen Sachen mitgebracht hatte.

Jade war inzwischen ausgezogen.

Es war nicht so, dass er nicht irgendwann das Gespräch zu ihr suchen würde. Doch sie hatte ihn betrogen. Dazu noch mit seinem Bruder.

Grübelnd verkroch sich Russell in den Schuppen und sortierte den Rest seiner alten Sachen aus. Die Gegenstände, die ihm immer noch wichtig waren, verfrachtete er in den Kofferraum seines Range Rovers.

Mit gemischten Gefühlen fuhr Russell durch das Tor und ließ dieses Kapitel seines Lebens, die hübschen Villen mit ihren wunderschönen Gärten, hinter sich.

Es lag nicht am Geld, dass er nicht in Brighton wohnte. Im Grunde passte er einfach nicht hierher. Im Gegensatz zu Jade, die schon immer nach Brighton hatte ziehen wollen.

Jetzt hatte sie die Gelegenheit dazu.

Heute Morgen hatte er Jades Wagen auf Vinces Zufahrt gesehen.

Warum hatte ihn das nicht überrascht?

Hupend trat Russell auf die Bremse und fuhr wild gestikulierend an dem Idioten vorbei, der seine verdammte Karre in eine viel zu kleine Parklücke quetschte.

Erst als er zu Hause in der Garage den Motor seines Wagens abschaltete, ließ seine Wut ein wenig nach. In Wahrheit war er mehr wütend auf Vince und Jade, da sie ihn ausgetrickst und im Stich gelassen hatten, als auf den idiotischen Autofahrer.

Verflucht, wie hatte es nur so weit kommen können?

Wovor hatte er bloß die Augen verschlossen?

Er dachte an den Freifahrtschein. An die sogenannte Hausaufgabe, die er zu erledigen hatte.

Russell langte nach dem Papierfetzen in seiner Jeanstasche und starrte eine gefühlte Ewigkeit darauf, bis er endlich in die Gänge kam und sich dazu aufraffen konnte, seinen Kram auszuladen und nach Torquay zu fahren.

In dem kleinen Ort angelangt, fuhr er eine Weile durch die Gegend und schaute sich die neuen Häuser an, die sich brav in einer Reihe aneinanderdrängten. Denen es nach seinem Geschmack an Charme und Freiheit der Individualität fehlte. Zweckmäßig schlicht und nur für Besserverdienende erschwinglich. Darüber konnte er nur den Kopf schütteln.

Da sein Magen auf einmal knurrte, hielt Russell entlang der Küstenstraße nach einem Restaurant Ausschau. Als er etwas Ansprechendes entdeckt hatte, hielt er auf einem der leeren Parkfelder, die an den Front Beach grenzten und sich auf der gegenüberliegenden Straßenseite befanden.

Russell stieg aus und überquerte die Straße.

Neben dem Eingang des Strandcafés stand ein aufwendig restaurierter Pick-up mit einem Motorrad für wahre Liebhaber auf der Ladefläche.

Beides erweckte sein Interesse. Wobei er eher mit dem Pick-up sympathisierte als mit der gänzlich reduzierten Harley. Nur zu gern würde er einen Blick unter die Haube werfen, um zu schauen, ob man den originalen Motor erhalten oder an seiner Stelle gleich einen ordentlichen V8 eingebaut hatte.

Nachdem Russell die Fahrzeuge eingehend betrachtet hatte, setzte er sich auf die Terrasse und beobachtete die Autos, die gemächlich vorbeifuhren. Den Jogger auf dem Spazierweg. Die Familie, die an einem der Holztische mit Blick auf den Strand im Halbschatten einer Norfolk-Tanne picknickte.

Russell genoss die gemächliche Ruhe, die man hier an Feiertagen und warmen Sommerwochenenden vergeblich suchte.

Er verzichtete heute auf einen Burger und wählte stattdessen etwas Gesünderes. Jades Fingerzeig hatte er noch immer im Kopf.

Das Essen schmeckte. Die Zeit verstrich.

So sehr er sich einst davor gefürchtet hatte, untätig zu sein, sosehr fürchtete er sich nun davor, dass er sich auf einmal nicht mehr davor fürchtete. Klang das nicht paradox? Für einen Moment musste er grinsen.

Schließlich bezahlte Russell sein Essen an der Theke. Die spürbare Veränderung, die sich gerade in sein Leben schlich, beschäftigte ihn auch noch, als er wieder in seinen Wagen stieg.

Er tuckerte gemütlich die Küste entlang und erinnerte sich an eine Szene aus seiner Vergangenheit.

»Du denkst schon wieder zu viel darüber nach, Russy«, zog Skye ihn auf, als sie mit ihren Brettern unter dem Arm auf die Brandung hinausblickten. »Du musst es fühlen, Russy. Zu viele Gedanken blockieren dich.«

Skye watete ins Wasser, legte das Surfbrett auf die bewegte Oberfläche und paddelte Richtung Freiheit und wahren Momenten des Glücks. Sie war in ihrem Element. Im Wasser. Dort, wo sie sich am wohlsten fühlte.

Er überwand sich und ging ebenfalls ins Wasser, zog sich aufs Brett und folgte ihr.

Sie gelangten sicher hinter die Brechungszone.

Skye setzte sich auf ihrem Brett auf. Ihre Beine baumelten im Wasser. »Fühlst du es?«

Sie wurden angehoben und schaukelten wieder zurück.

Etwas Mächtiges war im Gange. Doch daran wollte Russell nicht einmal denken. Die Wellen am Riff bereiteten ihm bereits weiche Knie.

»Vergiss nicht, ab und zu hinter dich zu schauen!«, rief Skye, während sie eine Welle Richtung Strand anpaddelte.

Er wartete, bis Skye nach einem Wahnsinnsritt wieder zu ihm zurückpaddelte. Dann nahm er selbst die nächste Gelegenheit in Angriff.

Sie surften ein paar gute Wellen und durchlebten Waschgänge, mit denen er lieber keine Bekanntschaft gemacht hätte.

»Solche Momente wie diese, Russy, sind all die Mühen wert. Ich meine, das hier ... das ist es doch, was das Leben ausmacht!«

Russell schwelgte gedanklich so sehr in seinen Erinnerungen, dass er nicht merkte, wie er das Gaspedal nur antippte und mit seinem langsamen Fahren andere Verkehrsteilnehmer auf die Palme brachte.

Erschrocken trat er auf die Bremse, als ihm ein Skateboarder im Wetsuit und mit seinem Surfbrett unter dem Arm frech den Weg abschnitt.

»Geht's noch, du Bengel?!«, schimpfte Russell, weil er ihn beinah überfahren hätte.

Er zweigte in die gleiche Straße ab und ließ die Drängler hinter ihm mit ihren grimmigen Mienen überholen. Statt sich ihnen wieder anzuschließen, folgte er dem jungen Skateboarder zum Strand hinunter.

Er parkte seinen Wagen und beobachtete den Jungen, wie er mit seinem violetten Surfbrett mit aufgemalten Flammen ins Wasser sprang.

Ein Spielplatz für Windelträger, dachte Russell spöttisch, weil sich in seinen Augen das Rauspaddeln heute nicht wirklich lohnte. Aber der Junge musste ja mal anfangen. Er selbst war viel zu früh in große Wellen hineingeraten. Eine berauschende, aber auch risikoreiche Zeit.

Heute war es nicht mehr so. Die Zeiten hatten sich geändert. In seinem Leben gab es keine heldenhaften Taten mehr.

Russell stieg gerade aus seinem Range Rover, als der Rotzlöffel auf einmal sein auffälliges Board herumriss und kräftig eine grüne Perle anpaddelte.

Eine Traumwelle für so einen jungen Schnösel!

Boom! Der Junge sprang auf die Füße. Tief gebeugt cruiste der Bursche die Welle rauf und runter.

Bam! Das Beste zum Schluss: Ein Bottom Turn, gefolgt von einer Drehung in der Luft, als er die Welle zum offenen Meer verließ.

Russell traute seinen Augen nicht. »What the f–«
Was für ein Spaß!
»Dieser kleine Angeber«, knurrte er, während er den Jungen heimlich anfeuerte. Nur knapp konnte er der Versuchung widerstehen, den tollkühnen Ritt im Trockenen nachzuahmen.

Stattdessen holte er sein Surfbrett vom Autodach, schlüpfte in seinen Wetsuit und stürzte sich selbst wie ein von der Leine gelassener Hund in den Vergnügungspark aus Wasser.

Unermüdlich paddelte er Welle für Welle an und experimentierte. Mal war er ein erhabener Krieger, mal ein schnittiger Cruiser. Dann wieder kniend mit dem Flow, seine Hände als Steuer nutzend.

Zur Krönung im Weißwasser, während er auf seinem Brett stehend gemächlich ans Ufer glitt, wagte er einen Sprung um seine eigene Achse, den er mit einem unglücklichen Abgang und Sand zwischen den Zähnen garnierte.

Russell rappelte sich hoch, sammelte sein Brett ein und hob die Hand. »Nix passiert«, rief er dem Jungen zu, der seine Surf-Session kurzerhand unterbrochen hatte.

Ein breites Grinsen bildete sich auf Russells Gesicht.

Gott, war er stoked!

Der Junge pumpte das letzte Quäntchen Energie aus der auslaufenden Welle Richtung Strand, legte sich auf sein Brett und ließ sich gemächlich vor sich her paddelnd ans Ufer gleiten.

Er stieg ab, nahm sein Brett und kam aus dem Wasser. Zufrieden legte er es neben den verlassenen Rucksack und dem Skateboard ab. Wie eine eitle Pudeldame schüttelte sich der Junge die nassen Haarsträhnen aus dem Gesicht, setzte sich hin und nahm ein Sandwich aus seinem Rucksack.

Russell sprach den Jungen an. »Du machst das heute nicht zum ersten Mal.«

Der Bursche schüttelte lediglich den Kopf. Das Sandwich schien ihm zu schmecken.

»Surfen macht hungrig, nicht wahr? Du hast es dir verdient«, fügte Russell hinzu, während er das Gefühl hatte, dass er sich unfreiwillig uncool anhörte.

Der Junge langte in seinen Rucksack und kramte einen Schokoladenriegel hervor, den er Russell anbot.

Dankbar legte Russell sein Brett ab, setzte sich neben ihn und biss vom Schokoriegel ab.

Er musterte den Jungen. Die Art und Weise, wie er sich unbekümmert über sein Sandwich hermachte, gefiel ihm. Wie er alles andere um sich herum auszublenden schien.

Ein wertvoller Moment, den auch Russell nun auskostete.

»Ich muss nach Hause, sonst kriege ich Ärger«, sagte der Junge plötzlich.

»Verstehe«, antwortete Russell, obwohl er gern noch ein wenig länger in dieser schweigenden Übereinkunft, wie es nur Menschen konnten, die die gleiche Sache verband, verweilt wäre.

Der Junge sprang auf, wischte den Sand von Händen und Beinen ab und sammelte seine Sachen ein.

Russell begleitete ihn zum Parkplatz. Dort trennten sich schließlich ihre Wege.

Russell zog sich neben seinem Wagen um, schaute auf das Meer und spürte, wie sich auf einmal dieser aufgestaute innerliche Druck löste und ihm beinah Tränen in die Augen schossen.

Warum hatte er sich bisher dem ganzen Spaß verweigert?

Er hatte Torquay bereits verlassen, als er es sich anders überlegte und umdrehte. Sein Magen knurrte, und er musste unbedingt so einen Burger haben, wie er ihn sich heute Mittag verkniffen hatte.

Der Pick-up stand nicht mehr da. Nur das Motorrad.

Born to be wild, dachte Russell mit einem Grinsen, als er sich auf die Terrasse an denselben Tisch wie zuvor setzte.

»Meine Maschine hat hoffentlich keine Sabberflecken abbekommen. Ich hab's nicht so mit Putzen.«

Russell sah zu der dunkelhaarigen Frau auf, die den Eindruck vermittelte, die Inhaberin des Strandcafés zu sein und es sich nicht entgehen lassen wollte, persönlich die Bestellung dieses an ihrer Maschine interessierten Gastes aufzunehmen.

»Dafür kann ich nicht garantieren. Wobei es den Pick-up wohl schlimmer erwischt hat«, erwiderte Russell.

»Sie bevorzugen den Pick-up?«

»Sagen wir es mal so … Ich hätte gern einen eigenen.«

Die Frau sah zu dem Range Rover auf der gegenüberliegenden Straßenseite mit dem Surfbrett auf dem Dach. »Wozu wollen Sie ein neues Auto? Ihres scheint den Zweck zu erfüllen.«

»Wahrscheinlich genau deswegen. Um der Zweckmäßigkeit ein Schnippchen zu schlagen«, antwortete er.

Er dachte an den jungen Surfer auf dem Skateboard. An das einfache Transportmittel, das den Inbegriff der Unbeschwertheit zu verkörpern schien.

Letztendlich wollte Russell das Rad nicht komplett zurückdrehen, gar seinen Führerschein abgeben und auf das motorisierte Fahren gänzlich verzichten, aber er sah sich irgendwo dazwischen. An einem Punkt, an dem ihm wieder das Carpe-Diem-Gefühl zuwinkte.

»Verstehe. Um der Zweckmäßigkeit ein Schnippchen zu schlagen«, meinte die Frau amüsiert. »Übrigens gehört der Pick-up, den Sie heute Mittag gesehen haben, meinem Bruder. Der Hinterhof seiner Werkstatt ist voller schrottreifer Kisten. Bestimmt ein Traum für jemanden wie Sie.«

Kategorisiert sie mich etwa gerade?, fragte sich Russell, während sie hineinging, um von der Theke eine Visitenkarte ihres Bruders zu holen.

Russell beobachtete die Frau, sah in ihr plötzlich eine rassige Brünette, die leidenschaftlich gern Motorrad fuhr, deren Bruder in seinem Laden schrottreife Karren wieder fahrbar machte.

Wofür sie sich wohl sonst noch alles interessiert, wenn sie mal nicht Motorrad fährt oder arbeitet ..., überlegte sich Russell.

»Hier, bitte, um Ihre Midlifecrisis zu stillen. Schauen Sie gern mal vorbei. Mein Bruder wird sich sicher freuen«, sagte sie scherzhaft, als sie wieder zurück auf die Terrasse kam und ihm die Karte in die Hand drückte. »Und nun will ich Sie mal nicht länger stören. Was darf ich ihnen bringen?«

»Gern so einen saftigen Burger, dazu ein Glas Wasser. Das soll gesund sein.«

»Der wird Ihnen bestimmt besser schmecken als der Salat, den Sie heute zu Mittag hatten.«

Russell erwiderte ihr Lächeln. So wie es aussah, hatte sie ihn bereits zuvor bemerkt.

In der gemütlichen Atmosphäre trank er hinterher noch zwei Tassen Kaffee.

»Sie sitzen ja noch immer hier«, stellte sie beim Vorbeigehen fest. »Sie sollten sich bei Will umschauen, solange es noch hell ist.«

»Ja, Ma'am«, sagte Russell grinsend, trank den letzten Schluck Kaffee und zahlte hinterher an der Theke.

»Wie heißen Sie eigentlich? Ich kann Sie bei meinem Bruder ankündigen, falls Sie das wollen«, meinte sie, während sie ihm die Quittung aushändigte.

»Bleiben wir doch beim Du. Mein Name ist Russell, und deiner? Nur für den Fall, dass ich ihm sagen muss, woher ich den Tipp bekommen habe.«

»Ellen.«

»Ein hübscher Name.« Zufrieden wandte sich Russell zum Gehen um.

»Viel Glück, Russell.«

»Wir sehen uns, Ellen. Deine Burger sind der Wahnsinn.«

Die Adresse von der Visitenkarte lag auf Russells Rückweg und ungefähr eine halbe Stunde von Torquay entfernt.

Eigentlich hatte er eine kleine Werkstatt mit einem großen Hinterhof abseits der Hauptstraße erwartet. Stattdessen traf er auf ein ansehnliches Gebrauchtwagengeschäft mit bodenlangen Schaufenstern und auf in Anzügen gekleidetes Verkaufspersonal am klimatisierten Empfang.

Russell erkundigte sich nach Ellens Bruder Will. Kurz darauf erschien dieser im fleckigen Overall und grüßte ihn freundlich.

»Ellen hat Sie angekündigt.« Der Gebrauchtwagenhändler musterte Russell. »Sie meinte, Sie seien an einem Pick-up interessiert?«

»Könnte man so sagen. Der Pick-up, der heute Mittag beim Strandcafé gestanden hat, ist schon ein Prachtstück«, erwiderte Russell lachend.

Will führte Russell durch die Werkstatt und zeigte ihm einen Ford F 100, Baujahr 1956, den er aufwendig restauriert hatte, sowie einen Holden und einen Chevy, die nur darauf warteten, dass er sich ihrer annahm.

Will gefiel Russells Bewunderung für seine Schätze und die Anerkennung, die er von ihm für sein Schraubertalent erhielt. Die Zeit flog zwischen Gummi- und Schmierölgeruch nur so dahin.

Wills Angestellte hatten bereits Feierabend gemacht, als er Russell ein Bier spendierte und sie ihre Köpfe unter die Motorhaube der *Blackbeauty* steckten. V8 Motor. Mattschwarz lackierte Karosserie. 21 Zoll Felgen. Braune Lederbank. Außen wild, innen edel und anspruchsvoll.

»Die *Blackbeauty* wollte ich eigentlich nicht so schnell verkaufen. Nicht, bevor ich sie zu meiner vollen Zufriedenheit restauriert habe. Ein paar knauserige Streicheleinheiten standen bis jetzt nicht zur Debatte. Aber vielleicht können wir uns trotzdem einigen.« Er schloss die Motorhaube. »Die Bremsen und das Fahrwerk muss ich mir noch vornehmen. Die 400 PS müssen ja schließlich gebändigt werden.«

»Seit wann haben Sie den Laden?«, fragte Russell, während er Will zurück in den Verkaufsraum begleitete.

»Viel zu lange, wenn Sie mich fragen.« Er musterte Russell, sah ihm direkt in die Augen. »Mittlerweile weiß ich meine Arbeit aber wieder zu schätzen.« Schließlich erklärte er Russell seinen Sinneswandel. »Vor fünf Jahren hatte ich einen Herzinfarkt. Ein Warnschuss, der mich dazu gebracht hat, etwas in meinem Leben zu ändern. Den Laden habe ich letztendlich nicht aufgegeben. Doch mittlerweile verbringe ich meine kostbare Zeit nicht mehr im Anzug und verkaufe Fahrzeuge nach der Größe des Geldbeutels. Lieber mache ich mir die Hände schmutzig und erkenne abends den Grund, der mich müde ins Bett fallen lässt.«

»Klingt verständlich«, sagte Russell nachdenklich.

»Womit verdienen Sie Ihren Lebensunterhalt, Russell?«

»Mein Bruder und ich kümmern uns um das Bauunternehmen unseres Vaters. Wobei ich mir gerade aus gesundheitlichen Gründen eine Auszeit nehmen muss«, erklärte Russell.

»Verstehe«, sagte Will mitfühlend. »Ist das der Grund, weshalb Sie sich so plötzlich für einen Pick-up interessieren?«

»Gut möglich.«

»Wissen Sie was, Russell ... Ich schlage vor, dass Sie ein paar Nächte darüber schlafen. Und falls Sie Interesse daran haben, werden wir die *Blackbeauty* zusammen in Angriff nehmen.«

Auf dem ganzen Rückweg ging die *Blackbeauty* Russell nicht mehr aus dem Kopf. Oder vielmehr die Aussicht, sich gemeinsam mit Will die Hände schmutzig zu machen.

Wann während der vergangenen Jahre hatte er zuletzt etwas getan, das ihm genau wie Will tatsächlich Freude bereitete?

Irgendwann hatte er offensichtlich einfach aufgehört, zu leben, ohne es zu merken.

Wie hatte sein Leben bloß so verdammt schieflaufen können?

Kapitel 14

Justine befand sich auf dem Weg zu Lukes Wohnadresse. Von der Küste aus brauchte sie knapp fünfzehn Minuten. Allmählich wurde sie etwas nervös.

Vielleicht war es doch keine so gute Idee gewesen, seine Einladung anzunehmen. Sie dachte viel zu oft an ihn, als dass sie dieser Verabredung entspannt und unvoreingenommen entgegensehen könnte.

Am Ende machte sie sich viel zu viele Gedanken darüber. Er hatte mit Sicherheit eine Freundin.

Justine überquerte eine Hauptstraße und gelangte in eine hübsche, ruhige Wohngegend. Zu ihrer Überraschung wohnte Luke in einem einfachen Bungalow mit einer angrenzenden Garage. Es war das mit Abstand am wenigsten begrünte Grundstück in der Gegend.

Sie überlegte, wo sie am besten parken sollte. Lukes Wagen stand in der geteerten Auffahrt. Rechts und links davon, auf der beidseitig kurzgemähten, ausgetrockneten Rasenfläche, hatten seine Freunde ihre Autos abgestellt.

Kurzerhand entschied sich Justine dazu, direkt hinter Lukes Wagen zu parken.

Sie warf einen prüfenden Blick in den Rückspiegel. Noch

bevor sie es sich anders überlegen konnte, stieg sie aus dem Fahrzeug und betätigte die Klingel.

Luke öffnete ihr die Tür und freute sich, dass sie tatsächlich gekommen war. »Hi.«

»Hi.« Sie wich seinem unwiderstehlichen Lächeln aus und warf einen Blick über ihre Schulter. »Kann ich mein Auto so stehen lassen?«

»Klar. Vielleicht musst du später mal kurz wegfahren. Mein Mitbewohner dreht gern mal eine Runde, wenn es ihm hier zu viel wird«, erklärte er.

»Ich kann ihn auch jetzt umparken«, schlug sie vor, da sie sich bei seinem Mitbewohner nicht gleich unbeliebt machen wollte.

»Mach dir keine Sorgen. Komm erst einmal rein!« Luke legte seine Hand, die sich angenehm warm anfühlte, auf ihre Schulter und geleitete sie in das großzügige Wohnzimmer mit offener Küche.

Die Unterhaltungen verstummten, und alle sahen in ihre Richtung, als würden sie sich fragen, wer die Unbekannte war, die in Begleitung des Gastgebers hereinkam. Anscheinend war es bei Luke nicht alltäglich, dass er fremde Leute zu sich nach Hause einlud.

»Möchtest du etwas trinken?«, fragte er und ignorierte die Blicke der anderen.

»Gern ein Glas Saft.«

Sie traten an die Küchenzeile, während Lukes Freunde ihre Gespräche fortsetzten.

Luke schenkte Justine ein Glas Ananassaft ein und prostete ihr mit seiner Bierflasche zu, die er vorher auf die Anrichte gestellt hatte. Da klingelte es an der Tür.

»Schön, dass du doch noch gekommen bist.«

»Solange du den anderen nichts von meinen Surfkünsten erzählst …«

Luke grinste verschwörerisch. »Das ist bereits geschehen. Du hast gar nicht so schlecht abgeschnitten. Sie waren eher der Meinung, dass du echt mutig warst.«

»Vielmehr naiv«, verbesserte ihn Justine und fragte sich, ob er tatsächlich dachte, dass sie die Sache gar nicht so schlecht gemeistert hatte. Denn Luke war nicht der Typ, der jemanden bloßstellen würde. So schätzte sie ihn jedenfalls ein.

Justine bemerkte eine der drei Frauen, die sie auffällig interessiert im Blick behielt. »Ich schätze, wir sind immer noch interessant.«

»Die wollen nur wissen, woher ich dich kenne und warum ich dich eingeladen habe«, sagte er, ohne sich dabei umzudrehen.

»Falls die Rothaarige deine Freundin ist, ist ihr Misstrauen berechtigt.«

Er lachte. »Sie denkt bestimmt, dass du ausgesprochen hübsch bist.«

»Nein, ich glaube eher, es wäre ihr lieber, wenn ich nicht deine volle Aufmerksamkeit kriegen würde.«

»Kann sein.« Luke musterte Justine und trank dabei einen Schluck Bier. Er fragte sich, ob sie ihm ansehen konnte, dass ihn ihr Aussehen etwas nervös machte.

»Hey, ihr Turteltauben, ich störe ungern. Aber willst du nicht endlich den Grill anwerfen?«, wollte einer von Lukes Freunden wissen.

Luke vergewisserte sich, dass er Justine einen Moment lang allein lassen konnte, und folgte seinem Kumpel in den Garten. »Warum hast du den Grill nicht selbst angeworfen, Mann?«

»Das Gas ist alle.«

»In der Garage steht noch eine volle Flasche. Ich hole sie.«

Justine trat an die geöffnete Schiebetür, wollte sich aber nicht aufdrängen. Einerseits kam sie sich allein in der Küche etwas albern vor, andererseits traute sie sich nicht so recht, zu einer der Gruppen, die sich gebildet hatten, dazuzustoßen und sich an den Gesprächen zu beteiligen.

Da Luke im Garten nicht zu sehen war, erkundigte sie sich bei der Gruppe aus Frauen nach der Toilette.

»Weiter den Flur entlang und dann links«, antwortete die Rothaarige überraschend hilfsbereit.

Leider war die Tür zum Badezimmer abgeschlossen. Doch anstatt ins Wohnzimmer zurückzukehren, spähte Justine eine Tür weiter in ein Zimmer, das anscheinend Lukes Arbeitszimmer war.

Die darin aufgehängten Bilder machten sie neugierig.

Mit vor der Brust verschränkten Armen betrat sie den Raum und bestaunte die starken Momentaufnahmen, die über einem ordentlich aufgeräumten Schreibtisch hingen.

Imposante Wellen. Klippen. Steile Felswände. Tiefe Schluchten. Rauschende Wasserfälle. Karge, unendliche Weite.

Hatte Luke womöglich die Bilder aufgenommen?

Für jemanden, der in einem Restaurant an einer Hauptstraße arbeitete und lediglich als Hobby ein paar Fotos in seiner Freizeit machte, waren die Bilder ziemlich aufsehenerregend.

Warum hatte er ihr nicht gleich erzählt, dass er nahezu ein Profifotograf war?

Ihr Blick fiel auf ein Bücherregal, auf dem sich unter anderem Fachliteratur über das Wellenreiten, Windsurfen und Klettern samt diverser Surf- und Foto-Magazine stapelten, die seine ordentlich aufgeräumte Sammlung ergänzten.

Als sie sich umdrehte, entdeckte sie in einer Lücke zwischen der Wand und einem Schrank ein Surfbrett, bei dem ein großes Stück fehlte. Es sah aus, als hätte sich ein Hai daran zu schaffen gemacht.

Justine hörte, wie sich die Badezimmertür öffnete und sich jemand dem Arbeitszimmer näherte. Sie war nicht schnell genug, um rechtzeitig, aus dem Zimmer zu kommen, und stolperte dem jungen Surfer, dem sie neulich am Strand begegnet war, beinah in die Arme. »Ohhh … Hi.«

»Hi«, grüßte er zurück.

Justine musterte sein freundliches Gesicht, das auffällige Leuchten in seinen Augen, von dem sie sich fast nicht mehr losreißen konnte.

Ob er sich an die kurze Begegnung am Strand erinnerte?

»Eigentlich wollte ich zur Toilette. Doch ich schätze, dass ich mich verlaufen habe«, flunkerte sie, wohlwissend, dass er sie sofort durchschaute. »Erzähl Luke bloß nicht, dass ich seine Bilder großartig finde.«

»Das werde ich nicht. Versprochen.«

»Ich habe dich neulich beim Surfen gesehen und dir dabei eine Weile gebannt zugesehen. Du surfst ziemlich gut. Jedenfalls hat mich dein Können schwer beeindruckt.«

»Ja, ich erinnere mich an dich.«

Auf einmal hatte Justine den Eindruck, dass ihn ihre Bewunderung für seine Surfkünste etwas einschüchterte. Vielleicht kam es ihr aber auch nur so vor, weil er etwas jünger war als sie und er das Kompliment anders als beabsichtigt auffasste.

Sie hörten Luke zurück ins Haus kommen und wie er die Gäste zusammentrommelte, damit sie sich draußen an den Tisch setzten.

»Hier seid ihr«, stellte Luke fest, als er im Flur auf seinen Freund und Justine traf. »Worüber habt ihr euch denn gerade unterhalten? Ihr seht aus, als hätte ich euch bei etwas Illegalem ertappt.«

»Das war nicht unsere Absicht. Stimmt's?« Sie wandte sich an den Surfer. »Wie heißt du eigentlich?«

»Chris«, antwortete Luke an seiner Stelle. »Das ist übrigens mein Mitbewohner.«

Der es offensichtlich nicht so gern gesellig hat, dachte Justine an Lukes Worte von vorhin.

»Kommt, lasst uns rausgehen, bevor die anderen alles wegessen!«, sagte Luke.

Sie gingen in den mit Wellblechwänden umzäunten Hinterhof.

Justine setzte sich neben Luke, während Chris ihr gegenüber Platz nahm.

Sie beluden ihre Teller, während die anderen bereits das leckere Essen vom Grill genossen und sich ausgelassen unterhielten. Irgendwann teilten sich die Gespräche in Themen, bei denen Justine nicht mehr mitreden konnte.

Die leicht abgekämpft wirkende junge Frau, die neben der freundlichen Rothaarigen saß und im vierten Monat schwanger war, klagte darüber, wie stressig die Vorbereitungen einer Hochzeit auf Hawaii mit einem professionellen Wellenreiter sein konnten. Während der sprunghafte Typ neben Luke, ein Pro-Surfer, der zwischen Contests und Geburtstermin noch schnell heiraten würde, munter von der fettesten Tube aller Zeiten berichtete.

Justine fing Chris' gelangweilten Blick auf und fand in ihm einen stillen Verbündeten. Als er den leeren Teller in die Küche zurückbrachte, folgte sie ihm.

»Dir ist es draußen wohl zu laut geworden«, mutmaßte sie und stellte ihren Teller ebenfalls in den Geschirrspüler.

»Kann sein.«

»Falls du gleich noch wegfahren willst, muss ich vorher mein Auto umparken.«

»Wenn es dir nichts ausmacht«, erwiderte er beiläufig, als sie zurück ins Wohnzimmer gingen. Chris nahm seinen Kapuzenpulli von der Sofalehne und schlüpfte hinein.

Justine stieg in ihr Auto, und Chris setzte sich unerwartet zu ihr auf den Beifahrersitz.

»Ist das eine Aufforderung, dass ich dich irgendwo hinfahren soll?«, fragte sie und versuchte, sich ihre Verwunderung darüber nicht anmerken zu lassen.

Chris zuckte mit den Schultern. »Wir könnten kurz mal an den Strand fahren.«

»Wir können doch nicht einfach ohne ein Wort verschwinden«, gab sie zu bedenken. Immerhin lag die Küste gut fünfzehn Minuten vom Haus entfernt. »Ist es in Kanada üblich, dass man einfach von einer Party verschwindet, wann und wie es einem gerade passt?«

»Das würde ich nicht behaupten«, erwiderte Chris amüsiert.

Trotzdem drehte Justine den Zündschlüssel, worauf der Motor startete. »Dir muss man wohl jedes Wort aus der Nase ziehen, wenn man etwas über dich erfahren will.«

»Ich rede bloß nicht immer so viel.«

»Unterstellst du mir gerade eine große Klappe?« Weil er

darauf nicht antwortete, fragte sie herausfordernd: »Überlegst du dir immer alles zweimal?«

»Manchmal.«

»Reden wird sowieso meist überbewertet«, murmelte sie zynisch. Hauptsächlich aber in Bezug auf Logan, der noch immer nicht auf ihre Nachricht reagiert hatte. Womöglich gerade deshalb nicht, weil er wusste, dass sie es hasste, wenn er nicht sofort reagierte.

»Was dagegen, wenn ich das Fenster öffne?«, fragte sie, nachdem sie bereits fünf Minuten unterwegs waren.

»Nein.«

Justine bedachte Chris mit einem Seitenblick. Er zupfte an einem Faden seines ausgefransten Ärmelsaumes und sah aus dem Fenster, als er ihren Blick bemerkte.

»Du machst dir zu viele Gedanken«, sagte er nach einer Weile, in der sie wortlos die Straße entlanggefahren waren.

»Wie kommst du denn darauf? Kannst du etwa Gedanken lesen?«

»Nein, aber du wirkst gerade ziemlich angespannt. Das hat mich darauf schließen lassen, dass du dir über etwas Wichtiges Gedanken machst.«

»Kann sein«, erwiderte sie nachdenklich. »Surfers Point?«, fragte Justine und verpasste dann doch die Abzweigung, da ihr Beifahrer nicht schnell genug reagierte.

Letztendlich parkte Justine ihren Wagen gleich gegenüber ihrer Unterkunft direkt am Strand.

»Ich hätte nicht gedacht, dass ich so früh zurück sein würde«, spaßte sie und erklärte ihm dann: »Gleich da drüben befindet sich mein Zimmer.«

Chris nickte anerkennend.

»Willst du im Auto sitzen bleiben?«, fragte sie grinsend, weil er nicht aus dem Fahrzeug stieg.

»Nein«, erwiderte er und öffnete die Tür.

Inzwischen war es dunkel geworden, zudem hatte der Wind aufgefrischt. Justine schlüpfte in ihren Cardigan und folgte Chris den schmalen, dunklen Pfad Richtung Strand entlang. »Hoffentlich stolpere ich nicht die Treppe hinunter.«

Chris ging in die Hocke.

»Was hast du vor?«, wollte sie wissen.

»Steig auf!«

»Nein, keine Chance.«

»Nun komm schon! Ich bringe dich sicher zum Strand hinunter«, forderte er sie erneut auf. »Ich kenne den Weg auch blind.«

Zögernd hielt sich Justine an Chris' Schultern fest und schlang ihre Beine um seine Hüften, als er sich erhob. Chris nahm einen vorsichtigen Schritt nach dem anderen.

»Gott, ich kann gar nicht hinsehen! Wenn wir das überleben, gebe ich einen aus.«

»Dann mach die Augen zu.«

»Das macht die Sache nur noch schlimmer. O Gott, lass mich runter. Lass mich runter, Chris!«, gluckste sie.

»Wir haben es gleich geschafft. Nur noch ein paar Schritte.«

Erst am Strand ließ er sie endlich wieder absteigen.

Justine musterte Chris im Halbdunkeln. »Du bist verrückter, als ich dir zugetraut hätte.«

»Ich bin nicht verrückt, ich wollte dir nur helfen.«

»Meinetwegen«, lachte sie. »Danke.«

»Wollen wir nicht ein Stück den Strand entlanggehen?«,

fragte Justine, als sich Chris hinsetzte. Da er keine Anstalten machte, aufzustehen, ließ sie sich neben ihn auf den kühlen Sand plumpsen.

»Warst du schon einmal mit dem Zug unterwegs?«, wollte Chris zu ihrer Verwunderung wissen.

»Warum fragst du?«

»Weil ich finde, dass wenn man mit dem Zug reist, die Umgebung nur so an einem vorbeizieht, ohne dass man tatsächlich etwas davon bewusst wahrnehmen kann.«

»Kann sein. Worauf willst du hinaus?«

»Auf nichts Weltbewegendes. Nur … Bist du schon einmal mit einem Boot auf einen spiegelglatten See hinausgerudert und hast dir vorgenommen, einen Weißkopfseeadler zu beobachten?«

»Nein. Aber ich vermute, dass wir das jetzt gerade tun. Wir konzentrieren uns auf einen Weißkopfseeadler.«

»Nein, wir lauschen der Brandung.«

»Ach. Und wenn wir den Strand entlangspazieren, können wir das nicht?«

»Nein«, erwiderte er nachdenklich. »Schließ deine Augen und konzentrier dich auf deinen Herzschlag.«

Justine tat, wie ihr geheißen, was Chris die Gelegenheit bot, im Mondlicht Justines hübsches Gesicht und das verschmitzte Lächeln auf ihren Lippen zu betrachten.

Justine blinzelte. »Veräppelst du mich?«

»Nein. Und jetzt schließ bitte wieder deine Augen.«

Zögerlich gab sie nach, aber nur weil Chris nun ebenfalls seine Lider geschlossen hatte.

»Fühlst du den Rhythmus der Wellen? Kannst du sehen, wann, wo und wie sie brechen?« Justine blinzelte mit einem Auge und spähte auf das Meer hinaus, während Chris weiterredete. »Früher habe ich das oft gemacht. Meistens habe ich richtig gelegen.«

Fasziniert musterte sie Chris von der Seite. »Du liebst es wirklich, zu surfen.« Unwillkürlich dachte Justine an ihre eigenen ersten Surfversuche, an die Unberechenbarkeit der Brandung. An die selbst erlebte Furcht mitten in den Wellen. »Im Ernst, Chris, was ist es, das dich immer wieder dort hinauszieht?«

Chris dachte ernsthaft darüber nach und bemühte sich, ihre Frage zu beantworten. »Da draußen existiert eine unbändige Energie. Mal mehr, mal weniger. Letztendlich bist du immer wieder ein Teil davon.« Er warf ihr einen Blick zu. »Sich selbst gegenüber Mut zu beweisen. Etwas zu meistern und sich am Ende nicht unterkriegen zu lassen, bedeutet Freiheit. Doch um es kurz zu fassen: Ich bin damit aufgewachsen. Das Surfen, meine ich. Dort, wo ich groß geworden bin, gab es ein paar Surfer, zu denen ich aufschaute.«

Justine dachte an das Foto, an die junge Surferin, von der sie überzeugt war, dass es sich um ihre Mutter handelte. Auf einmal verspürte sie das Bedürfnis, mit jemandem darüber zu reden. »Du hast nicht zufällig schon einmal von jemandem namens Skye gehört?«, fragte Justine. Als Chris nicht sofort antwortete, klärte sie ihn auf: »Sie ist meine Mum und ist hier aufgewachsen. Leider weiß ich kaum etwas über sie, denn sie ist gestorben, als ich noch ein Baby war.«

»Das tut mir leid, das mit deiner Mum.«

»Mir auch.«

»Bist du deswegen hier, um mehr über deine Mutter zu erfahren?«

»Ich weiß nicht, es hat sich einfach so ergeben.« Sie erzählte Chris von dem Hotel-Projekt, das sie einst geleitet hatte, und dem Motorradunfall. »Weißt du was wirklich bitter daran ist? Dass du dein Leben lang in eine Richtung marschierst und dann plötzlich feststellst, dass es sich nicht so entwickelt, wie erwartet.«

»Und jetzt, wie fühlt es sich an, neue Pfade zu erkunden?«, wollte Chris wissen.

Justine zuckte mit den Schultern. »Alles Komplizierte scheint gerade weit weg zu sein. Im Moment weiß ich nicht, wie viel Kompliziertes ich überhaupt noch in meinem Leben haben will.«

»Eine Reisende auf der Suche nach der persönlichen Erleuchtung«, philosophierte er.

Justine lächelte. »Das hört sich jedenfalls besser an als eine gescheiterte Architektin, die gerade ihre Zukunft aufs Spiel setzt. Aber lassen wir das.« Sie seufzte. »Was ist eigentlich mit dir, Chris? Was treibt einen Kanadier nach Margaret River? Gute Surfbedingungen?«

»Unter anderem.«

»Ach, komm schon!« Sie beobachtete ihn dabei, wie er Sand durch seine Finger rieseln ließ. »Du und Luke seid recht verschieden. Schon aufgrund des Altersunterschieds. Luke ist wohl so was wie ein großer Bruder für dich.«

»Bist du immer so neugierig?«

»Nein, eigentlich nicht. Ich entdecke gerade eine neue Seite von mir.«

Chris schüttelte amüsiert den Kopf. »Luke ist nicht wie ein großer Bruder für mich. Es hat sich bloß rumgesprochen, dass ich eine bezahlbare Bleibe suche.«

»Wie lange bist du schon in Margaret River?«

»Seit vier Monaten. Ich komme jedes Jahr für ein paar

Monate nach Australien. Die Sommermonate verbringe ich hauptsächlich in Kanada und verdiene mein Geld mit dem Bau von Blockhütten. Sobald ich genug Erspartes habe, komme ich hierher zurück. Manchmal dauert es ein wenig länger.«

»Ist sicher nicht immer leicht, so zu leben.«

»Im Moment möchte ich nichts daran ändern.«

Sie blieben noch eine Weile schweigend am Strand sitzen und lauschten der Brandung.

Als der Wind wieder etwas auffrischte, brachen sie auf.

Je näher sie Lukes Haus kamen, desto mieser fühlte sich Justine. Immerhin waren sie gute zwei Stunden weg gewesen. *Ein paar der Gäste sind bereits gegangen*, stellte sie fest, während sie neben Lukes Wagen parkte.

»Kommst du noch mit rein?«, wollte Chris wissen.

»Ich weiß nicht, ob das so eine gute Idee ist, nachdem wir, ohne ein Wort zu sagen, abgehauen sind.« Sie musterte ihn. »In meiner Haut möchtest du jetzt nicht stecken.«

»Du machst dir zu viele Gedanken.«

»Kann sein.«

Sie stiegen beide aus dem Auto und gingen ins Haus.

Luke wischte den umgekippten Curry-Dip von der Küchenablage. Die zuvorkommende Rothaarige räumte Gläser in den Geschirrspüler. Zwei seiner Freunde unterhielten sich ausgelassen am Grill, während sie auf ihren verfrühten Mitternachtssnack warteten.

Luke schien nicht so recht zu wissen, was er sagen sollte, als Justine und Chris plötzlich wieder auftauchten. Er wirkte etwas verunsichert, auch ein wenig gekränkt.

»Kriegen wir jetzt Hausarrest?«, versuchte Justine, die angespannte Stimmung zu lockern.

»Womöglich«, konterte Luke.

Die beiden Männer am Grill waren lauter, als es die Nachbarn um diese Uhrzeit begrüßten.

»Ich werde wohl draußen besser für Ordnung sorgen, damit wir keinen Ärger kriegen«, bot Lukes Kollegin an. »Kommst du mit und hilfst mir, Chris? Du hast bestimmt schon wieder Hunger.«

Justine sah den beiden hinterher und beobachtete, wie sie Chris freundschaftlich an der Schulter fasste, während sie in den Hinterhof gingen. Justine fragte sich, ob die hübsche Frau hier wohl öfter zu Besuch vorbeikam und wie weit sie wohl mit ihren Plänen, Luke zu erobern, bereits vorangekommen war. Warum interessierte sie sich überhaupt dafür?

»Möchtest du etwas trinken?«, riss Luke sie aus ihren Gedanken.

»Gern. Das Gleiche wie du.«

Er ging zum Kühlschrank, öffnete eine Flasche Bier und reichte sie ihr.

»Cheers!«, prostete Justine ihm zu.

Luke hob seine Flasche und trank einen Schluck. »Wo wart ihr eigentlich? Wir dachten bereits, dass wir einen Suchtrupp losschicken müssen.«

»Am Strand. Eigentlich wollte ich nur rasch mein Auto wegfahren, doch Chris ist einfach neben mir eingestiegen. Er wollte, dass wir an die Küste fahren. Das hört sich bescheuert an, ich weiß. Als hätte ich keine andere Wahl gehabt.«

»Ich bin davon ausgegangen, dass dich die Party gelangweilt hat.«

Sie schüttelte den Kopf. »Ich bin mir bloß etwas fehl am Platz vorgekommen.«

»Das war nicht meine Absicht«, versicherte er und schaute ihr dabei so tief in die Augen, dass die Luft zwischen ihnen knisterte.

Justine wandte den Blick ab und sah nach draußen. »Gesellen wir uns zu den anderen?«

Dieses Mal beteiligte sich Justine an den Gesprächen am Grill und bemühte sich darum, sich bewusst einzubringen. Was schnell dazu führte, dass sie sich angenommen und gut aufgehoben fühlte. So sehr, dass sie sich nicht vorstellen konnte, irgendwann wieder von hier abreisen zu müssen.

Vielleicht war sie aber auch bloß in die Vorstellung verliebt, ihr altes Leben einfach hinter sich zu lassen und irgendwo anders ganz neu anzufangen.

Justine musterte Luke interessiert, während er Anekdoten aus seinem Leben erzählte und damit alle zum Lachen brachte. Er konnte echt witzig sein. Das imponierte ihr. Genauso wie die tiefgründigen Gedanken, die er mal kurz durchsickern ließ, bevor er wieder das Thema wechselte.

Auf einmal standen sie so dicht nebeneinander, dass sich ihre Arme berührten. Sie hätte einen Schritt zur Seite gehen können, doch das wollte sie nicht.

Justine warf einen Blick in die Runde. Niemand außer ihnen schien mitzubekommen, was gerade geschah. Etwas, das sie zu diesem Zeitpunkt selbst nicht wirklich verstehen konnte. Sie wusste nur, dass es nicht richtig war.

Vielleicht lag es auch nur am Alkohol, wobei sie noch nicht einmal ihr Bier ausgetrunken hatte. Oder an diesem wundervollen Ort. Der Tapetenwechsel, der sie spürbar berauschte.

Ihr Bauchgefühl sagte ihr jedoch etwas anderes.

Vielleicht war es besser, wenn sie jetzt nach Hause fuhr. Es war schon spät. Letztendlich war sie länger geblieben, als sie beabsichtigt hatte.

»Ich werde langsam aufbrechen. Begleitest du mich noch zur Tür?«, flüsterte sie Luke ins Ohr und fasste ihn am Arm.

»Du willst schon gehen?«

»Ja, ich will morgen mal etwas früher aufstehen.«

Justine verabschiedete sich von den anderen, und Luke folgte ihr.

»Schade, dass du schon gehen musst«, sagte er, als er Justine die Tür öffnete.

Auf einmal stiegen ihr Tränen in die Augen. Dabei kam sie sich so dämlich vor und verstand sich selbst nicht mehr. Warum reagierte sie so sensibel auf einen Menschen, den sie kaum kannte?

»Ich muss jetzt gehen.«

Luke langte nach ihrer Hand, griff dabei jedoch ins Leere, so schnell war sie durch die Tür geschlüpft. Sie stieg in den Wagen und startete den Motor. Ohne einen weiteren Blick in seine Richtung zu werfen, fuhr sie los.

Während der Fahrt kam Justine ins Grübeln. So sehr, dass sie für die wenig befahrene Straße vor ihr blind wurde und das Geschehen in ihrer Umgebung nur noch mit einem Tunnelblick wahrnahm.

Am Ende war sie wütend auf Logan, weil er bis jetzt noch immer nicht auf ihre Nachricht reagiert hatte. Doch eigentlich war Logan nicht das Problem. Sie selbst war es, weil sie sich mit ihrer Entscheidung, vorerst nicht mit ihm zusammenziehen zu wollen, nur selbst im Weg stand.

Wenn sie wirklich mit Logan hätte zusammenziehen wollen, hätte sie es doch längst getan, oder?

Justine fuhr auf den Parkplatz vom Surfers Point, griff nach ihrem Smartphone und überwand sich dazu, Logan anzurufen.

Nach dem dritten Versuch sprang die Mailbox an. »Heeey ... ich bin's. Ich habe mich gefragt, warum du nicht zurückschreibst? Ist es wegen Samantha?! Du bist wohl gerade zu beschäftigt, um auf meine Nachrichten zu reagieren.«

Justine stieg aus dem Auto. Eine frische Meeresbrise blies ihr ins Gesicht, während sie über den Parkplatz ging und in der Dunkelheit hinaus auf das Meer sah. »Weißt du was, Logan, du kannst mich mal! In Wahrheit bist doch du von uns beiden der Egoist. Denn wenn du es nicht wärst, würdest du mich hierbei unterstützen und dich hinter mich stellen, wenn es auf der Arbeit mal nicht so gut läuft.«

Schniefend wischte sich Justine über die Augen und legte schließlich auf.

Selbst eine Stunde später, als Justine allein auf der Couch im Garten in der Unterkunft saß und zermürbt an ihrem Weinglas nippte, ließ ihr die Tatsache, dass Logan sie ignorierte, keine Ruhe.

Enttäuscht wischte sich Justine die Tränen aus den Augen, als ihr Mobiltelefon auf einmal piepte.

Noch wach?

Nein, tippte sie kurzerhand.

Als das Telefon klingelte, wies sie den Anruf ab. Sie schrieb Luke eine Nachricht zurück.

Ich bin gerade kein guter Gesprächspartner.

Die Antwort kam prompt. *Das erwarte ich auch nicht.*

Als das Mobiltelefon ein zweites Mal klingelte, nahm Justine den Anruf doch entgegen. »Hi.«

»Hi.« Eine Pause entstand. Luke hörte Justine ins Telefon schniefen. »Willst du reden?«

»Ich weiß nicht.«

»Liegt es an mir? Habe ich heute Abend etwas Falsches gesagt, dass du so schnell aufgebrochen bist?«

»Nein, hast du nicht. Im Moment habe ich ganz andere Sorgen. Ich denke, dass ich mich gerade von meinem Freund getrennt habe.« Auf der anderen Seite der Leitung blieb es still. »Bist du noch da?«

»Ja. Ich wusste nur nicht, dass du einen Freund hattest.«

»Offensichtlich war es nicht wichtig genug«, sagte Justine nachdenklich.

»Tut mir leid.«

»Warum glaube ich dir nicht?«, erwiderte sie.

»Keine Ahnung«, gab Luke mit einem unterdrückten Lächeln zurück.

»Hast du eine Freundin?« O Gott, hatte sie gerade wirklich laut gedacht?

»Nein. Warum fragst du?«

»Nur so.«

Justine mochte Luke. Bei ihm fühlte sie sich in guter Gesellschaft. Bei ihm konnte sie ganz sie selbst sein. Sie musste nicht so tun, als würde ihr die Sache mit Logan kaum etwas ausmachen.

Eine halbe Stunde später legte sie ihr Smartphone auf den Nachttisch.

Dass sie heute Nacht doch noch glücklich einschlafen würde, hatte sie nicht erwartet.

Kapitel 15

Hinter der Brechungszone sahen die Wellen noch furchteinflößender aus als vom sicheren Ufer.

Genauso beängstigend wie die Verantwortung für das Ocean-Hotel-Projekt, als der Startschuss für den Baubeginn gefallen war.

Offenbar war sie noch immer davon überzeugt, sich irgendjemandem beweisen zu müssen. Denn sonst würde sie davon nicht in ihren Träumen verfolgt werden. So wie jetzt, wo sie im Dämmerschlaf wahre Furcht erfahren musste, weil sie sich hinter einer überirdischen Brandung befand, die sie mit so wenig Erfahrung nie im Leben bewältigen konnte.

Die Brandung war beängstigend. Die Wellen, die sich tosend am Riff brachen, gewaltig.

Sie hatte große Angst davor, zu versagen. Dass sie die volle Wucht der sich brechenden Welle zu spüren bekam, falls sie diese nicht bewältigte.

Du musst das schaffen!
Hier kannst du nicht einfach davonlaufen!

Wie aus dem Nichts tauchte die Frau von dem Foto auf einem Surfbrett neben ihr auf. Sie strahlte eine Gelassenheit aus, die Justine die ganze Anspannung beinah vergessen ließ.

Gemeinsam saßen sie auf ihren Brettern und sahen Richtung Küste.

»Du brauchst keine Angst zu haben, meine Große. Du musst keine so hohe Welle reiten.«

»Und wenn ich keine andere Möglichkeit habe?«

Skyes weiches, blondes Haar flatterte im Wind. Ihre ozeanfarbenen Augen leuchteten voller Zuversicht. »Nur du allein weißt, was du tatsächlich brauchst und was wirklich gut für dich ist, mein Schatz.« Im gleißenden Licht der Sonne wirkte Skye noch lebendiger. »Spürst du diese Kraft? Siehst du, wie wunderschön die Wellen emporragen?« Skye legte sich auf ihr Surfbrett und paddelte direkt auf das Riff zu. »Irgendwann wirst du mich verstehen. Irgendwann wirst du deinen Frieden finden …«

Justine schoss schweißgebadet aus ihrem Traum hoch, ihr Herz pochte, so real hatte er sich angefühlt.

Unter der Dusche, als das Wasser wie ein warmer Sommerregen auf sie herabprasselte, brach sie in Tränen aus. Sie wünschte, sie hätte ihre Mutter kennengelernt. Wünschte, ihre Mum wäre für sie dagewesen, als sie ihre Liebe und Zuwendung gebraucht hatte.

Wer war ihre Mum wirklich? Was war sie für ein Mensch?

Vom Wasserdampf war der Spiegel über dem Waschbecken beschlagen.

Justine wischte mit der Hand darüber, bis sie ihr Spiegelbild erkannte.

Sie wirkte niedergeschlagen. Trotzdem bereute sie nicht, dass sie nach Margaret River gekommen war und sie später zu Hause wieder bei null anfangen musste.

Irgendwann würde das alles einen Sinn ergeben, auch wenn sie es jetzt noch nicht verstand. Davon war sie überzeugt. Oder zumindest bemüht, darauf zu vertrauen, dass dies erst der Anfang und nicht bereits das Ende war.

Als sie frisch geduscht und angezogen den Frühstücksraum betrat, waren die Tische noch nicht gedeckt. Es roch weder nach Pancakes noch nach frischem Kaffee. Auch wenn es draußen bereits hell war, war sie offensichtlich zu früh dran. Doch sie war nicht die Einzige, die bereits auf den Beinen war.

Justine folgte den Stimmen und spähte verstohlen durch das Fliegengitter des Vordereingangs.

Sally unterhielt sich mit einem attraktiven Mann, der ungefähr in ihrem Alter war und mit dem sie höchstwahrscheinlich die Nacht verbracht hatte.

Der Mann, der Sally um mehr als einen Kopf überragte, zog sie in die Arme. Die beiden verabschiedeten sich voneinander. Justine wollte sich gerade unbemerkt zurückziehen, als Sally sie entdeckte.

»Na toll«, murmelte Justine, da sie beim Belauschen aufgeflogen war, und trat durch die Tür. Scheppernd fiel das Fliegengitter hinter ihr zu.

»Du bist heute früh dran«, stellte sie fest.

»Ich weiß. Aber ich konnte nicht mehr länger schlafen.«

»Hast du Lust auf einen Spaziergang?«

Justine schloss sich Sally wortlos an.

Sie überquerten die ruhige Straße, begaben sich die Treppe hoch, die durch den mit Bäumen und Büschen wild bewachsenen Küstenstreifen hinaufführte, und schlenderten den angelegten schmalen Pfad entlang. Die Landschaft veränderte sich, Bäume gab es kaum noch. Zwischen tannen- sowie grasgrünen und ausgetrockneten, grauen Büschen blitzte nun vermehrt Sand auf.

Am Strand angelangt, zogen sie ihre Schuhe aus und liefen am Rand der auslaufenden Wellen entlang.

»Herrlich so früh am Morgen, nicht?«, seufzte Sally.

»Ja, es ist so schön ruhig. Zu Hause erlebe ich solche Momente nicht. Alles ist immer total verplant.« Justine atmete schwer aus. »Die Umgebung ist wunderschön. Es fühlt sich an, als wäre ich schon eine Ewigkeit hier.«

Sally lächelte. »Es freut mich, dass es dir hier gefällt, Kind. Das Überschaubare muss man mögen. Auch, dass es hier nicht so viele Ausweichmöglichkeiten gibt.«

Schweigend gingen sie weiter.

Je länger sie so nebeneinander hergingen, desto mehr rotierten Justines Gedanken. Der Zeitpunkt könnte nicht perfekter sein, um Sally auf ihre Mutter anzusprechen. Selbst wenn es sie etwas Überwindung kostete.

Justine blieb stehen und strich sich das vom Wind verwehte Haar hinters Ohr.

Sally drehte sich um und sah sie erwartungsvoll an.

»Vor kurzem hatte ich einen Motorradunfall«, begann Justine stockend, »und irgendwie hat eins zum anderen geführt. Jedenfalls hat mein Dad auf einmal damit angefangen, über meine Mum zu reden. Dabei habe ich erfahren, dass sie hier aufgewachsen ist.« Sie sah Sally direkt in die Augen. »Ihr Name war Skye. Mein Vater sagt, sie habe eine Weile für dich gearbeitet. Kannst du dich noch an sie erinnern?«

»Du meine Güte, Liebes. Du bist Skyes Tochter?« Gäbe es hier am Strand eine Parkbank, müsste sie sich jetzt einen Moment hinsetzen.

Justine nickte.

»Russell hieß der junge Mann von damals, soweit ich mich erinnern kann«, sagte Sally nachdenklich.

»Ja, das ist mein Dad.«

»Arbeitet er noch immer im Unternehmen seines Vaters?«

»Ja, aber mein Großvater ist letztes Jahr gestorben.«

»Das tut mir leid, Liebes. Wie geht es deinem Vater?«

»Momentan nicht so gut. Der Arzt hat bei ihm Burnout festgestellt. Aber das wird hoffentlich wieder. Zumindest hoffe ich das.« Justine hatte den Eindruck, dass sie Sally ein wenig überrumpelt hatte. Trotzdem wollte sie nicht so schnell aufgeben. »Mein Dad hat mir erzählt, dass meine Mum bei Pflegeeltern aufgewachsen ist. Kennst du sie etwa? Leben sie noch?«

»Ja … Skyes Pflegemutter ist nach Perth gezogen. Aber das ist jetzt schon eine Weile her, und Noah …« Sally sah auf ihre Armbanduhr. »Du meine Güte, wir sind länger am Strand gewesen, als ich Zeit hatte. Aber wenn du mir beim Frühstück zubereiten hilfst, schaffen wir es bestimmt, die Gäste gutgelaunt in den Tag zu entlassen.«

Bestimmt lag es an dem Traum. Oder an der Hoffnung, ihrer Mutter dadurch ein wenig näher zu kommen, dass sie gleich nach dem Frühstück an den Strand fuhr.

Justine sah in den Rückspiegel und zu ihrem Surfbrett auf der heruntergeklappten Rückbank.

Obwohl sie beim letzten Mal den Mut verloren hatte, wollte sie es heute noch einmal versuchen. Fern jeglichen Antriebs, etwas Sensationelles leisten zu müssen.

Unterschwellig vernahm sie eine flüsternde Stimme, die ihr eine klare Botschaft vermittelte.

Das Leben bietet mehr, als du erahnst, meine Große. Trau dich, spring ins Abenteuer, wann auch immer du eines entdeckst.

Justine atmete tief durch, bevor sie aus dem Auto stieg.

Der auflandige Wind war kühl und kräftig. Die plattgedrückten Wellen kaum surfbar. Trotzdem würde sie ins Wasser gehen. Sei es nur, um die Energie des Ozeans zu fühlen. Um, wie Chris es formulierte, *ein Teil davon zu werden.*

Justine zog sich um und schlüpfte in die Ärmel ihres noch feuchten Wetsuits. Mit zügigen Schritten ging sie zum Strand.

Am Rand der auslaufenden Wellen, zwischen der Flussmündung und den aus dem Sand ragenden Felsbrocken, befestigte sie den Klettverschluss der Verbindungsleine oberhalb ihres Knöchels.

Entschlossen sah sie auf das Meer hinaus und beobachtete die anbrandenden Wellen.

Als sie so weit war, watete sie ins Wasser und spürte dabei die auslaufende Energie der Wellen an ihrem ganzen Körper.

Schließlich zog sie sich auf ihr Brett und paddelte wachsam und konzentriert, um voranzukommen. Ohne die treibende Vorstellung, rasch wohin zu müssen, um etwas zu erreichen.

Ohne Eile wartete sie hinter der Brechungszone auf ihrem Brett sitzend.

Als es sich für sie stimmig anfühlte, riss sie mit kreisenden Beinbewegungen ihr Brett herum und paddelte mit ein paar kräftigen Zügen Richtung Ufer. Bis sie ihn spürte … den schwerelosen Moment, der sie trug und mitnahm, weil sie entschlossen genug war, sich voll und ganz auf den Augenblick einzulassen.

Justine sprang auf die Füße und drehte sich instinktiv mit dem Rücken gegen eine Welle, die plötzlich unerwartet auf der ganzen Länge brach. Das weiß schäumende Meer verschluckte sie.

Nach Luft schnappend und mit einem Gefühl, davon nicht genug zu kriegen, tauchte sie wieder auf.

Hatte Skye ebenfalls an diesem Strand surfen gelernt? Stammte das Foto von hier?

Kapitel 16

Justine zupfte an ihrer Strickjacke, um sich besser einzuhüllen.

Im Korbsessel auf der Veranda war es allmählich kühler geworden.

Gedankenversunken schwenkte sie den Wein in ihrem Glas und konzentrierte sich auf die nächtliche Geräuschkulisse. Lautes Zirpen, das Zwitschern der Vögel und das Meeresrauschen.

Sie roch an ihrem Rotwein und musste sich eingestehen, dass ein Glas Wein selten so gut gerochen, geschweige denn geschmeckt hatte wie hier in dieser anheimelnden Atmosphäre, in der sie sich gänzlich entspannte und wohlfühlte.

Justine sah über ihre Schulter, als Sally die Veranda betrat.

»Tut mir leid, Liebes, dass ich es heute Morgen plötzlich so eilig hatte«, begann Sally, nachdem sie neben ihr Platz genommen hatte.

»Mach dir keine Sorgen, die Gäste wollten schließlich ihr Frühstück.«

»Ich kann mich noch gut daran erinnern, als Skye mit diesem höflichen, jungen Mann anbändelte, der mit seiner

Familie aus Perth angereist war. An den voraussehbaren Ärger«, schwelgte Sally in Erinnerungen.

»Welchen Ärger?«

»Dein Großvater hatte Pläne für deinen Vater. In seinen Augen war Skye ein unkultiviertes Kind, das die Zukunft seines Sohnes gefährdete. Und bei Gott, das tat sie auch. Sie stellte das Leben deines Vaters buchstäblich auf den Kopf«, erinnerte sich Sally lachend.

»Davon hat mir mein Dad nie erzählt«, stellte Justine bedauernd fest. »Glaubst du, dass die Schwangerschaft ein Unfall war? Meine Eltern waren damals noch so jung.«

»Wenn es so gewesen wäre, dann ein Unfall aus wahrer Liebe«, versicherte Sally ihr. »Am Ende hat sich dein Vater ja für die Liebe entschieden und sich deinem Großvater gegenüber durchgesetzt.«

»Trotzdem frage ich mich, wie sich die beiden überhaupt ineinander verlieben konnten, wenn sie so unterschiedlich waren.«

Sally lachte herzlich. »Er war verrückt nach ihr, und das spürte sie. Er hätte alles für sie getan und gab ihr, was sie in ihrem Leben vermisste. Liebe und Geborgenheit.«

»Das klingt so gar nicht nach meinem Dad.«

»Hat er sich so sehr verändert?«

»Ich weiß nicht. Es überrascht mich, zu hören, dass mein Vater einst ein leidenschaftlicher, junger Mann gewesen sein soll, der es gewagt hatte, sich Großvater gegenüber zu behaupten.« Nachdenklich nippte Justine an ihrem Glas. »Bitte, Sally, erzähl mir mehr über meine Mum!«

»Hmm«, machte Sally und tauchte tiefer in die Vergangenheit ein. »Skye war ein lebhaftes Energiebündel, das viel lachte. Sie liebte das Meer. Die Wellen, die Herausforderungen. Den Nervenkitzel. Auch wenn sie mal nicht im Wasser sein konnte, war sie stets fröhlich.«

Justine seufzte. *Offensichtlich gibt es vieles, das ich nicht über Mum weiß*, dachte Justine den Tränen nah.

»Sie war ein liebenswerter Mensch, der seine Lebensfreude mit ihren Mitmenschen teilte. Vielleicht etwas zu gutgläubig und zu vertrauenswürdig dem Leben gegenüber. Und in manchen Dingen vielleicht etwas zu mutig, weil sie nie zu viel darüber nachdachte. Man musste sie nur ansehen, um zu verstehen, wie es sein musste, wenn jemand seiner Leidenschaft nachging. Am Ende hat es sie das Leben gekostet.«

»Ja«, murmelte Justine, obwohl sie nicht mit Sicherheit wusste, wovon Sally redete.

War ihre Mum doch nicht so eine miserable Schwimmerin gewesen, wie sie geglaubt hatte? Steckte mehr dahinter, als ihr Vater ihr zu erzählen bereit war?

In ihrem Zimmer haderte Justine damit, ihren Vater anzurufen. Aber sie war zu wütend und zu verletzt, um zu telefonieren.

Hatte er sie all die Jahre angelogen? Oder hatte sie nur nie nachgefragt, weil sie die Wahrheit bereits zu kennen geglaubt hatte?

Plötzlich blinkte Justines Mobiltelefon. Sie fischte es vom Nachttisch und warf einen Blick auf das Display.

In den letzten drei Stunden hatte ihr Luke drei Nachrichten geschrieben. Die erste hatte sie wohl während des Abendessens erhalten. Die letzte vor zehn Minuten.

21:00 Uhr: *Hast du morgen bei Tagesanbruch schon etwas vor?*

22:30 Uhr: *Wir können uns auch später treffen.*
00:10 Uhr: *Ich wollte dich nicht belästigen.*

Die letzte Nachricht verwunderte Justine und sie fragte sich, wie sie diese verstehen sollte.

War er etwa beleidigt?

Und was hatte er so früh am Morgen vor?

Justine haderte mit sich und überlegte, was sie Luke darauf antworten sollte. Anstelle der Wahrheit, dass sie ihr Telefon auf lautlos gestellt hatte, während sie sich mit Sally unterhalten hatte, schrieb sie: *Du lässt wohl nicht gern auf dich warten.* Was Justine in dem Moment bereute, in dem sie die Nachricht verschickte.

Weil er nicht antwortete, fragte sie sich, ob er überhaupt noch wach war.

Sollte sie ihm erneut schreiben?

Was erhoffte er sich von einem Wiedersehen?

Früher oder später würde sie abreisen müssen. Das wusste er. Das wussten sie beide.

Doch ohne ein Zeichen von ihm würde sie nicht einschlafen können.

Justine legte sich mit dem Rücken gegen das Kopfteil auf das Bett, zog das Kissen der zweiten Betthälfte zu sich heran und umschlang es mit beiden Armen. Als spürte sie ein Verlangen nach körperlicher Nähe.

Schließlich griff sie zum Telefon und wählte Lukes Nummer. Sie wollte bereits wieder auflegen, da ging er zu ihrer Erleichterung ran.

»Hey.«

»Hey«, erwiderte sie verzögert.

»Du hast mich angerufen«, unterbrach er das Schweigen.

»Du hast mir Nachrichten geschickt.«

»Stimmt.«

»Ich habe sie erst jetzt gesehen.« Sie hatte das Gefühl, sich erklären zu müssen. »Ich schaue nicht ständig auf mein Smartphone. Jedenfalls nicht hier.«

»Bei mir ist es gerade umgekehrt. Seit ich dir begegnet bin, schaue ich ständig auf mein Smartphone.«

Lukes Antwort machte Justine sprachlos und führte dazu, dass ihr Herz und ihre Gefühle noch intensiver auf ihn reagierten.

»Hast du morgen früh schon etwas vor?«, fragte er.

»Ja, ich bin verabredet. Wann holst du mich ab?«

Kapitel 17

Justine trat auf die Veranda der Unterkunft und verschränkte ihre Arme vor der Brust. So früh am Morgen war es noch relativ kühl. Doch wenn sie jetzt noch einmal die knarzende Holztreppe benutzte, um sich eine Jacke zu holen, würde sie mit Sicherheit das ganze Guesthouse wecken.

Zudem bog Luke gerade auf den Parkplatz ein.

Mit einem Lächeln ging sie auf den Wagen zu, während sich Luke über die Mittelkonsole beugte und ihr die Beifahrertür öffnete.

»Hi«, begrüßte Justine ihn und stieg in sein Auto.

»Morgen«, erwiderte Luke und klang dabei etwas verkatert.

Er streifte sich die Kapuze vom Kopf. Zum Vorschein kamen seine zerzausten Haare. Auf der Fahrt hierher hatte er sich lediglich einen Kaugummi in den Mund gesteckt, was er jetzt bereute. Neben ihm wirkte Justine so frisch und strahlend.

»Wohin fahren wir?«

»Zum Fluss.«

»Um den Sonnenaufgang zu beobachten?«

»Ich bin kein Romantiker.«

Justine erwiderte dies mit einem Lächeln. »Ich glaube nicht alles, was ich zu hören bekomme.«

»Dann haben wir etwas gemeinsam.« Er wich ihrem Blick aus und fuhr rückwärts auf die Straße.

Justine lehnte sich entspannt zurück und schaute während der Fahrt schweigend aus dem Fenster. Dabei hatte sie nicht das Gefühl, als müsste sie irgendetwas Glorreiches sagen oder außergewöhnlich lustig sein, um sich wohlzufühlen. Und wenn sich ihr Bauchgefühl nicht täuschte, erging es ihm genauso.

Nach kurzer Fahrt erreichten sie den ins Meer mündenden Fluss, der nach heftigem Regen über die Sandbank in den türkisblauen Ozean strömte.

»Du hast gar keine Jacke dabei«, stellte er fest, als sie aus dem Auto stiegen.

»Im Moment ist mir noch warm.«

»Wer's glaubt …«, entgegnete er und zog seinen Kapuzenpulli aus. »Hier! Damit du nicht frierst.«

Während Justine zögerte und sich fragte, ob sie das Angebot annehmen konnte, holte Luke einen anderen alten Pulli, der es noch nicht in die Waschmaschine geschafft hatte, aus dem Kofferraum.

Als sie zeitgleich in ihre Pullover schlüpften, mussten sie beide lachen.

»Wofür werde ich die brauchen?«, wollte Justine wissen, als ihr Luke auch noch eine Schwimmweste zuwarf.

»Wirst du gleich sehen«, hielt sich Luke bedeckt, während er für sich ebenfalls eine Schwimmweste und seinen Rucksack aus dem Kofferraum holte.

Gemeinsam gingen sie den schmalen Pfad oberhalb des Flusses entlang und stießen nach wenigen Minuten auf ein paar Kanus, die einer Vermietung für Gruppentouren gehörten.

»Ist das dein Ernst?«, platzte es aus Justine heraus. Die schmalen Boote sahen nicht gerade vertrauenerweckend aus.

»Keine Sorge. Ich werde dich retten, falls wir kentern«, erwiderte Luke amüsiert.

»Das wird nicht passieren. Ich kann auf mich selbst aufpassen.«

Widerwillig packte Justine mit an. Gemeinsam schafften sie das Kanu ans Wasser.

Während Justine nach vorn kletterte, übernahm Luke die Rolle des Steuermanns. Er reichte ihr seinen Rucksack, um das Gewicht auszugleichen.

Kurz darauf stachen sie flussaufwärts ins Gewässer und fanden überraschend schnell einen harmonischen Paddel-Rhythmus. Wie ein eingespieltes Team.

Justine sog die Umgebung bewusst in sich auf. Die wild bewachsenen, grünen Hügel, an denen sich der nahezu strömungsfreie Fluss vorbeischlängelte. Plötzlich bereute Luke es, dass er gestern Nacht, als er wieder einmal nicht hatte einschlafen können, ein paar Biere zu viel getrunken hatte.

»Du bist heute so still«, stellte Justine fest und warf einen Blick über die Schulter.

»Stört es dich?«

»Keine Ahnung. Ich frage mich nur, ob du heute nicht lieber im Bett geblieben wärst, als mit mir eine Kanutour zu machen.«

»Wie kommst du darauf?«

»Kannst du nicht einfach nur meine Frage beantworten?!«

»Klar. Bis jetzt hast du aber keine gestellt.«

Sie verkniff es sich, sein Lächeln zu erwidern. »Ich überlege gerade, ob ich es allein zurückschaffe, wenn ich dich über Bord werfe.«

»Das schaffst du nicht. Ohne mich wirst du hier nicht überleben.«

»Das klingt etwas zweideutig«, konterte Justine und spürte, wie sich unter dem Kapuzenpulli, der nach ihm duftete, Hitze aufstaute.

Ob es ihm auch so erging?

»Wenn du nicht bald weiterpaddelst, bleibt die ganze harte Arbeit an mir hängen«, erwiderte er grinsend.

Justine drehte sich wieder nach vorn und paddelte weiter.

Luke beobachtete sie dabei.

Mit seiner zweideutigen Anspielung war er höchstwahrscheinlich zu weit gegangen. Am Ende würde er doch zurückkrebsen müssen.

Aus dem einfachen Grund, weil die Sache zwischen ihnen nicht gut enden konnte.

»Möchtest du eine Tasse Kaffee?«

Justine sah sich um. »Wo willst du denn hier eine Tasse Kaffee auftreiben?«

»Ich habe an alles gedacht. Reich mir doch bitte mal meinen Rucksack rüber.«

»Und wenn wir deswegen kentern?«, spaßte Justine.

»Wie gesagt, ich werde dich retten.«

»Kannst du überhaupt schwimmen?«

»Muss ich uns kentern lassen, um es dir zu beweisen?«, konterte er, während er den Kaffee aus der Thermoskanne in zwei Becher verteilte.

Justine nippte an ihrem Kaffee. In der friedvollen Ruhe

der Natur und in der Gesellschaft eines Menschen, bei dem sie sich ausgesprochen wohlfühlte, schmeckte der Kaffee unbeschreiblich köstlich.

Ihr sonnenverwöhntes Lächeln spiegelte sich auf seinem Gesicht wider. Als sie auf einmal nur noch Augen für ihn zu haben schien, begann sein Herz so heftig zu schlagen, dass er es in seinem Brustkorb spürte. »Sollten wir da vorn anlegen, werde ich dich küssen.«

Das Kanu schob sich knirschend an Land.

Seine Lippen schmeckten nach Kaffee, und er küsste genauso zärtlich verlangend, wie sie es sich vorgestellt hatte.

Justine lehnte sich zurück, spürte den Boden unter der ausgebreiteten Decke. Das Gewicht seiner Brust auf ihr. Seine Hände, die ihr Gesicht streichelten.

Luke musterte sie, so als wollte er sich jedes Detail ihres Gesichts einprägen. »Du siehst glücklich aus.«

»Das bin ich auch.« Sie setzte sich auf und betrachtete das Kanu am Flussufer. »Im Moment fühlt sich alles so anders an. Als würde ich einen Traum leben, von dem ich nicht wusste, dass er existiert.« Sie erwiderte seinen Blick und dachte über ihr Leben nach. »Zu Hause wäre ich jetzt total gestresst und würde von einer Verpflichtung zur nächsten hetzen.« Weil er darauf nicht reagierte, sagte sie: »Nun habe ich die tolle Stimmung gekippt.«

»Nein, ich ... Ich bin nur nicht so schnell im gute Ratschläge erteilen. Doch wenn ich dir was sagen darf ... Dann würde ich an deiner Stelle in Zukunft ein paar Verpflichtungen weniger eingehen.«

»Wenn es so einfach wäre. Sobald ich weniger arbeite, reicht es nicht ...« Sie wollte schon *zum Leben* sagen, korrigierte jedoch ihren ersten Impuls. »... Reicht es wohl nicht für alles, was ich mir in *diesem Leben* vorgenommen habe. Und wenn ich mich bei der Arbeit nicht überdurchschnittlich anstrenge, erhalte ich keine interessante … oder *großen* Projekte.« Sie schüttelte den Kopf. »Das hört sich verzweifelt an, ich weiß. Warum spreche ich eigentlich mit mir selbst?!«

»Ich höre dir zu, ich bin nur …«

»… nicht so schnell im Überlegen, ich weiß«, vervollständigte sie seine Erklärung.

»Sind der ganze Druck und Stress es denn wert?«, hakte er nach.

»Bis vor kurzem war ich noch felsenfest davon überzeugt.«

»Was hat deine Einstellung geändert? Und was ist eigentlich dein Beruf?«, wollte er wissen.

»Architektin. Ich erschaffe Neues und erhalte Altes. Plane, überwache und, und, und. Die Liste ist endlos. So fühlt es sich jedenfalls an. Letztendlich habe ich es vermasselt. Unterm Strich bin ich vor meiner Verantwortung davongelaufen. Hätte ich geahnt, wie befreiend so was sein kann, hätte ich es vielleicht schon viel früher gemacht.«

»Und was ist mit dir? Was machst du so, wenn du mal nicht im Restaurant arbeitest?«

»Nicht viel.«

»Ach, komm schon! Was ist mit den eindrucksvollen Bildern, die in deinem Arbeitszimmer hängen? Ist das tatsächlich nur ein Hobby von dir?« Sie konnte ihm ansehen, dass er mit dieser Frage haderte. Trotzdem wollte Justine nicht voreilig lockerlassen. »So wie wir hier sitzen, von dieser Perspektive aus. Umgeben von wilder Natur. Das auffällig leuchtende Kanu am Fluss. Der Morgen, der sich entfaltet.

Das gibt doch ein starkes Bild, findest du nicht?« Sie holte ihr Mobiltelefon hervor, entsperrte das Display und machte ein paar Fotos.

»Ich bin kein gutes Sujet«, bremste Luke ihren Enthusiasmus, als sie ihn fotografieren wollte.

»Du bist ein interessanteres Sujet, als du denkst.«

»Nein, lass das. Such dir bitte jemand anderen!«

»Wen denn? Chris?« Justine konnte Luke ansehen, dass ihm der Vorschlag nicht gefiel.

Chris war eine Art kleiner Bruder für Luke. Eine Gelegenheit, einen Teil seiner Vergangenheit wiedergutzumachen.

Inzwischen hatte sein leiblicher Bruder geheiratet, war Vater geworden und arbeitete auf der Rinderfarm seiner Frau.

Die wichtigsten Ereignisse entnahm Luke den E-Mails, die ihm seine Mutter gelegentlich schickte, wenn sie auf ein Lebenszeichen von ihm hoffte.

Mittlerweile lebte seine Mutter in Warrnambool. Arbeitete in einem Café, das nebenbei Bilder örtlicher Künstler verkaufte. Die Veränderungen in ihrem Leben schienen ihr gutzutun.

Luke hatte sich vorgenommen, sie irgendwann mal zu besuchen. Zumindest immer dann, wenn ihre aufmunternden Worte Zuversicht und Leichtigkeit verströmten und er sich die Frage stellte, warum er ein scheinbar behütetes Nest grundlos verschmähte.

Doch die Realität war eine andere. In Wahrheit beflügelten sie sich lediglich aus der Ferne. Wenn Erwartungen an den jeweils anderen keine Rolle spielten.

»Was geht in deinem Kopf vor?«, wollte Justine wissen, da ihr seine Anspannung nicht entging.

»Nicht viel.« Er streckte seine Hand nach ihrem Smartphone aus und machte von ihnen ein Selfie. »Wir sollten allmählich zurück«, sagte Luke, während sich Justine das gelungene Foto anschaute.

»Klar! Ich will dich nicht länger aufhalten.« Justine erhob sich und wunderte sich über Lukes plötzlichen Aufbruch.

In der Ferne liegt die Verwirklichung deiner Träume. Dein persönliches Abenteuer. Dein Leben. Ein Ort, an dem schwere Zeiten der Vergangenheit angehören und sich schlechte Gefühle in Luft auflösen.

Mit dieser Erwartungshaltung war Luke damals aufgebrochen.

Und solange er sich mit kreativer Arbeit verausgabt hatte, war die Welt eine bessere gewesen. Selbst dann, wenn er für ein Bild, das für Anerkennung und Furore hatte sorgen sollen, große Risiken eingegangen war, indem er sich in gefährliche Situationen begeben hatte.

Sein Leben zu riskieren, ist nicht berauschend. Vielmehr ist es das, was hinterher passiert. Ein raketenmäßiger Höhenflug, auf der Tatsache beruhend, dass dir etwas gelungen ist, womit du nicht zu hundert Prozent rechnen konntest.

Sich stets selbst zu übertrumpfen, hatte Luke keine Schwierigkeiten bereitet. Schließlich hatten es seine Freunde auch getan. All die Surfer und Kletterer, die er begleitet hatte, um ihre risikoreichen Unterfangen mit der Kamera festzuhalten und diese für die Öffentlichkeit sichtbar zu machen.

Seine Arbeit hatte für Aufsehen gesorgt. Damit hatte er sein Geld verdient. Gutes Geld für gute Arbeit.

Sie kletterten in ihr Kanu und paddelten schweigend im Fluss der Bewegungen zurück.

Etwas oberhalb der Flussmündung brachten sie das Kanu an Land. Die Schwimmwesten unterm Arm, begaben sie sich zum Parkplatz.

Während Luke beide Schwimmwesten und seinen Rucksack im Kofferraum verstaute, beobachtete Justine zwei Surfer, die gerade durch die gleiche Welle hindurchtauchten.

»Neben deinem Schrank steht ein kaputtes Surfbrett«, begann sie und erlangte dadurch seine Aufmerksamkeit. »Wie ist es zu dem Unfall gekommen?«

Lukes Mobiltelefon klingelte.

Er nahm den Anruf entgegen und entfernte sich ein paar Schritte.

Es handelte sich um einen befreundeten Herausgeber eines Surfmagazin, der sich prompt bei Luke gemeldet hatte, nachdem er nach zweijähriger Funkstille endlich auf eine seiner unzähligen E-Mails reagiert hatte.

Nun lockte ein Auftragsangebot auf Hawaii. Luke sollte einen vielversprechenden jungen Surfer, der offenbar vor nichts zurückschreckte, mit der Kamera begleiten. Dieses Angebot machte ihn nervös.

Seit dem Unfall war er nicht mehr richtig in Form. Dieses schreckliche Erlebnis hatte sein Leben verändert und ihn hart auf dem Boden der Tatsachen aufschlagen lassen.

Man konnte sich noch so sehr anstrengen, um das Kapitel der Vergangenheit zu schließen. Am Ende holte einen der überwunden geglaubte Scheiß doch immer wieder ein.

Zu dem Zeitpunkt, an dem man es am wenigsten erwartete.

Niederschmetternder als zuvor.

Mit gemischten Gefühlen erfand Luke fadenscheinige

Ausreden, um den Auftrag in Hawaii auszuschlagen. Was ihm gar nicht so schlecht gelang. Doch sein Kumpel wäre nicht so lange so dick im Geschäft, wenn er sich von faulen Ausreden an der Nase herumführen lassen würde.

Die Arme vor der Brust verschränkt, beobachtete Justine Luke aus der Ferne. Sie hörte ihn reden, jedoch nicht worüber. Jedenfalls schien ihn das Telefonat aufzuwühlen.

Er beendete das Gespräch und ließ den Blick nachdenklich hinaus auf das Meer schweifen.

Justine zögerte. Sie war sich nicht sicher, was sie tun sollte. Schließlich ging sie zu ihm und berührte seinen Arm, um ihm damit zu zeigen, dass sie für ihn da war, was auch immer ihn beschäftigte.

Luke drehte sich zu Justine um und küsste sie liebevoll auf ihre Stirn, während er sie in seine Arme zog.

Schließlich brachte er sie zu ihrer Unterkunft zurück.

Stillschweigend blieben sie eine Weile nebeneinander im Auto sitzen.

Die Hand bereits am Türgriff, hielt Luke sie zurück, indem er seinen Arm um ihre Taille legte und sie auf seinen Schoß zog.

Er suchte ihre Nähe und gar ein wenig Trost. Das spürte sie an der Art und Weise, wie er sie küsste. Als wäre sie der Meeresgrund, auf den er den Anker warf.

»Luke«, wisperte Justine, weil die Sache aus dem Ruder lief.

»Hmm?«, keuchte er an ihren Lippen.

»Wir sollten aufhören.«

»Gleich.«

Justine umfasste Lukes Gesicht und hielt ihn davon ab, dass er sie ein weiteres Mal küsste.

»Hast du heute Abend schon etwas vor?«, wollte er wissen.

Justine geriet ins Wanken. Sie wusste genau, wohin die Sache führen würde, wenn sie darauf einging.

Sie verabredeten sich zu einem gemeinsamen Abendessen. Daraufhin stieg sie aus dem Wagen. Ohne sich noch einmal umzudrehen, ging sie die Stufen zur Veranda hoch.

Kapitel 18

Für gewöhnlich mied Sally diesen Strandabschnitt.

Justines Anliegen war der Grund, weshalb sie heute eine Ausnahme machte. Noahs verbeulter Pick-up stand jedoch nicht auf dem Parkplatz. Am Riff surften heute offenbar andere.

Wie angekündigt, begann es zu regnen. Die ersten Regentropfen klatschten auf die Frontscheibe. Trotz des herannahenden schlechten Wetters stieg Sally aus dem Wagen und sah sich um.

Sie hatte sich damals mit Skye zerstritten.

Doch wie hätte sie wissen sollen, dass sie nicht mehr die Chance bekommen würde, um sich mit Skye auszusöhnen?

Dem schlechten Wetter trotzend trat Sally an die Küstenlinie und begab sich die Holztreppe hinunter zum Strand.

Sie sah hinaus aufs Meer.

Auch nachdem er bereits verheiratet gewesen war, hatte sie früher jeden Tag diesen Strandabschnitt aufgesucht, in der Hoffnung, dabei Noah zu begegnen.

Sally erinnerte sich an eine Unterhaltung, die sie und Noah geführt hatten. Daran, dass er Skye für einen kurzen Augenblick den Rücken zugewandt hatte.

Das Mädchen wurde ungeduldig und ging unbemerkt und ohne Aufsicht mit ihrem Surfbrett ins Wasser.

Alles passierte so schnell, und Skye befand sich, wenn auch in Ufernähe, blitzschnell hinter viel zu hohen Wellen.

Noah pfiff markerschütternd, fuchtelte wild mit seiner Hand und deutete zu der Stelle, zu der sie sich begeben sollte. Doch Skye war viel zu sehr damit beschäftigt, nicht von den Wassermassen verschlungen zu werden, als dass sie seine Anweisungen hören konnte.

Aufgebracht sprang er mit seinem Brett ins Wasser.

»Warum hörst du nicht, wenn ich was sage?!«, schrie Noah besorgt, als er Skye nach ein paar stechend schnellen Paddelzügen erreichte.

»Ich habe keine Welle genommen! Ich habe auf dich gewartet.«

»Herrgott, kann man dich nicht mal für ein paar Sekunden aus den Augen lassen?!« Noah schüttelte den Kopf und dachte sich, dass Skye eine Lehre daraus ziehen und ihr unüberlegtes Handeln Konsequenzen haben musste.

Innerlich haderte Noah mit sich selbst. Obwohl er unglaublich stolz auf das Mädchen war, das er fürs Surfen hatte begeistern können, mussten Regeln durchgesetzt werden.

»Das war's für heute. Wir paddeln zurück!« Noah schwamm los, sah über seine Schulter und vergewisserte sich, dass Skye ihm auch wirklich folgte. »Na, mach schon!«

Rückblickend konnte Sally nicht genau sagen, was sie nach diesem Ereignis dazu bewogen hatte, das Kapitel Noah endgültig zu schließen.

Tief in ihrem Herzen hatte sie sich wohl nur nicht zwischen die beiden stellen und eine scheinbar intakte Familie zerstören wollen.

Damals war sie standhaft geblieben. Ungeachtet dessen, wie sehr er sich um sie bemüht hatte.

Es war vorbei gewesen.

Und irgendwann … Irgendwann hatte er es auch begriffen.

Der Verstand trifft vernünftige Entscheidungen. Doch am Ende holen dich die unterdrückten Gefühle und Sehnsüchte wieder ein.

Ein schmerzvoller Lernprozess, der manchmal einfach ein wenig länger dauert.

Kapitel 19

Luke saß an seinem Schreibtisch vor seinem Laptop und klickte durch tausende von Fotos, die er während der vergangenen Jahren gemacht hatte.

Das aufregende, rastlose Leben, das er einst als Extremsport-Fotograf geführt hatte, war so weit entfernt, dass es sich anfühlte, als hätte diese Zeit nie existiert.

Warum konfrontierte er sich ausgerechnet jetzt damit?

War Justine der Auslöser? Eine wundervolle Begegnung, die ihn wachgerüttelt hatte?

War der Auftrag auf Hawaii eine Chance, sich seinen Ängsten zu stellen?

Einige Fotos wirkten so lebendig, dass sie ihm auch jetzt noch den Atem raubten. Andere dagegen verunsicherten ihn so stark, dass er an sich selbst zweifelte. Er fragte sich, woher er einst das Selbstvertrauen genommen hatte, um solch kraftvolle Bilder einzufangen.

Und woher den Mut, um für seine Arbeit einzustehen und diese für die Welt sichtbar zu machen.

Inzwischen war er ein anderer Mensch. Oder vielleicht nur wieder derjenige, der er einst gewesen war?

Darauf hoffend, dass sich etwas für ihn änderte.

***

Justines Mobiltelefon piepte.

Luke hatte ihr eine Nachricht geschrieben.

Ich kann mich nicht konzentrieren. Du gehst mir nicht mehr aus dem Kopf.

Justine trat an das Fenster ihres Zimmers und sah über die Straße zu der Holztreppe, die zu einem schmalen Pfad Richtung Strand führte.

Sie schob das Fenster auf, atmete einmal tief durch und hatte dennoch das Gefühl, als würde ihr jemand auf der Brust sitzen.

Dabei fühlte sie für Luke dasselbe wie er für sie.

Doch was, wenn sie sich hinsichtlich Luke zu viel erhoffte und sie am Abreisetag ihre Affäre nicht lediglich als ein Abenteuer abtun konnte?

Was, wenn zwischen ihnen bereits mehr war, als für beide gut war?

Justine steckte ihr Smartphone in die Gesäßtasche ihrer Jeans und ging zum Strand hinunter.

Früher oder später würde sie abreisen und darauf hoffen, dass sie ihr altes Leben doch ein wenig vermisste. Falls das nicht der Fall sein sollte, würde sie es schwer haben, wieder Fuß zu fassen.

Ein Leben von Menschen umgeben, bei denen sie sich letztendlich doch allein fühlte?

Hier war alles anders.

So ungewohnt leicht.

Als sich Justine umdrehte, entdeckte sie Luke, wie er lächelnd auf sie zukam. Ihre Verwunderung war ihr anzusehen.

»Wie hast du mich gefunden?«, rief Justine durch die Windböen, die ihr Haar zerzausten.

»Eingebung«, sagte er grinsend. »Die Besitzerin des Guesthouses meinte, dass ich dich hier finden würde.«

»Woher wusste sie … Ich dachte, wir würden uns wie verabredet im Restaurant treffen.«

»Normalerweise halte ich mich an Abmachungen.« Er kam ihr so nah, dass ihr Bauch zu kribbeln begann, nicht wissend, was er vorhatte.

»Überlegst du dir gerade, ob du mich küssen sollst?«

»Sollte ich?«

»Ich weiß nicht. Solltest du?«

»Womöglich.«

Ihr Herz flatterte so heftig, dass sie ihren Blick von ihm abwenden musste. »Ich habe Däumchen drehend auf dich gewartet.«

»Du machst keinen gelangweilten Eindruck.«

»Jetzt nicht mehr«, meinte sie und wusste nicht so recht, ob sie den Anfang wagen sollte. »Gehen wir ein Stück?«, sagte sie schließlich, als es zwischen ihnen so heftig knisterte, dass sie sich unentwegt fragte, ob sie auf eine angemessene Zurückhaltung pfeifen und stattdessen ohne große Umschweife auf ihn draufspringen sollte.

Als hätte er ihre leidenschaftliche Ungeduld bemerkt, ging er ihr hinterher und fasste sie am Arm.

Doch etwas hielt ihn plötzlich zurück. Etwas, das ihn seit Tagen beschäftigte.

Die Tatsache, dass Justine zu gut für ihn war und in Wahrheit etwas Besseres verdient hatte. Jemanden, der sich nicht vor sich selbst und seinen eigenen Problemen versteckte.

Ein gestrandeter Isländer auf Bali hatte ihm einst folgenden Denkanstoß mit auf den Weg gegeben:

Mach dir etwas weniger Gedanken, Mann, und lass es einfach mal gut sein. Was kommen soll, wird kommen. Und was gehen muss, wird gehen. Wie die Wellen da draußen. Oder kannst du sie aufhalten?

Nein, er konnte die Wellen nicht aufhalten. Genauso wenig wie er seine Gefühle für Justine beeinflussen konnte. Was kommt, kommt. Was geht, geht. Dazwischen bleibt ein großer Handlungsspielraum. Ohne länger zu zögern, zog er sie an sich und küsste sie, bevor sie richtig wusste, was passierte. Ohne Wenn und Aber. Kein Blick zurück. Kein Blick nach vorn. Nur Justine und Luke im Hier und Jetzt. Ein Moment, in dem alles stimmte: Die Richtung des Windes. Das Rauschen des Ozeans. Justines warme, weiche Lippen. Die Art und Weise, wie sie ihre Arme um ihn schlang und ihre Hände auf seinen Rücken legte, als wollte sie ihn nicht mehr loslassen.

Justine öffnete die Augen und lächelte. »Du verwirrst mich.«

»Warum?«

»Weil ich nicht damit gerechnet habe.«

»Womit?«

»Mit allem, was gerade geschieht«, versuchte sie, sich zu erklären. »Entschuldige, ich hätte nichts sagen sollen. Es liegt mir offensichtlich im Blut, in den schönsten Momenten immer das Falsche zu sagen.«

»Ich ...«, erwiderte er stockend.

»Du bist nicht so schnell im Überlegen ...«, unterbrach sie ihn. Doch Luke küsste sie, ehe sie den Satz beenden konnte.

Es war einfacher, anderen ihre Zweifel auszureden als sich selbst seine eigenen.

»Wollen wir was essen gehen?«

Sie fuhren zu dem vereinbarten Restaurant ins Zentrum von Margaret River.

»Ich parke mein Auto meistens beim Supermarkt«, sagte Justine, während sich Luke um einen Parkplatz auf dem gut genutzten Gelände bemühte.

Als eine Parklücke frei wurde, quetschte er seinen Wagen zwischen zwei andere Fahrzeuge. »Kannst du überhaupt noch aussteigen?«

»Nein.«

»Auf meiner Seite wäre es machbar.«

»Ist das eine Aufforderung, dass ich über dich drüber klettern soll?«

Luke wollte bereits den Wagen ein paar Meter zurücksetzen, da krabbelte Justine über die Mittelkonsole und stieß sich dabei ungeschickt den Kopf, ehe sie sich auf seinen Schoß setzte.

»Autsch, das war nicht gerade elegant«, fluchte sie und massierte die schmerzende Stelle.

»Das passiert den besten«, erwiderte Luke schmunzelnd.

»Findest du?«

Seine Hände umfassten ihre Hüfte. »Zusammen können wir wohl schlecht aussteigen.«

Justine ließ sich die Gelegenheit nicht entgehen und küsste ihn verführerisch, die Hände auf seiner Brust. Genauso wie sie es zuvor am Strand gewollt hatte.

Als hätte sie bekommen, was sie sich wünschte, kraxelte sie weiter aus dem Wagen.

Luke ließ sich beim Aussteigen etwas mehr Zeit und fuhr sich ein paar Mal durch die Haare, während er darauf wartete, dass seine Lust abflaute.

Als er aus dem Auto stieg, konnte er Justine ansehen, wie sehr sie sich darüber freute, was sie bei ihm ausgelöst hatte.

Er erwiderte ihr Lächeln, ehe sie mit einem beabsichtigten Sicherheitsabstand die Straße hinaufgingen und dabei dennoch wie ein frischverliebtes Paar wirkten, das die Hände nicht voneinander lassen konnte.

Sie betraten das Restaurant, in dem Luke normalerweise arbeitete.

Ein kleines, sympathisches Restaurant, das überraschend viel zu bieten hatte. Leckeres Essen. Liebenswürdige Mitarbeiter. Eine liebevoll durchdachte Einrichtung. So wie die lange Theke mit Barhockern bei den geöffneten Fenstern, durch die man das Treiben auf der Straße beobachten konnte. Kleine Laternen auf den Tischen.

Luke fasste Justine an der Schulter und führte sie auf die kleine Holzterrasse im hinteren Bereich des Restaurants. Ein bezaubernder Ort mit Lichterketten und wärmespendenden Feuerschalen.

Während Justine über die Bemühungen des Restaurants staunte, forderte Luke sie dazu auf, sich an den reservierten Tisch zu setzen.

Als hätte er es geahnt, tauchte sein Arbeitgeber höchstpersönlich an ihrem Tisch auf, um sich nach ihrem Wohlbefinden zu erkundigen.

»Für euch beide habe ich mich extra ins Zeug gelegt«, sagte Aaron und blickte auf die üppige Tischdekoration, bevor er sich vorstellte und Justine die Hand schüttelte.

»Das ist nicht zu übersehen«, entgegnete Luke, dem der ganze Wirbel für ein schlichtes Abendessen etwas zu übertrieben war. In Anbetracht dessen, dass er Aaron lediglich um einen freien Tisch auf der Terrasse gebeten hatte.

»Ihr könnt ein paar Kerzen wegnehmen, falls es zu viele sind.«

»Nein, ich … Ich finde es schön so«, schlichtete Justine.

»Danke, ich weiß deine Zufriedenheit zu schätzen.« Er legte seine Hand auf Lukes Schulter. »Diesem Kerl hier fehlt offensichtlich der Blick für die Romantik.«

»Lässt du in der Küche was anbrennen?«, konterte Luke und rümpfte die Nase.

»Schon verstanden«, erwiderte Aaron und zwinkerte Justine zu. »Ihr beide kommt auch gut ohne mich zurecht.«

Justine sah Aaron belustigt hinterher, wie er zu den kleinen Tischen ging, die zu einer großen Tafel zusammengeschoben waren, an der sich zehn Gäste angeregt unterhielten. Im Gegensatz zu ihnen hatten sie keine Tischdecke und nicht halb so viele Kerzen.

»Wir können wirklich ein paar wegnehmen«, schlug Luke vor, als er ihre Gedanken zu lesen glaubte.

»Nein … Ich bin selten so erleuchtet gewesen.«

»Mir gefällt dein Humor.«

Etwas verlegen wandten sie den Blick voneinander ab.

Obwohl Luke bereits wusste, was er heute Abend bestellen würde, griff er nach der Menükarte.

»Möchtest du noch etwas anderes trinken als Wasser?«

Justine musterte die Flasche mit Leitungswasser, die Aaron ihnen auf den Tisch gestellt hatte.

»Ich werde dir einen Drink mixen«, schlug er vor und ging vom Tisch zur gut ausgestatteten Bar hinüber.

Als er mit den Getränken zurückkehrte, stand Aaron an ihrem Tisch und zeigte Justine das Kochbuch, das er kürzlich veröffentlicht hatte. »Wir haben gerade davon gesprochen, dass du die Fotos für mein Kochbuch gemacht hast.«

Luke stellte die Getränke auf den Tisch und setzte sich wieder.

»Ich weiß, du brauchst keine Pluspunkte. Trotzdem kann es nicht schaden, bei so einer bezaubernden jungen Frau«, meinte Aaron zu Luke. »Darfst du gern behalten«, sagte Aaron zu Justine, als sie ihm das Kochbuch zurückgeben wollte.

Nachdem sie ihre Bestellungen aufgegeben hatten und wieder unter sich waren, sagte Justine, während sie sorgfältig die Seiten durchblätterte und die Fotos der Gerichte etwas genauer anschaute: »Du überraschst mich immer wieder.«

»Das war keine große Sache. Es sind Aarons Ideen und Gerichte. Ich habe nur die Fotos gemacht. Mittlerweile werden die Bücher sogar in Perth und Melbourne verkauft«, winkte Luke ab.

»Wow, gratuliere!«

»Wie gesagt, ich habe lediglich …«

»… die Fotos gemacht«, vervollständigte Justine seinen Satz.

Als Aaron ihnen auch noch persönlich das Essen servierte, wunderte sich Luke noch mehr über die übertriebene Aufmerksamkeit. Für gewöhnlich holte man Aaron nicht so schnell aus seiner Küche. Jedenfalls nicht zu den Stoßzeiten, in denen er penibel darauf achtete, dass alle Gerichte seinen Ansprüchen gerecht wurden.

»Gute Wahl«, versicherte Aaron mehr in Bezug auf Justine als auf die gewählten Gerichte, als er die heißen Teller vor ihnen abstellte.

»Danke. Und jetzt verschwinde, bevor du am Ende noch alles vermasselst!«

Justine probierte einen Bissen von ihrem Kürbisgericht. Es schien ihr zu schmecken. Bestimmt war ihr nicht bewusst, dass sie sich gerade genüsslich mit der Zunge über die Lippen leckte und diese Nebensächlichkeit ihn beinah um den Verstand brachte.

Seit Tagen konnte er an nichts anderes mehr denken als an Justine. Sie war allgegenwärtig. Bei der Arbeit, in seinen Träumen … Beim Pinkeln. Oder gar unter der Dusche, wenn er sich ihretwegen mit einem schlechten Gewissen einen runterholte.

Aus einer Eingebung heraus hatte er heute wieder einmal die Bettwäsche gewaschen. Als er sich deswegen etwas albern vorgekommen war, hatte die Wäsche bereits ihre Runden gedreht.

Ihre Blicke trafen sich, und Justine fragte sich, was Luke wohl gerade dachte.

Dasselbe wie sie? Wobei sie den Eindruck hatte, dass sie ihn mit dem angedeuteten Vorgeschmack im Auto etwas überrumpelt hatte.

Womöglich war er der Vernünftige, während es ihr wieder einmal nicht schnell genug gehen konnte. Mit Sicherheit wäre es besser, wenn sie heute nicht miteinander schlafen würden und sie sein intimes Stöhnen … die Fähigkeiten seiner Zunge nie kennenlernen würde.

»Möchtest du einen Kaffee bestellen?«, fragte er in die knisternde Stille.

»Hast du nicht auch eine Kaffeemaschine?«

Sie küssten sich im Auto auf dem Parkplatz und vor der Zufahrt zu Lukes Haus gleich schon wieder.

»Und wenn ich mich in dich verliebe?«, raunte Justine.

Was kommt, kommt. Was geht, geht. Dazwischen bleibt

ein großer Handlungsspielraum, dachte Luke. Doch statt danach zu handeln, sagte er absoluten Bullshit: »Wir müssen ja nicht …«

»Willst du nicht?«

»Mehr als alles andere.«

Justine lächelte erleichtert und hatte dennoch das Gefühl, dass sie sich seiner Gefühle nicht sicher sein konnte.

Trotz allem wollte sie sich diesen wundervollen Abend nicht entgehen lassen. Und Luke erging es genauso.

Händchen haltend huschten sie ins Haus und schäkerten über den Flur.

»Ich habe dir gar keinen Kaffee angeboten«, bemerkte Luke auf der Bettkante sitzend, die Hände an ihren Hüften, während er Justine näher an sich heran und zwischen seine Beine zog.

»Kaffee wird überbewertet.« Sie krallte sich in seinen Haaren fest und küsste ihn so stürmisch, dass es sie selbst überraschte, wie leidenschaftlich sie sein konnte, wenn sie sich mal nicht zurückhielt.

Luke schien es zu gefallen.

Er stöhnte genüsslich auf, als sie auf ihn kletterte und ihre Lippen seinen Hals berührten.

Justine verkniff sich ein Lächeln, doch sie konnte nicht leugnen, dass es sie erregte, als das Zaghafte in seinen Lauten mit jeder ihrer Berührungen allmählich verschwand.

Plötzlich knallte die Haustür zu.

»Was war das denn? Etwa Chris?«

»Yep!«

»Ich wusste nicht, dass er zu Hause ist«, sagte sie in einem Anflug schlechten Gewissens.

»Keine Sorge, er wird darüber hinwegkommen«, versicherte er amüsierter, als ihm in Wahrheit zumute war.

Während sich Justine um Chris' Gefühlswelt sorgte, ärgerte sich Luke über seinen Mitbewohner, weil er ihnen gründlich die Stimmung versaut hatte. Was Luke sich jedoch nicht anmerken lassen wollte.

»Du hättest es zumindest andeuten können.«

Stöhnend fuhr sich Luke mit beiden Händen übers Gesicht. »Glaubst du wirklich, dass ich im Stande bin, an meinen Mitbewohner zu denken, wenn ich mit dir zusammen bin?«

Justine erwiderte sein Lächeln. »Nicht wenn ich dich küsse.« Sie küsste ihn am Hals und raunte: »Zum Beispiel hier. Oder hier.«

Luke packte Justine an ihren Hüften und zog sie zu sich heran.

Seine Lippen streiften ihre Wange, saugten an ihrem Hals. An ihrem Schlüsselbein. Liebkosten ihre Brüste. Und als sie leise und lustvoll stöhnte, flüsterte er: »Ab jetzt gibt es keine Mitbewohner mehr.«

Als Justine mitten in der Nacht die Haustür hörte, öffnete sie ihre Augen und lauschte durch die geschlossene Schlafzimmertür, während Luke wie ein Baby schlummerte.

Chris war zwischenzeitlich nach Hause gekommen und ging auf Zehenspitzen zum Kühlschrank, holte sich etwas zu trinken und setzte sich auf die alte Holzbank in Lukes Garten.

Er trank einen Schluck von seinem Bitter Lemon und fragte sich, ob Justine inzwischen gegangen oder noch immer bei Luke war.

Was auch immer sie sich von Luke erhoffte, er war nicht der Richtige für sie. Er war zu eigennützig und zu sehr mit seinen Problemen beschäftigt, als dass er auf ihre Gefühle Rücksicht nehmen und sich auf eine Beziehung einlassen konnte.

Zugegeben, er hatte sich ebenfalls eine Chance bei ihr ausgerechnet. Im Unterschied zu Luke sehnte er sich schon länger nach einer Beziehung.

Statt wach zu liegen, schlüpfte Justine in ihre Kleidung und schlich sich leise aus dem Schlafzimmer.

Wie vermutet war Chris noch wach.

Einerseits wollte sie Chris Gesellschaft leisten und dieses wundervolle Gespräch wieder aufgreifen, das sie damals am Strand geführt hatten. Andererseits hatte sie Chris gegenüber ein schlechtes Gewissen und das Gefühl, als hätte sie ihn ausgenutzt. Obwohl das eigentlich nicht der Fall war.

Es war nur so ein Gefühl. Trotzdem konnte sie nicht leugnen, dass sie sich mit Chris auf eine Art und Weise verbunden fühlte, die sie sich zu diesem Zeitpunkt nicht erklären konnte.

War da mehr als sie ahnte?

Mehr als sie suchte?

Sie mochte Chris. Sehr sogar. Jedoch anders als Luke.

Je länger Justine darüber nachdachte, desto zerbrechlicher erschien ihr das Glück.

Alles war offen. Beruflich wie privat. Andererseits fühlte sie sich durch die neuen Perspektiven so ungeheuerlich verletzlich. Als stünde sie einerseits mitten im Leben und andererseits im Nirgendwo.

Chris wusste, dass Justine ihn beobachtete. Auch, dass sie ihm Gesellschaft leisten wollte, wäre da nicht dieses Zögern zwischen ihnen.

Wie erwartet, schlich sie sich wortlos zurück in Lukes Schlafzimmer.

»Wo bist du gewesen?«, fragte Luke, während er seinen Arm um sie legte.

»In der Küche.«

»Ich habe dich bereits vermisst.«

Als sich Justine zu Luke umdrehte, spürte sie, dass etwas nicht stimmte. »Was ist los?«

»Nichts.«

»Und wenn ich dir nicht glaube?« Sie berührte sein Bein, die Narbe an seiner linken Wade.

»Das ist vor zwei Jahren auf Hawaii passiert. An einem Tag wie jeder andere. Nur nicht für mich.«

Luke drehte sich auf den Rücken.

»Mein Dad ist immer der Meinung gewesen, dass man im Leben entweder Glück hat oder eben nicht. Am Ende hat er Suizid begangen.«

Du bist nicht verantwortlich dafür, dass sich dein Vater das Leben genommen hat.

Auch wenn alle, die dies behaupteten, recht haben mochten, änderte es nichts an seinen Gefühlen. Er fühlte sich grundsätzlich für alles im Leben schuldig.

Schuldig, weil er damals der hochverschuldeten Milchfarm seiner Eltern den Rücken zugewandt hatte, um die große weite Welt zu entdecken, während sich seine Familie noch tiefer in den Ruin getrieben hatte.

Dein Vater hat bis zum Ende gekämpft, bis er die Last nicht mehr tragen konnte.

Sein Vater war aber auch ein verbitterter Eigenbrötler gewesen, den Veränderungen geängstigt hatten. Der von anderen Milchfarmbetreibern keine Hilfe hatte annehmen können. Weil da dieser sture, falsche Ehrgeiz gewesen war, es selbst zu schaffen.

Ich bitte dich nicht gern darum, Luke. Das weißt du auch. Aber du solltest nach Hause kommen. Dein Bruder kommt nicht wirklich damit klar.

Trotz der Bedürfnisse seiner Familie war Luke nie in die lethargische Einöde zurückgekehrt, die aus hügeligen Weiden und Schotterpisten bestand.

Auch nicht, als die Farm verkauft worden war.

»Das tut mir leid, Luke«, sagte Justine.

Hier im beschaulichen Margaret River hatte sich Luke mittlerweile gut eingerichtet. Er hatte Arbeit, ein komfortables Dach über dem Kopf, Freunde … und unweit in Prevelly eine der besten Wellen des Indischen Ozeans.

Surfers Point. Ein Big-Wave-Spot für erfahrene Surfer. Fluch und Segen zugleich. Segen, weil er jeden Tag hierher fahren und zumindest einen Teil seines gottverdammten Hungers für den Surfsport durch die Ritte anderer stillen konnte. Fluch, weil jede ungenutzte Welle eine Verschwendung war. Fluch vor allem, weil er sich nach dem Unfall nichts mehr zutraute. Nicht einmal mehr den Versuch, etwas zu wagen, geschweige denn etwas zu riskieren.

Die Konfrontation mit einem Hai, die Narben an seinem Bein, führten Luke immer wieder vor Augen, dass man von dem Stempel, den man bei seiner Geburt aufgedrückt bekam, anscheinend nicht weglaufen konnte.

Tief in seinem Inneren hatte er doch nur darauf gewartet, dass das Leben ihn bestrafte. In den Wurzeln seiner Überzeugungen war er der Sohn des gescheiterten Milchfarmers. Ein lausiger, großer Bruder. Der Erstgeborene, der mit seinem abweisenden Verhalten die Liebe und Erziehungsfähigkeiten seiner Mutter infrage stellte.

Der einst bejubelte Sportfotograf, der leidenschaftliche Surfer und Windsurfer, war inzwischen nicht viel mehr als ein bemitleidenswertes Wrack eines ausgelebten Traumes, womit er manchmal mehr, manchmal weniger zurechtkam.

»Mir tut es auch leid«, sagte er.

Als Justine am Morgen erwachte, lag Luke nicht mehr neben ihr.

Als hätte sie es geahnt.

Wie hatte sein Vater gesagt?

Entweder man hat Glück im Leben oder eben nicht.

Wahrscheinlich traf das auch auf sie zu.

Während andere an ihrer Karriere arbeiteten und sich hinter ihrem Rücken mit der Ex vergnügten, irrte sie ziellos umher und bewegte sich in einer Art Traumwelt, aus der sie gerade erwachte.

Kapitel 20

Man musste nicht sonderlich intelligent sein, um zu begreifen, dass wenn man mit jemandem die Nacht verbracht hatte und dieser besagte jemand am nächsten Morgen, ohne eine Nachricht zu hinterlassen, auf einmal verschwunden war, er offensichtlich nicht dasselbe fühlte.

Trotz allem hatte Justine eine ganze Stunde auf Luke gewartet, in der Hoffnung, dass er lediglich das Frühstück besorgte oder zumindest anrufen würde.

Am Ende hatte sie vergebens auf ihn gewartet.

Eine halbe Stunde später erreichte sie die Küste in der Nähe von Gracetown, wo sie im Wasser ein paar Surfer sah und beschloss, dass sie sich vom Strand und dessen Surfbedingungen zumindest ein Bild machen wollte.

Justine stieg aus dem Auto und ging zum Strand hinunter.

Sie verschränkte die Arme vor der Brust und zog unbewusst die Schultern hoch. Der Wind war kühler, als sie erwartet hatte. Über ihr am Himmel braute sich etwas zusammen.

Jetzt, so nah am Ufer, wirkten die Wellen doch größer als vom Parkplatz aus. Zudem drifteten die drei Surfer, die am Riff surften, immer wieder ab.

Wahrscheinlich nicht gerade die besten Voraussetzungen für einen unerfahrenen Surfer.

Etwas weiter links und näher am Strand türmten sich die Wellen weniger hoch auf, dennoch waren sie hoch genug, dass sie allein beim Gedanken, es zumindest zu versuchen, Herzklopfen verspürte.

Wer oder was auch immer sie antrieb, brachte sie dazu, dass sie, zehn Minuten später im Wetsuit und mit ihrem Surfbrett unter dem Arm, an derselben Stelle stand und auf ein Zeichen wartete.

Doch nichts passierte.

Sie war ganz auf sich allein gestellt.

Justine konzentrierte sich auf ihre Atmung und beruhigte ihren Herzschlag. Nach einer gefühlten Ewigkeit ging sie ins Wasser und paddelte entschlossen zu der Stelle, zu der sie wollte. Als sie die Stelle erreichte und für sich entschied, dass sie hier richtig war, setzte sie sich auf ihrem Brett auf und entspannte sich in der trügerischen Ruhe der sanften Wogen.

Als allmählich etwas mehr Bewegung ins Spiel kam und einer der drei Surfer lospaddelte, bemerkte auch Justine, wie sie angehoben wurde.

Sie beobachtete den Verlauf des grünen Wasserhügels, der Richtung Strand lief, und dachte sich, dass die Wellen hier viel zu hoch waren, um einen Versuch zu wagen.

Angst erfüllte ihre Gedanken.

Herrgott noch mal, auf was wartest du?, drängte die ungeduldige Stimme in ihr. Das Halten ihrer Position wurde aufgrund der Strömung immer schwerer.

Wer A sagt, muss auch B sagen. Falls man bereits A gesagt hatte. Das hatte sie definitiv. Ansonsten wäre sie jetzt nicht hier draußen.

Jetzt wäre definitiv B an der Reihe.
Mein Gott, worauf wartest du?
Auf einen Startschuss?
Auf Anweisungen?
Auf Vince, der Anweisungen erteilte, wie und wann sie was zu tun hatte. *Auf Logan*, der sie immer und überall ungefragt beratschlagte. *Auf Jade*, die sämtliche Probleme löste und jedes Hindernis aus dem Weg räumte.

Nun war sie ganz auf sich allein gestellt.

Ebenso wie die drei Surfer da weiter draußen, die im Grunde das gleiche Ziel verfolgten. Doch wenn es heikel wurde, musste jeder seinen eigenen Hintern retten.

Ehe ihr Verstand es realisierte, brachte Justine sich in Position und paddelte ein paar Mal kräftig, bis die Welle sie anschob und sie auf ihre Füße springen konnte.

Weil es sich vollkommen natürlich anfühlte, drehte sie nach rechts ab und ritt solange mit der Welle, bis sie ihr Gleichgewicht verlor und vom Brett gerissen wurde.

Wie bereits befürchtet, passierte das, was ihr am meisten Angst machte: Sie wurde unter Wasser gedrückt und umhergewirbelt. Jetzt musste sie es aushalten. Sie konnte nicht einfach wegrennen.

In dieser Situation hatte sie keine andere Wahl. Sie stellte sich dieser Aufgabe. Bewahrte Ruhe. Als sie wieder auftauchte, reagierte sie instinktiv. Sie orientierte sich, anstatt in Panik zu geraten.

Justine zog sich auf ihr Brett und paddelte zwei- bis dreimal kräftig, um aus der Brechungszone zu kommen. Als sich eine weitere Welle auftürmte, holte sie tief Luft und tauchte unter.

Sie hätte aufgeben und an den Strand zurückkehren können, doch stattdessen schöpfte sie neuen Mut und paddelte noch einmal hinaus.

Auf dem Brett sitzend und die Beine im Wasser baumelnd, fuhr sie sich mit beiden Händen übers Gesicht. Als würde sie erst jetzt begreifen, dass sie diese Herausforderung gemeistert hatte.

Justine sah Richtung Strand und ohne dass sie sich dagegen wehren konnte, lächelte sie.

Sie traute sich noch zwei weitere Wellen zu, scheiterte jedoch bereits beim Aufstehen. Weil die Bedingungen letztendlich doch zu grob waren, kehrte Justine, von den auslaufenden Wellen herumgewirbelt, an den Strand zurück.

Völlig außer Atem kam sie aus dem Wasser. Als sie wieder ruhig atmen konnte, sah sie über ihre Schulter und verharrte in einem Augenblick, in dem sie sich selbst anerkannte, ohne eine gewisse Erwartungshaltung erfüllt zu haben.

Die positive Stimmung änderte sich sofort, als Justine zu ihrem Auto zurückkehrte, auf ihr Smartphone sah und enttäuscht feststellte, dass sich Luke noch immer nicht gemeldet hatte.

Einerseits bereute sie es, dass sie mit ihm geschlafen hatte. Andererseits würde sie es jederzeit wieder tun.

Mithilfe eines Badetuchs schälte sie sich aus ihrem Wetsuit und schlüpfte in ihre Kleidung.

Weil sie nicht länger auf ein Zeichen von Luke warten wollte, rief sie ihn an.

»Hey«, erwiderte sie auf sein schwaches »Hi« mit einem merkwürdigen Unterton in der Stimme. »Du wirkst nicht gerade begeistert.« Luke schwieg. »Ich habe heute Morgen eine Stunde auf dich gewartet. Danach musste ich jemanden organisieren, der mich abholt.«

»Tut mir leid. Daran habe ich nicht gedacht.«

»Ich bin ja so dämlich!«, murmelte Justine.

»Bist du nicht, ich habe überreagiert.«

Doch Justine konnte darüber nur den Kopf schütteln.

»Können wir uns treffen und miteinander reden?«, fragte er.

»Wozu denn? Um mir zu sagen, dass du nicht mit mir gerechnet hast und es gerade nicht in dein Leben passt?« Justine fragte sich, ob er einfach aufgelegt hatte oder ob ihm lediglich die Worte fehlten. »Warum sagst du nichts? Du bist so feige, Luke. Hörst du mir überhaupt zu?«

»Ich weiß, ich bin eine große Enttäuschung«, presste Luke hervor.

»Darauf hast du doch bloß gewartet.« Justine dachte an die vergangene Nacht und wie sehr es zwischen ihnen geknistert hatte. An die tiefsinnigen Gespräche danach. »Denkst du, ich zweifle nie? Dass ich keine Probleme habe und mein Leben verglichen mit deinem perfekt ist?« Sie dachte an die Tränen in seinen Augen. An ihren Geschmack, als sie seine Wange geküsst hatte.

»Ich verliere nicht gern mein Gesicht.«

»Das hast du nicht. Nicht vor mir. Aber offenbar interessiert dich das nicht. Du hast dich doch bereits entschieden«, erwiderte sie. »Wir haben alle unsere Probleme, Luke.« Sie schüttelte den Kopf über sich selbst. Weil sie sich so erwachsen aufspielte, obwohl ihr überhaupt nicht danach war.

Justine beobachtete den Surfer, der gerade aus dem Wasser kam. Obwohl er unten am Strand war und ihr Gespräch nicht mithören konnte, wandte sie sich ab. »Ich weiß, dass meine Probleme verglichen mit deinen wohl eher keine sind. In meiner Familie hat niemand Selbstmord begangen. Und ich wurde auch nicht von einem Hai angegriffen. Außerdem habe ich meine Mutter nie gekannt. Trotzdem fühlt es sich an, als hätte ich einen Haufen voller Probleme zu bewältigen.«

»Bist du deswegen nach Margaret River gekommen?«

»Nein … Ich weiß nicht … Womöglich.«

Auf einmal wurde Justine klar, dass sie sich in die Sache mit Luke verrannt hatte und dass es letztendlich keine Zukunft hatte.

Es war an der Zeit, dass sie nach Melbourne zurückkehrte. Je früher, desto besser. Bevor sie sich am Ende doch noch um etwas Halbherziges bemühte.

»Können wir uns treffen?«, fragte Luke. »Mir ist heute etwas dazwischen gekommen und ich möchte mit dir darüber reden.« Sein Herz flatterte.

Luke wollte den kurzfristig angenommenen Auftrag auf Hawaii nicht bereits als Schlussstrich benutzen. Er würde mindestens zwei Wochen weg sein und er wollte Justine nicht hinhalten. Aber er wollte auch nicht, dass sie einfach so aus seinem Leben verschwand.

»Ich kann mir denken, wohin dieses Gespräch führen wird. Außerdem bin ich gerade in der Nähe von Gracetown.«

»Hör zu, ich muss wegen meiner Arbeit kurzfristig nach Hawaii. Ich werde noch heute Abend nach Perth fahren.«

»Verstehe. Gutes Timing. Ich werde dann wohl nicht mehr hier sein, wenn du zurückkommst.«

»In zwei Wochen bin ich wieder da.«

»Ich kann nicht ewig hier bleiben und auf dich warten.«

»Das erwarte ich auch nicht.« Trotzdem sträubte sich jede einzelne Faser seines Körpers dagegen, sie einfach so gehen zu lassen. Doch was konnte er ihr hier schon bieten? Ein nach Erfolg strebendes Leben, so wie sie es kannte, jedenfalls nicht.

»Ich lege jetzt besser auf. Luke?« Schließlich beendete sie das Gespräch, ohne es wirklich zu wollen. »Scheiße«, murmelte sie, als sie erneut Lukes Nummer wählte und er nicht mehr ans Telefon ging.

Den Kopf voller Gedanken, lief Justine eine Weile den Strand entlang. Dabei fragte sie sich immer wieder, ob Hawaii lediglich eine Möglichkeit war, um sie auf Abstand zu halten und keine weitere Nähe zuzulassen.

Wie konnte jemand eine andere Person lieben, wenn er nicht mal sich selbst annehmen konnte?

Dieser verfluchte Mistkerl!

Wie hatte sie nur so blind sein und davon ausgehen können, sie würde ihm ebenfalls etwas bedeuten?

Justine stieg in ihr Auto. Kaum hatte sie den Motor gestartet, schaltete sie ihn wieder aus. Sie war zu aufgewühlt, als dass sie einfach losfahren könnte.

Obwohl sie es eigentlich nicht wollte, brach sie in Tränen aus.

Als sich Justine endlich wieder fing, wusste sie, dass sie so schnell wie möglich abreisen würde.

Sie buchte noch für denselben Abend einen Rückflug.

Kapitel 21

Tofino, Vancouver Island, Kanada, Dezember 2016

Annie winkte unter ihrem Regenschirm hervor, als die Fähre in Nanaimo anlegte und sie Chris an Deck entdeckte.

Sie war bereits gestern angereist und hatte es sich in einer hübschen Unterkunft in der Nähe einen Tag lang gut gehen lassen.

Einerseits wollte sie keine sechs bis sieben Stunden für die Hin- und Rückfahrt im Auto sitzen. Andererseits hatte sie es sich nicht nehmen lassen wollen, Chris persönlich an der Fähranlegestelle abzuholen. Außerdem wollte sie nicht, dass sich der Junge für die lange Fahrt quer über die Insel irgendwie arrangieren musste.

Zudem war es auch mal wieder eine Gelegenheit gewesen, um aus den eigenen vier Wänden rauszukommen. Sich selbst etwas zu gönnen.

Als Chris von Bord kam, ging ihm Annie entgegen und nahm ihn herzlich in Empfang.

Für gewöhnlich kam Chris frühestens im Frühjahr nach Hause. In diesem Jahr hatten die Umstände jedoch anders entschieden. Sein Großvater lag mit einer schweren Lungenentzündung im Krankenhaus.

Da Chris sein Mobiltelefon nur sehr selten benutzte, hatte es ein paar Tage gedauert, bis sie ihn schlussendlich erreicht hatte.

»Schön, dich wiederzusehen, junger Mann, wenn auch nicht gerade unter den besten Umständen.«

»Danke, dass du mich abholst, Annie.«

»Gern geschehen. Ich hätte es mir auch nicht ausreden lassen, ich habe einen langen Atem.«

»Stimmt.«

Annie entriegelte ihren Wagen und setzte sich seitlich auf den Sitz, worauf sie ihre Stiefel aneinander schlug, um ihre Schuhsolen vom Schneematsch zu befreien. Sie grinste, als Chris die Beifahrertür nochmals öffnete, um im Nachhinein ebenfalls seine Schuhe auszuklopfen.

Annie startete den Motor und drehte die Heizung auf.

Chris drehte den Kopf zur Seite und sah aus dem Fenster. Gedanklich war er noch immer in Australien. In Margaret River. Bei Justine.

Dass er ausgerechnet jetzt nach Hause musste, wo er die Gelegenheit bekommen hätte, Justine etwas besser kennenzulernen, ärgerte ihn ein wenig.

Luke interessierte sich doch nicht wirklich für sie, und sein Großvater würde schon bald wieder auf die Beine kommen. Auch wenn Annie etwas anderes erzählte.

»Du tust mir richtig leid. In Australien ist es um diese Jahreszeit bestimmt wärmer«, sagte Annie, während sie den Wagen vorbei an dichten Wäldern über eine matschige Schneeschicht lenkte.

»Wie geht es ihm?«, fragte Chris nach einer halben Stunde Fahrt, nachdem ihm die Frage die ganze Zeit auf der Zunge gebrannt hatte.

Annie bedachte Chris mit einem Seitenblick und musste sich zusammenreißen, damit sie nicht vor seinen Augen in Tränen ausbrach. »Nicht so gut. Der alte Mann ist gerade dabei, sich selbst aufzugeben.«

Trotz allem konnte sich Chris ein Lächeln abgewinnen. Annies zynisch liebevoller Unterton machte die schlechte Nachricht erträglicher. »Dann kommt er womöglich nicht mehr nach Hause zurück?«

Ihr Brustkorb hob sich. »Das weiß bei Gott nur er selbst. Am besten machst du dir selbst ein Bild von ihm, sobald wir zu Hause sind.«

Als er den Blick abwandte, dachte Annie, dass Chris seinem Vater immer ähnlicher wurde. Dass er Noahs nachdenkliche Augen geerbt hatte und er inzwischen genauso umherirrte wie Noah damals und deswegen kein richtiges Zuhause hatte.

In Chris' Gegenwart hatte sie nie über ihren Bruder gesprochen. Trotzdem würde sie inzwischen gern wissen, ob Chris darüber Bescheid wusste, wer sein Vater war und ob es lediglich ein Zufall war, dass er die Wintermonate in Australien verbrachte.

Annie erinnerte sich an einen gut gemeinten Ratschlag, der letztendlich im Streit geendet hatte, als sie dem alten Mann ins Gewissen hatte reden wollen. »Du kannst deinem Enkel doch nicht den Vater vorenthalten!«

»Dein Bruder hat Chris nicht verdient!«

»Hier geht es nicht um Noah, sondern um Chris!«

Danach hatte der alte Mann eine ganze Weile nicht mehr mit ihr gesprochen. Was sie sehr bedauert und verletzt hatte.

Am Ende war der alte Mann wohl doch nicht so stur

geblieben, wie sie ihm unterstellt hatte. Was jedoch ganz untypisch für ihn war, weil es auch bei seinem Haus nicht bloß an einem neuen Anstrich fehlte.

Die meisten Leute ignorierten das Geschehen in der Nachbarschaft und machten einen großen Bogen um den alten Mann, der nach außen jegliche Art von Gesellschaft ablehnte.

Sie hoffte bei Gott, dass sein Enkel nicht so enden würde.

»Soll ich dich später ins Krankenhaus begleiten? Oder möchtest du deinen Großvater allein besuchen?«, fragte Annie, als sie an der Seitenstraße hielt und Chris gedankenversunken das Haus musterte.

»Du kannst mich gern begleiten, wenn du möchtest.«

»Gut. Ich werde dich am späteren Nachmittag abholen.«

Chris holte sein Gepäck aus dem Kofferraum und die beiden Surfbretter vom Autodach.

An der Haustür drehte er sich noch einmal um und winkte Annie zu, ehe sie losfuhr.

Dann schloss er die Tür auf und ging ins Haus. Unter jedem seiner Tritte ächzten und knarzten die schiefen Holzdielen.

»Bin wieder da«, verkündete er seine Ankunft aus reiner Gewohnheit, während er sein Gepäck am Eingang des Wohnzimmers abstellte.

Alles war an seinem gewohnten Platz. Der durchgesessene, braune Lesesessel. Die verbogene Lesebrille auf dem Beistelltisch. Die Fernbedienung auf der Zeitung. Die alte Hundeleine im Flur.

Chris seufzte. Vermutlich hatte er zu lange weggeschaut. Falls der alte Mann wieder nach Hause kommen sollte, würde er eigenhändig die komplette Küche herausreißen und eine neue einbauen. Auch wenn sich der alte Mann noch so querstellte.

Da sein Großvater heute nicht da war und deshalb keine endlosen Geschichten über jedes einzelne Familienfoto erzählen konnte, trat er an den Kamin und betrachtete in aller Ruhe die aneinandergereihten Bilder.

In diesem Augenblick wünschte sich Chris, dass sich sein Großvater vom Lesesessel hochstemmen würde, um ein paar alte, wenn auch immer dieselben Anekdoten aus seiner Vergangenheit aufleben zu lassen. Rückblickend hörte er lieber die alten Geschichten, als dass es in diesem Haus so ungewohnt still war.

Es fiel ihm schwer, zu akzeptieren, dass sein Großvater heute nicht mehr derselbe abenteuerlustige Skilehrer war. Dass er seine Begeisterungsfähigkeit aufgegeben hatte.

Dass er Großmutter all die Jahre auf Händen getragen hatte, obwohl sie seine Bemühungen nicht wirklich geschätzt hatte.

Im Grunde hatte es ihr so oder so niemand recht machen können.

Als ihr einziges Kind unter einer Schneelawine ums Leben gekommen war, hatte sie einen nachvollziehbaren Grund gehabt, der ihre unerträgliche Art gerechtfertigt hatte.

Obwohl sich Chris nur anhand der Fotos der alten Fotobücher an seine Mutter erinnerte, hatte sie noch immer einen Platz in seinem Herzen.

Er war gerade mal fünf Jahre alt gewesen, als das Unglück passiert war. Eine Schneelawine hatte eine vierköpfige Skitruppe erfasst. Am Ende hatten drei Skisportler rechtzeitig gerettet werden können. Seine Mutter hatte nicht dazugehört.

Im Gegensatz zu seinem Großvater war seine Mutter schon immer etwas wagemutiger gewesen. Auch in Hängen abseits der Pisten. Davor hatte seine Großmutter jedoch ihre Augen verschlossen, obwohl oft darüber gesprochen worden war.

In ihren Augen hatte das Rettungsteam falsche Prioritäten gesetzt und nicht schnell genug gehandelt. Am Ende hatte sie dem alten Mann die Schuld gegeben, weil er ihrem geliebten Kind das Skifahren gelehrt hatte. Sie stolz als *sein Mädchen* bezeichnet hatte, wenn sie in der weißen Schneepracht Außerordentliches geleistet hatte.

Er dachte nicht oft an seine Mutter. Nur manchmal, wenn er im Stillen ein paar alte Fotos betrachtete, die er aus den alten Fotobüchern seiner Großmutter genommen hatte. Oder im unpassendsten Moment, wenn ihn die brachiale Wucht einer gigantischen Welle erwischte, die er nicht gemeistert hatte, wie die Schneelawine damals seine Mutter, und ihn für eine Weile unter Wasser drückte. Dann packte ihn die Angst, da sie es damals nicht geschafft hatte. Weil das Leben irgendwie doch ein Geschenk war.

Auch wenn er sich manchmal etwas einsam und nirgends richtig verwurzelt fühlte.

Chris nahm zwei Fotos seines Großvaters vom Kaminsims und ließ sie einen Moment auf sich wirken.

»Du hast dich verändert, alter Mann«, flüsterte er. »Ich weiß, dass es nicht immer einfach war. Doch im Grunde hattest du immer gute Absichten. Ich wünschte, du hättest daran festgehalten und dich nicht allzu sehr von äußeren Einflüssen formen lassen.«

Er stellte die Fotos an ihren Platz zurück und trat ans Fenster.

Es hatte zu schneien begonnen, und der Wind wirbelte die Schneeflocken durcheinander. Im Grunde war da nichts, was ihn aus dem Haus lockte. Bis auf den Pazifik, der auch ohne ihn sein Ding machte.

Die Bedingungen waren gut. Der winterliche Sturm brachte nicht nur Schnee und eisige Kälte, sondern auch ein paar kraftvolle Wellen.

Chris öffnete den Kühlschrank, doch bis auf zwei abgelaufene Becher Joghurt gab es nichts Essbares in diesem Haus. Zudem funktionierte der Kühlschrank nicht mehr richtig.

Die alte Küche musste unbedingt erneuert werden. Doch bevor er sich damit auseinandersetzen konnte, musste er erst einmal an die frische Luft. Dazu belud er Großvaters alten Kombi mit seiner Surfausrüstung und fuhr zum Strand.

Bereits aus der Ferne, durch die nebelverhangenen Bäume, konnte er die Brandung hören. Was ihn in eine angespannte Vorfreude versetzte.

Es war eine Weile her, dass er hier zum letzten Mal gesurft hatte. Trotzdem schlüpfte er, in unerbittlicher Kälte, in seinen Neoprenanzug, tauschte abgetragene Turnschuhe gegen Booties, zog die Neopren-Kapuze über seinen Kopf und stülpte sich Handschuhe über seine Hände. So konnte er sich besser vor dem eiskalten Wasser schützen. Obwohl das nur bedingt funktionierte.

Er schloss den alten Kombi ab, klemmte das Brett unter seinen Arm und ging den bewaldeten, schmalen Pfad entlang.

Während er über angeschwemmtes Treibholz balancierte, lichtete sich der Nebel allmählich.

»Zum richtigen Zeitpunkt am richtigen Ort«, raunte Chris, weil der winterliche Sturm sein Versprechen hielt und Erhebungen aus Wasser kreierte, die sich kraftvoll überwarfen und die *perfekten* Hohlräume formten.

Ein mutiger Ausdruck. Doch es stimmte.

Chris schloss die Augen und wappnete sich innerlich gegen die eisige Kälte des Pazifiks. Gegen den beißenden Wind auf seinem ungeschützten Gesicht.

Als er so weit war, sprang er hinein und begab sich auf seine festgelegte Paddelroute. Sein Atem stockte wegen der Kälte. Doch je weiter und überzeugter er voranpaddelte, desto mehr distanzierte er sich von möglichen Barrieren seiner Gedanken.

Es zog ihn rasch hinter die Brandung, doch Chris verspürte keine Eile. Die Sicht auf Tofinos wilde Schönheit war atemberaubend. Selbst bei Nebel. Er hatte es bloß seit längerem als selbstverständlich erachtet.

Auf einmal war dieselbe Luft eine andere.

Jetzt hielt ihn nichts mehr zurück. Er startete die nächste Welle an und sprang entschlossen mit einem tiefen Atemzug auf die Füße. Über ihm ein perfekter Bogen aus Wasser.

Stille.

Vertraute Stille auf heimischem Boden.

Der Moment des Augenblicks.

Tosendes Rauschen.

Während Chris seinen gelungenen Ritt beendete, packte ihn die Freude darüber so heftig, dass er aus seiner Bescheidenheit hervortrat, mit den Fäusten auf die Brust trommelte und leidenschaftlich in den Pacific Rim Nationalpark hineinbrüllte.

»Waren die Wellen gut?«, fragte Annie, nachdem Chris zu ihr in den Wagen gestiegen war und sich anschnallte. Obwohl sie sich kaum für den Surfsport interessierte, wusste sie den begeisterten Blick des jungen Mannes neben ihr zu deuten. Er hatte denselben Ausdruck in seinen Augen, den sie noch von Noah kannte.

Chris grinste lediglich verschwörerisch.

»So schnell macht man mir nichts vor. Ich bekomme alles mit.« Meistens mehr als ihr lieb war. Doch das behielt sie für sich. Sowie die eigenen Sorgen und Ängste, denen sie sich nicht entziehen konnte. Falls der alte Mann nicht mehr nach Hause kam, musste sie die Hoffnung ganz loslassen, dass er eines Tages die Augen öffnen würde und sie gemeinsam eine schöne Zeit verbringen könnten.

Sie hatte einen langen Atem. Doch manchmal wäre es vielleicht besser, es wäre anders.

Die Fahrt ins Krankenhaus dauerte nicht lange, und da Annie bereits wusste, wo der alte Mann lag, gingen sie direkt auf sein Zimmer.

Chris zögerte, als er seinen Großvater sah. Er sah blass aus und hatte stark abgenommen. Zudem schien er nicht mitzubekommen, dass er Besuch hatte.

Chris drehte sich nach Annie um, worauf sie ihn ermutigte, weiterzugehen.

Er trat an das Bett. »Hallo, Großvater. Ich bin es, Chris.«

Der alte Mann öffnete seine Augen und freute sich sichtlich über den Besuch seines Enkels.

Er streckte langsam seine Hand aus. Dunkle Venen zeichneten sich unter der gefleckten, dünnen Haut ab. Chris umschloss die kalte Hand.

»Ordentlich rasiert. Wie es sich gehört«, stellte der alte Mann fest. »Isst du auch genug?«

»Alles gut, Großvater. Keine Sorge.«

»Ich werde mir einen Kaffee holen«, bot Annie an, damit die beiden etwas Zeit für sich hatten. Chris nickte, und Annie ging aus dem Zimmer.

»Tut mir leid, Großvater, dass ich nicht schon früher kommen konnte.«

»Jetzt bist du ja hier.« Er musterte seinen Enkel. »Wie heißt sie?«

»Wer?«

»Deine Liebste?«

Chris grinste, obwohl er am liebsten gesagt hätte, dass solch heikle Fragen einer der Gründe waren, weshalb er nur selten zu Besuch kam. Stattdessen sagte er: »Justine.« Das stimmte zwar nicht, aber er wusste, wie wichtig es seinem Großvater war, dass er glücklich war und mit jemandem seine wertvolle Zeit teilte, der darauf achtete, dass er ordentlich gekleidet und gut genährt das Haus verließ. Er selbst hatte viel zu lange allein gelebt. Diese Einsamkeit wollte er seinem Enkel ersparen.

»Erzähl mir von ihr.«

Chris zog einen Stuhl heran, setzte sich zu seinem Großvater ans Bett und erzählte von der jungen Frau, die er in Margaret River kennengelernt hatte. Die sich ebenfalls fürs Surfen begeisterte und auch ohne ihre Mutter aufgewachsen war.

Als Chris die Tränen auf den eingefallenen Wangen seines Großvaters bemerkte, bereute er, dass er ihm davon erzählt hatte.

»Ich habe deiner Großmutter immer gesagt, dass wir mit unserer Trauer nicht allein sind. Davon wollte sie aber nichts wissen.«

»Ich weiß, Großvater.«

Chris blieb noch eine Weile am Bett seines Großvaters sitzen. Doch nachdem den alten Mann die Müdigkeit eingeholt hatte und ihm die Augen zugefallen waren, begab er sich auf die Suche nach Annie. Er fand sie an einem der Tische in der kleinen Cafeteria.

»Möchtest du einen Kaffee?«

Chris musterte Annies Pappbecher. »Ja … Nein … Doch.«

Annie schmunzelte über Chris' Unschlüssigkeit. »Er ist nicht so schlecht, wie er aussieht.« Sie erhob sich. »Eine Kaffeepause tut immer gut.«

Sie trat an den Getränkeautomaten und fütterte ihn mit Kleingeld. Während die überzuckerte Brühe durch die verstopften Düsen tröpfelte, fragte sie sich, wie verloren sie sich im ersten Moment wohl fühlen würde, falls ihr knorriger, und doch liebenswerter Nachbar an dieser hartnäckigen Lungenentzündung sterben würde.

Das Piepen des Automaten riss Annie aus ihren sorgenerfüllten Gedanken. Der Zeitpunkt, um sich mit Zukunftsängsten auseinanderzusetzen, war ungünstig. Zudem gab es bereits genug mürrische Gesichter, die schlechte Laune verbreiteten. Die Welt war bereits damit übersättigt.

Sie nahm den Kaffeebecher aus der Halterung und brachte ihn an den Tisch. »Bitte sehr.«

»Danke.« Chris nippte an seinem Becher und verzog das Gesicht.

»Und?«

»Ich weiß nicht. Ist das tatsächlich Kaffee?«

»Witzbold.« Trotzdem schielte sie in Chris' Becher und lachte. »Es scheint, als hätte ich die falsche Taste gedrückt.« Gegen Chris' Widerstand ging Annie erneut zum Getränkeautomaten, um ihm, wie versprochen, einen Kaffee zu holen.

»Nun hast du die Schokolade trotzdem getrunken«, stellte Annie fest, als sie sich an den Tisch setzte.

»Ich wollte nichts verschwenden.«

»Das dachte ich mir schon.«

Eigentlich wollte Chris nicht über seinen Großvater reden, aber dann tat er es doch. »Ich hätte nicht so lange wegbleiben und besser auf ihn aufpassen sollen.«

Annie musterte ihn. »Ach was. Dein Großvater ist auch gut ohne dich zurechtgekommen«, dementierte sie seine Bedenken, obwohl sie wusste, dass der alte Mann, auch wenn er es nie offen zugeben würde, seinen Enkel doch ziemlich vermisste. »Würdest du heute Abend gern bei mir essen? Wenn ich etwas Leckeres koche?«

»Wenn ich dir nicht zur Last falle.«

»Natürlich nicht.« Zufrieden trank Annie ihren letzten Schluck Kaffee.

Nachdem Chris seinen Großvater nochmals besucht hatte, machten sie sich auf den Rückweg. Als sie die Zufahrt zum Haus erreichten, sagte Annie, als müsste sie sich dafür entschuldigen: »In ein paar Monaten werden meine Blumen wieder blühen. Im Winter wirkt alles etwas trostlos und karg.«

»Ich hätte Großvater eine neue Küche einbauen sollen. Dann wäre es zumindest im Haus etwas freundlicher.«

»Ach was, du kannst dich ja nicht um alles kümmern. Du sollst dein Leben genießen.«

»So wie du das sagst, glaube ich dir beinah.«

»Du kannst mich gern beim Wort nehmen, junger Mann. Wir haben genügend Kummerkästen auf diesem Planeten.«

Chris erwiderte Annies Lächeln, und als sie ins Haus hineingingen, fiel ihm wieder einmal auf, wie viel Wärme und Behaglichkeit ihr Heim ausstrahlte. Wie viel Freude und Mühe darin steckten. Und was es für ein Unterschied zum Zuhause seines Großvaters machte, das nur zweckmäßig als Dach über dem Kopf diente.

»Du kannst deine Jacke an die Garderobe hängen. Und zieh bitte die Schuhe aus. Im Regal gibt es Pantoffeln. Keine Sorge, die sind beinah unbenutzt. Dein Großvater hat sie kaum getragen. Er kommt nicht gern hierher zu Besuch.«

Chris zog seine Turnschuhe aus und folgte Annie in die Küche, wo sie sofort zu hantieren begann.

»Du mochtest ihn sehr«, stellte er fest, da ihm ihre Enttäuschung darüber, dass sich der alte Mann hier nicht gern bekochen ließ, nicht entgangen war.

Mit den Händen fuchtelnd, drehte sich Annie um. »Sprich doch nicht so, als wäre er bereits tot!«

Chris wich innerlich zurück. Er hatte Annie nicht gegen sich aufbringen wollen. Schließlich bemerkte er, dass sie vielmehr aufgelöst als wütend war. Nicht wissend, was er tun oder sagen sollte, verkniff er es sich, nochmals den Mund aufzumachen.

Annie schüttelte den Kopf und wunderte sich über den Gefühlsausbruch, der sie im unpassendsten Moment überfallen hatte.

Beschämt wandte sie sich von Chris ab und tupfte sich mit einem Küchenpapier die Tränen weg. »Du bist ein guter Junge. Und eigentlich solltest du davon nichts mitbekommen. Aber es stimmt, dein Großvater bedeutet mir sehr viel. Genauso wie damals, als wir noch Teenager waren. Doch in seinen Augen war ich immer bloß die kleine Schwester seines besten Freundes. Dein Großvater und mein Bruder waren einst gut befreundet. Aber das ist lange her. Es ist auch nicht so, dass ich mit meinem Mann nicht glücklich gewesen wäre. Doch er ist ebenso früh und im gleichen Jahr wie deine Großmutter verstorben. Ich dachte mir …, dass etwas Gesellschaft unter alten Freunden nicht verkehrt sein könnte. Aber danach suchte dein Großvater offensichtlich nicht.« Sie schnäuzte ihre Nase. »So, und jetzt wird gekocht.« Rasch nahm Annie eine Pfanne aus der Schublade. »Möchtest du Käse auf dem Risotto? Ist es dir überhaupt recht, wenn ich ein Tomaten-Risotto mache?«

»Ja und ja.«

»Dann kannst du bitte den Käse aus dem Kühlschrank holen und etwas davon reiben.« Sie reichte ihm eine kleine Schüssel und eine Küchenreibe.

Annie beobachtete ihren Schützling verstohlen bei der Arbeit. Der aufgeweckte junge Mann brachte Leben in ihre Küche. Eine willkommene Abwechslung, die sie nicht gewohnt war, denn ihr Mann und sie hatten nie Kinder.

Als Leiterin einer Apotheke war sie erfüllend genug engagiert gewesen. Einerseits mit den Angestellten, die sie geleitet hatte, andererseits mit den Beratungen ihrer Kunden, die rasch gemerkt hatten, dass sie auch für seelische Leiden außerhalb der Apotheke ein offenes Ohr gehabt hatte.

Als ihr Mann noch gelebt hatte, wäre es ihr gar nicht in den Sinn gekommen, dass sie ihre Berufung eines Tages satthaben könnte und sie ihre großzügige Hilfsbereitschaft infrage stellen würde, weil sie sich vermehrt wie eine Mülldeponie vorgekommen war, bei der alle ihren Ballast abgeladen hatten. Dass auf einmal kein Ehemann mehr an ihrer Seite sein würde, der sie hinterher fröhlich vor sich her pfeifend beim Aufräumen und Aussortieren der Sorgen und Ängste anderer unterstützte.

Ihr Mann war ein leidenschaftlicher Tüftler und Sammler gewesen, der von einem Tag auf den anderen einige seiner Liebhaberstücke verkauft und sich dann wieder für mehrere Wochen in seine Werkstatt verkrochen hatte.

Im Grunde hatte sie ein erfülltes Leben gehabt und eigentlich war es das noch immer. Doch darin lag der Wermutstropfen.

Ihr Mann hatte sie stets darin bestärkt, dass es in Ordnung war, auch dann zufrieden und glücklich zu sein, wenn es andere nicht waren. In seiner Gesellschaft hatte sie immer auftanken können. Umgekehrt war es genauso gewesen. Sie hatte ihn ebenso in seinen passionierten Talenten unterstützt. Sobald das Geld etwas knapp geworden war, hatte er immerzu zum richtigen Moment seine Werkstatt geöffnet und ein paar seiner geschnitzten Skulpturen aus Holz verkauft. Oder er hatte defekte Küchen- und Gartengeräte der Nachbarn repariert.

Mit wem sonst sollte sie sich über das Frühlingserwachen in ihrem Garten, über gutes Essen oder über das wohlriechende Holz gefällter Bäume austauschen, wenn sich ihr Umfeld lieber mit Mangel in der Gegenwart und Ängsten in der Zukunft beschäftigte?

Annie begann damit, die geschnittenen Zwiebeln und etwas Knoblauch anzudünsten. Dann gab sie einen großzügigen Schuss Weißwein zum Reis. »Mhmm, das riecht herrlich. Wie weit bist du mit den Tomaten?«, erkundigte sie sich, als sie den Eindruck hatte, ihr Küchengehilfe würde beim Schneiden des Gemüses ein wenig vor sich hin träumen.

»Ich hoffe, ich mache es richtig.«

»Ach was, mit den Tomaten kannst du nichts falsch machen.« Trotzdem schielte sie auf Chris' Schneidebrett und schaute ihm auf die Finger. »Du liebe Güte, die Stücke sind ja wie abgemessen. Vielleicht machst du auch noch ein paar größere Stücke, dann kommst du schneller voran.«

Beim Essen war Chris überwiegend schweigsam. Das Risotto schien ihm zu schmecken, was Annie freute. Dennoch hätte sie die Gelegenheit, dass sie mit Chris allein war, gern ergriffen, um einen bisher verschwiegenen Teil der Vergangenheit anzusprechen.

Während des Abwaschs wagte sie einen vorsichtigen Vorstoß. »Mein Bruder Noah – ich weiß nicht, ob du dich an ihn erinnerst – lebt in Australien. Er …«

»Ich weiß Bescheid, Annie. Großvater hat es mir erzählt.«

»Dass Noah …«, knüpfte sie behutsam an.

»… mein Vater ist.« Er warf einen nachdenklichen Blick zum Küchenfenster, das in der Dunkelheit sein Gesicht widerspiegelte. »Es hat eine Weile gedauert, bis ich ihn gefunden habe. Und ebenso lange, bis wir aufeinander zugehen konnten. Wenn wir uns begegnen, reden wir über das Surfen. Etwas, das uns miteinander verbindet.«

Annie war betroffen und enttäuscht. Es machte sie traurig und wütend zugleich, dass ihr Bruder offensichtlich nichts dazu gelernt hatte und seinen Sohn nicht mit offenen Armen empfangen konnte. »Noah ist schon immer etwas anders gewesen. Weil es ihm hier in Tofino letztendlich doch immer an etwas fehlte, ist er eines Tages fortgegangen. Ob er inzwischen gefunden hat, wonach er damals gesucht hat, weiß ich nicht. Ich kann mich nur daran erinnern, dass er sich unsterblich in eine Australierin verliebt hat und wie überrascht ich damals war, als er überstürzt eine andere Frau heiratete und auf einmal diese Pflegekinder da waren. Es hat mich keineswegs überrascht, dass seine Ehe zerbrach und er nach dem tragischen Verlust eines seiner Pflegekinder – Skye, hieß sie glaube ich –, das in den Wellen ums Leben kam, nach Kanada zurückkehrte um hier, wie es dein Großvater so gern zu sagen pflegte, noch mehr Unheil anzurichten, bevor es ihn wieder nach Australien zog.«

»Skye?«, fragte Chris, während sein Herz spürbar gegen seinen Brustkorb hämmerte.

»Ja. Ist das wichtig?«

»Nein, ich denke nicht«, flunkerte Chris.

Weil Chris das Ganze bis tief in die Nacht beschäftigte, suchte er im Internet die Kontaktdaten des Guesthouses heraus, in dem sich Justine aufhielt. Er setzte über sein Mobiltelefon eine E-Mail auf, in der er Justine einen tiefen Einblick in sein Herz gewährte. Als er jedoch die E-Mail-Adresse der Unterkunft in Prevelly eintippte, löschte er die mit Herzblut geschriebenen Zeilen und beschränkte sich darauf, die Besitzerin anzuschreiben, um sich mit Justine in Verbindung zu setzen.

»Es scheint, als hätte Ihr Großvater auf Sie gewartet, um Sie noch einmal zu sehen.«

Bestimmt hatte die Stationsschwester des Krankenhauses recht. Trotz allem hatte er nicht damit gerechnet, dass sein Großvater tatsächlich sterben könnte.

Chris schleuderte ein Stück Holz in den Pazifik.

Sein Großvater war immer für ihn dagewesen. Selbst während den Monaten, die er in Australien verbracht hatte,

hatte ihm die Verbindung zu seinem Großvater mehr Halt gegeben, als er sich bis anhin hatte eingestehen wollen.

Ein alter, knorriger Mensch, der ihn aufrichtig und von ganzem Herzen geliebt hatte. Nun fehlte dieser Mensch, und Chris fühlte sich alleingelassen. In einer Welt, in der er sich nicht sicher war, ob er sich darin zurechtfand.

Er dachte an seinen Vater, zu dem er am Ende doch nicht die Beziehung hatte aufbauen können, die er sich zu Beginn erhofft hatte.

Großvaters Liebe hatte er sich nicht erkämpfen müssen. Sie war schon immer dagewesen.

Warum musste man zuerst auf Umwegen gehen, um zu begreifen, dass im Grunde schon alles vorhanden war, was man brauchte?

Wütend warf er einen Stein in die Brandung. Dann noch einen.

Normalerweise würde er sich ins Wasser stürzen und so lange surfen, bis er sich befreit fühlte. Doch zum ersten Mal in seinem Leben hatte er keine Lust mehr dazu.

3. Teil

Alles auf Anfang?

Kapitel 22

Als die ›Virgin Australia‹ in Melbourne landete, konnte es einigen Flugpassagieren nicht schnell genug gehen, um aus dem Flugzeug zu kommen. Doch nicht Justine.

Sie beobachtete vom Fenster aus das frisch verheiratete Paar aus Italien, das während des Flugs neben ihr gesessen hatte und dem sie zwei Lokalitäten zum Essen empfohlen hatte. Eines davon mit Blick auf die Skyline von Melbourne. Das andere in St Kilda, in der Nähe des Piers.

Die beiden wirkten so glücklich verliebt, dass sie beinah neidisch wurde.

Weil es Justine nicht darauf ankommen lassen wollte, von dem Reinigungstrupp aus dem Flugzeug geworfen zu werden, ging sie widerwillig von Bord.

Schnell entdeckte sie ihr Gepäck auf dem beinah leeren Band, das mit Sicherheit bereits einige Ehrenrunden gedreht hatte. Die meisten Passagiere ihres Flugs drängten bereits Richtung Ausgang.

War es richtig, dass sie so überstürzt abgereist war?

Wahrscheinlich nicht. Jedenfalls freute sie sich nicht wirklich, dass sie wieder zu Hause war.

Justine betrat die Ankunftshalle des Flughafens und hatte das Gefühl, als könne jeder in ihrem Gesicht erkennen, wie stark sie mit sich selbst rang, damit sie nicht in Tränen ausbrach. Wie sehr es ihr widerstrebte, nach Hause zu kommen.

Wahrscheinlich bildete sie sich das bloß ein. Genauso wie die vielen fröhlichen Gesichter, die beim Ausgang auf ihre Familienangehörigen warteten und sie anstarrten.

Sie erkannte Logan, der etwas abseits stand. Abwartend. Zurückhaltend. Mit einer unterdrückten Wiedersehensfreude im Gesicht.

Anders als erwartet, freute sich Justine nun doch, dass Logan darauf bestanden hatte, sie vom Flughafen abzuholen.

Sein vertrautes Gesicht gab ihr den Halt, den sie in diesem Moment brauchte.

Justine erwiderte Logans zurückhaltendes Lächeln und ging direkt auf ihn zu, während er wie angewurzelt stehen blieb. »Hey … Danke, dass du extra hierhergekommen bist, um mich abzuholen.«

»Schön, dich wieder hier zu haben, Prinzessin. Melbourne hat dich vermisst.«

Sie fielen sich weder in die Arme noch küssten sie sich zur Begrüßung auf die Wange. Stattdessen nahm Logan ihr das Gepäck ab. Beinah so, als hätte sich zwischen ihnen nichts verändert.

Eine simple Geste aus Nettigkeit. Trotzdem fühlte sich Justine nicht wohl damit.

Waren sie schon immer so verhalten miteinander umgegangen?

Bestimmt war es Logan nicht einmal bewusst. Weil er offensichtlich nichts vermisste. Weil er sich nicht nach einer leidenschaftlichen Beziehung sehnte.

»Die gesunde Farbe im Gesicht steht dir gut«, bemerkte er, während sie nebeneinanderher in Richtung Parkhaus gingen.

»Danke.«

Logan warf Justine einen amüsierten Blick zu. »Ich erwarte nicht, dass du mir ebenfalls ein Kompliment machst. Weil A, du besser aussiehst. Und B, weil ich die meiste Zeit in einem klimatisierten Büro verbracht habe.«

Auf der richtigen Parketage angekommen, betätigte Logan die Fernbedienung und überraschte Justine damit, dass er sich einen familienfreundlichen Wagen angeschafft hatte.

»Es ist an der Zeit, dass ich erwachsen werde«, erklärte Logan seinen Sinneswandel und verfrachtete Justines Gepäck im Kofferraum. »Dein Gesicht müsstest du jetzt sehen.«

»Ich bin nur etwas überrascht. Nicht, dass ich den Porsche abgöttisch geliebt hätte. Aber dieser Kombi ist irgendwie Besorgnis erregend.«

Sie mussten beide lachen. Zum ersten Mal seit langem hatte Justine das Gefühl, als würden sie wieder einmal gemeinsam über etwas lachen.

»Willst du hier noch länger herumstehen?«, fragte Logan neckend, als er bereits eingestiegen war.

»Nein, ich habe mich nur noch nicht getraut«, konterte Justine.

»Keine Sorge. Verglichen zum Porsche hat diese Kutsche hier kaum Leistung. Im Prinzip müsstest du dich nicht einmal mehr anschnallen.«

Justine schnallte sich trotzdem an, nachdem sie eingestiegen war.

»Wo soll die Fahrt hingehen?«, fragte Logan, während er den Wagen vorsichtig aus der Parklücke herausmanövrierte.

»Nach Hause.«

»Definiere *nach Hause*«, forderte er, weil er inzwischen in ihr vermeintlich gemeinsames Appartement eingezogen war, in dem er sich noch immer eine gemeinsame Zukunft mit ihr erhoffte.

»Logan, ich …«

»Du musst erst einmal ankommen«, kam er ihr zuvor.

»Ja, ich muss mein Leben sortieren.« Sie wollte ihn nicht gleich enttäuschen. Auch wenn es offensichtlich war, dass sie nicht die gleichen Absichten hegte und sie in Wahrheit ihr Herz in Margaret River verloren hatte.

Schon allein beim Gedanken an Luke stiegen Justine Tränen in die Augen.

Wie kann einem jemand so viel bedeuten, den man kaum kennt? Schniefend wischte sich Justine über die Nase.

»Alles in Ordnung?«, fragte Logan besorgt.

»Nein, ist es nicht.«

»Willst du darüber reden? Wollen wir zusammen etwas trinken gehen?«

Sie schüttelte den Kopf, doch er ignorierte es.

»Wo fährst du hin?«, fragte Justine, als Logan in die Innenstadt fuhr.

»Ich werde dir einen Drink spendieren. Ich … muss dir etwas erzählen.«

Als hätte es Justine geahnt, beichtete ihr Logan seinen Ausrutscher mit Samantha.

Dass sie jemanden kennengelernt hatte, der mehr als nur ein kurzes Abenteuer gewesen war, behielt sie jedoch für sich. Doch Logan war nicht schwer von Begriff und merkte schnell, dass es zwischen ihnen wohl nicht mehr so funktionieren würde, wie er es sich erhofft hatte. Trotzdem war er nicht dazu bereit, so schnell aufzugeben.

So wie er sie gerade ansah, mit den verständnisvollsten Augen der Welt, die verrieten, dass er dazu bereit war, vieles zu überdenken und noch einmal ganz von vorn anzufangen, verleitete Justine beinah dazu, seine schmalen Lippen zu küssen, um festzustellen, ob sich für sie etwas ändern würde.

Wenn da nicht jemand anderes gewesen wäre, der sie fühlen ließ, was eine tiefe Verbundenheit zu einem anderen Menschen tatsächlich war.

»Es ist besser, wenn du mich jetzt nach Hause fährst.«

Logan startete den Motor und fuhr aus dem Parkhaus.

Justine musste Logan nicht einmal ansehen, um zu wissen, wie verletzt er war.

»Danke, dass du mich vom Flughafen abgeholt hast«, sagte Justine, als sie vor ihrem Haus hielten. Dem schlichten Mietshaus mit der hübschen Veranda. Eingepfercht zwischen zwei moderne Bauten.

»Du hast mich damals einfach so im Regen stehen lassen. Ich meine, wie würdest du reagieren, Justine?«

»Bestimmt nicht so, wie du es getan hast.«

Er sah ihr direkt in die Augen. »Samantha bedeutet mir nichts.« Sein Blick hatte fast etwas Flehendes an sich. »Wir sollten keine endgültigen Schlüsse ziehen.«

»Gute Nacht, Logan.«

Justine stieg aus dem Auto und holte ihr Gepäck aus dem Kofferraum. Dabei hatte sie das Gefühl, als müsste sie noch etwas sagen, doch sie konnte es nicht.

Sie schritt auf ihr Haus zu und ging, ohne sich noch einmal umzudrehen, hinein.

Drinnen sah sich Justine um. Alles war genauso, wie sie es zurückgelassen hatte. Und doch war irgendwie alles anders.

Justine atmete einmal tief durch. Sie wollte nicht in einem Tränenmeer versinken. Aber genau das passierte hier im Stillen. In ihren eigenen vier Wänden.

Justine sank in die Rückenlehne ihres Sofas, umschlang mit den Armen ihre angezogenen Beine, legte den Kopf schützend auf ihre Knie und schluchzte so heftig, dass sie kaum noch Luft bekam.

Sie fühlte sich alleingelassen. Planlos herumirrend in einer Welt, die sich ohne sie weiterdrehte. Ohne dass sie eigentlich wusste, wie es mit ihr weitergehen sollte.

Ihr Mobiltelefon piepte. Auf einmal verspürte Justine einen Funken Hoffnung. Doch es war nicht Luke. Es war Logan.

Ich mache es dir leicht und sage, dass es zwischen uns endgültig vorbei ist. Morgen ist Weihnachten, und meine Familie kommt zusammen. Die optimale Gelegenheit, um es ihnen zu sagen.

Justine starrte eine gefühlte Ewigkeit auf ihr Smartphone, so als würde sie erst jetzt wirklich begreifen, dass sie gerade alles verloren hatte, was sie sich bisher in ihrem Leben aufgebaut hatte.

Kapitel 23

Während Dr. Stark, Facharzt für Psychiatrie und Psychotherapie, nochmals am Telefon verlangt wurde, wartete Russell bereits im Besprechungsraum auf seine Therapiestunde.

Dem Anschein nach behandelte Dr. Stark ausschließlich Männer in seiner Praxis. Oder er hatte noch eine zweite Praxis, die weniger maskulin eingerichtet war. Jade hätte sich zwischen den dunklen Vintage-Regalen und optisch abgewetzten Ledersesseln bestimmt nicht behandeln lassen.

Die Einrichtung war Russell eigentlich auch nicht wichtig. Beim ersten Mal hatte er sie kaum wahrgenommen. Was heute nicht viel anders wäre, wenn er nicht in der Stille warten müsste und dabei seinen Herzschlag hören könnte.

Inzwischen machte er eine Einzeltherapie, da er mit Gruppensitzungen nicht zurechtkam. Er war weder ein guter Redner noch ein guter Zuhörer. Im Vergleich zu den anderen Gruppenteilnehmern gab es bei ihm keinen erkennbaren Grund, der ein Burnout rechtfertigen würde.

Nicht wie bei Lisa, die sich an allen Fronten abstrampelte, um sich und ihre drei schulpflichtigen Kinder über Wasser zu halten, weil der Familienvater vor gut einem Jahr bei einem Feuerwehreinsatz ums Leben gekommen war. Oder Owen, dessen Firma rote Zahlen schrieb. Der hinter verschlossenen Türen bis zur Erschöpfung nach Lösungen suchte, um sein Unternehmen zu retten und Arbeitsplätze zu sichern. Im Vergleich zu den Rucksäcken der anderen war bei ihm nichts sichtbar. Er konnte nicht leugnen, dass er sich im Grunde wie ein Betrüger fühlte.

Russell korrigierte seine nachlässige Haltung und spähte ungeduldig zu der geschlossenen Tür. Das Telefonat dauerte doch länger als erwartet. Vielleicht war er auch nur ungeduldig. Aber er konnte keine Minute länger stillsitzen. Er stemmte sich aus seinem Sessel hoch.

Auch wenn ihn Dr. Starks Diplome nicht wirklich interessierten, beschäftigten sie ihn eine Weile.

Dr. Stark hatte in seiner Karriere keine Zeit verplempert. Darüber hinaus engagierte er sich auch noch ehrenamtlich für in Not geratene Tiere. Zumindest ließ das Foto von ihm und dem von einem Buschfeuer verwundeten Koala auf seinem Arm darauf schließen, das direkt neben seinen zahlreichen Urkunden hing.

Ohne es zu verstehen, kam sich Russell noch unnützer vor. Wie die geschädigten Tiere der Auffangstation, mit denen er sich assoziierte.

Mitgenommene Geschöpfe, die sich in der Wildnis nicht mehr zurechtfanden. Die man hegte und pflegte, obwohl sich die Mehrheit nicht mehr vollständig erholen würde.

Davor hatte Russell Angst. Dass er, egal wie sehr er sich anstrengte, nie mehr richtig funktionieren würde.

Die Tür ging auf, und Russell konnte wieder aufatmen. Dr. Stark hatte etwas an sich, das ihm Mut machte.

»Tut mir leid, der Anruf hat doch etwas länger gedauert.

Doch jetzt bin ich ganz für Sie da.« Dr. Stark setzte sich ihm gegenüber und musterte Russell erwartungsvoll. »Wie geht es Ihnen heute?«

»Eine gewagte Frage. Ich konnte mich gar nicht richtig akklimatisieren«, sagte Russell, während er sich um eine bequemere Sitzhaltung bemühte.

»Welche Frage müsste ich denn stellen, um Ihnen den Einstieg in unser Gespräch zu erleichtern?«

»Hm. Vielleicht, ob ich es bequem habe?«

»Und, sitzen Sie bequem?«

»Der Sessel ist nicht das Problem. Ich würde nur gern die Plätze tauschen. Das würde die Sache für mich leichter machen, wenn Sie verstehen, was ich meine.«

»Was wäre denn daran für Sie einfacher?«

»Ich würde mich nicht als das schwächere Glied betrachten.«

Russell beobachtete, wie Dr. Stark seinen Stift und Schreibblock niederlegte. Wie sein Brustkorb sich hob und seine Gedanken um die Aussage seines Patienten kreisten.

Russell bereute es, seine eigene Wahrnehmung laut ausgesprochen zu haben, und befürchtete bereits, dass Dr. Stark seine Aussage als Rückschritt betrachtete.

»Sollte ich eines Tages meinen Dachstuhl ausbauen lassen, Mr Williamson, dann werde ich Ihre Bauunternehmung um einen Termin bitten, um mich ebenfalls von Ihnen beraten zu lassen.«

»Verstehe.«

»Gut.« Dr. Stark griff Stift und Schreibblock wieder auf. »Wie geht es Ihnen heute?«

»Mir ist es schon besser ergangen. Obwohl ich schon gut vorangekommen bin, erlebe ich mittlerweile nur noch Rückschläge.«

»Woran messen Sie Ihr Vorankommen?«

»An dem Datum auf dem Arbeitsunfähigkeitszeugnis. An der Tatsache, dass die Hälfte bereits erreicht ist und ich mich noch immer nicht bereit fühle, wieder in die Arena zu treten. Wissen Sie, es ist komisch, doch mittlerweile hänge ich an diesem Wisch.«

»Was verständlich ist, da Sie Ihre freie Zeit zu nutzen wissen. Wie läuft es mit Ihrem neuen Surfboard?«

Russell atmete hörbar ein. »Wir sind noch keine Freunde geworden.«

»Freundschaften zu schließen, erfordert etwas Zeit. Sie entwickeln sich nicht von heute auf morgen. Oder wie sehen Sie das?«

»Im Prinzip genauso. Nur, dass mir dazu die Zeit fehlt, sobald ich wieder arbeite. Zudem weiß ich nicht, wohin mich meine Bemühungen bringen sollen, wenn ich am Ende wahrscheinlich doch nicht den Mut aufbringe, mich größeren Herausforderungen zu stellen.«

»Was war denn früher Ihr Anreiz, große Wellen zu surfen?«

Dr. Starks Frage bewog Russell, innezuhalten. »Ich bin mir nicht sicher. Auf Ihre Frage sehe ich nur Leere. Eine Grauzone und Skye, die Mutter meiner Tochter, die in einer gigantischen Welle ums Leben gekommen ist.«

»Sind Sie damit einverstanden, wenn wir ein paar Jahre zurückblicken?« Er wartete einen Augenblick. »Ist es für Sie in Ordnung, wenn ich Ihre damalige Freundin beim Namen nenne?« Russell nickte, und Dr. Stark fuhr fort. »Sie und Skye befinden sich mit ihren Surfbrettern am Strand. Heute erfordern die Bedingungen eine besonders große Portion Mut und die Bereitschaft, sich seiner inneren Furcht zu stellen. Was empfinden Sie dabei?«

Um sich besser in die Vergangenheit hineinzuversetzen, schloss Russell die Augen. »Mein Herz springt mir fast aus der Brust. Meine Beine sind schwer wie Blei. Ich will nicht länger warten und es rasch hinter mich bringen, weil ich diese Ungewissheit, nicht zu wissen, was auf mich zukommt, kaum aushalte. Während Skye ruhig bleibt und sich mit ihrem Vorhaben in Einklang bringt. *Fühlst du es, Russy? Fühlst du, wie das Meer lebt, wie es atmet?*« Russell öffnete die Augen, und Dr. Stark wartete gebannt auf seine Schlussfolgerung. »Dem Anschein nach war Skye der Antrieb, der mich dazu verleitete, Bedingungen auszuprobieren, denen ich mich allein niemals ausgesetzt hätte.« Russell wich dem aufmerksamen Blick seines Therapeuten aus. »Wie es scheint, habe ich mich gerade selbst verraten.«

»Warum?«

»Weil wir jetzt beide wissen, dass ich kein Draufgänger bin.«

»Warum wäre es denn wichtig für Sie, ein Draufgänger zu sein?«

»Wahrscheinlich hätte ich die meisten meiner Probleme nicht. Ich bin oft frustriert, weil ich mich abstrampele und am Ende doch nirgends hinkomme. Meistens fühle ich mich gefangen, obwohl ich freier sein möchte.«

»In welchen Situationen fühlen Sie sich freier?«

»In der aktuellen Situation, da ich meine Zeit freier gestalten kann und auch weniger Druck verspüre.«

»Könnten Sie sich denn vorstellen, bei der Arbeit kürzerzutreten? Oder zumindest keine Überstunden mehr zu leisten, damit Ihnen mehr Freizeit bleibt?«

Russell stützte seinen Ellenbogen auf seine linke Hand und kniff sich unbewusst in den Nasenrücken, als sich ein unangenehmer Druck in seinem Schädel ankündigte. »In meiner Familie hat die Arbeit einen hohen Stellenwert. Seit ich denken kann, betrachten wir Brüder uns als Rivalen, die um die Gunst ihres Vaters kämpfen, obwohl Anerkennung ein Fremdwort für ihn war. Letztes Jahr ist er verstorben und damit offensichtlich auch der Anreiz, mit meinem Bruder zu konkurrieren.«

»Was halten Sie denn davon, zukünftig Ihre Motivation, warum Sie etwas tun, selbst zu definieren?«

»Klingt nach Arbeit.«

»Zumindest lächeln Sie.«

»Mir ist nicht aufgefallen, dass ich gelächelt hätte«, konterte Russell schmunzelnd.

»Ich empfehle Ihnen, dass Sie sich in den nächsten Tagen gut beobachten, um herauszufinden, was Ihnen guttut und was weniger. Was erweckt Ihr Interesse? Womit gewinnen Sie an Energie? Was lässt Sie auf der anderen Seite schnell müde werden und warum?«

Eigentlich wollte sich Russell nicht auch noch außerhalb der Therapiestunden mit seinen Problemen beschäftigen. Offenbar hatte er aber keine andere Wahl, wenn er mit seiner Genesung vorankommen wollte.

Vielleicht hätte er ein wenig mehr die Zähne zusammenbeißen sollen, dann säße er jetzt nicht hier. Mit seiner Auszeit verursachte er nur Kosten, während sein Bruder das Unternehmen erfolgreich vorantrieb. So war es nicht geplant gewesen. Genauso wenig wie die Tatsache, dass er eines Tages an den Punkt kommen würde, an dem seine Bemühungen keinen Sinn mehr ergaben und er sein Leben infrage stellte. Sowie die Moral- und Wertvorstellungen seines Vaters.

Eine schwierige Situation.

Russells Blick schweifte zu Dr. Starks Diplomen. Er seufzte innerlich und hoffte insgeheim, dass sein gut bezahlter Therapeut auf all seine Fragen gute Antworten hatte.

Russell langte hinter seinen Rücken und zog den Reißverschluss seines Wetsuits hoch. Der Tag war über die Bucht hereingebrochen, und der Parkplatz war bis auf ein weiteres Fahrzeug leer. Die Umgebung strahlte eine friedvolle Ruhe aus, die ihm guttat. Es hatte sich gelohnt, so früh herzukommen.

Schließlich holte Russell sein Surfbrett von der Ladefläche der *Blackbeauty*.

Mit dem Brett unter dem Arm, begab er sich die Holztreppe hinunter. Auf der anderen Seite der Bucht hatte eine Frau ihre Yogamatte ausgebreitet, auf der sie sich dehnte und dem Tag entgegenstreckte.

Schmunzelnd wandte Russell seinen Blick ab und studierte die gemäßigte Brandung, die ihm versöhnlich zuwinkte. Als wollte sie ihn verführen.

Kurz überlegte Russell, wo er am besten starten könnte. Schließlich ging er nach rechts den Kalksteinfelsen entlang und balancierte über einzelne Felsbrocken.

Die Hände an den Rails, warf er sich bäuchlings auf sein Brett, paddelte los und überwand mit Leichtigkeit die ersten Wogen, die an den grobkörnigen Strand rollten.

Dann setzte er sich auf seinem Brett auf und sog eine Nase voll frischer Meeresluft ein.

Hier hatte er nichts zu befürchten. Die Wellen brachen weiter vorn am Riff. Zudem würde er sich heute nicht überwinden müssen.

Er grinste ohne ersichtlichen Grund.

Der Blick auf die Bucht, auf die wild bewachsenen Kalksteinfelsen, war einzigartig. Sowie das Riff, an dem er surfte. Oder zumindest verweilte. Er war ein glücklicher Mann.

Russell beobachtete das Anschwellen der Wasseroberfläche, bis es ihn packte und er lospaddelte. Seine Arme ein paar Mal kraftvoll ins Wasser tauchte, bis die Welle ihn trug und er auf die Füße sprang.

Russell vollzog ein paar sanfte Kurven, bis die Erhebung abflachte.

Er hatte nicht nur Zeit, sondern auch Spaß. Und so kehrte er immer wieder an den Ausgangspunkt zurück.

»Wie geht es Ihnen, Mr Williamson?«

»Die Kopfschmerzen sind weniger geworden.«

»Welche Schlüsse ziehen Sie daraus?«

»Dass ich mich auf dem Weg zur Besserung befinde.«

»Erkennen Sie Ihre Fortschritte an? Spüren Sie, dass sich etwas tut?«

Nachdenklich kratzte sich Russell an der gerunzelten Stirn. »Gelegentlich.« Weil ihm bewusst war, dass sein Therapeut mehr von ihm erwartete, erklärte er: »Heute bin ich kein guter Redner. Ich war schon besser in Form.«

»Sie müssen kein guter Redner sein.«

»Verstehe.«

»Lassen Sie uns zu diesem *gelegentlich* zurückkehren. Wann setzt sich dieses Gefühl der Besserung ein?«

»Wenn ich weniger grüble und weniger Kopfschmerzen habe. Wenn ich am Surfen bin. Oder im Strandcafé einen Kaffee trinke.«

Sie hatte heute ein paar neue Strähnen im Haar, und diese rassige, rote Bluse hatte er auch noch nie an ihr gesehen.

Russell räusperte sich in Gedanken und zügelte seinen interessierten Blick, während er Ellen von seinem Platz an der Theke dabei beobachtete, wie sie seinen Kaffee zubereitete.

»Heute kein Surfen?«, erkundigte sich Ellen, als sie die Kaffeetasse klimpernd vor Russell abstellte.

Russell warf einen Blick über seine Schulter. Von der Theke aus konnte man seinen Pick-up nicht sehen. Aber Ellen lag vollkommen richtig mit ihrer Annahme. Heute hatte er ausnahmsweise mal kein Surfbrett dabei.

»Du siehst heute ordentlicher aus, darum bin ich davon ausgegangen, dass du heute wohl nicht surfen warst.«

»Wie darf ich denn das verstehen? Als etwas Gutes oder Schlechtes?«

»Als das, was es ist. Eine Feststellung!« Sie widmete sich wieder ihrer Arbeit und bediente draußen weitere Gäste.

Wieder zurück an der Theke, machte sich Ellen an die Bestellungen. Gelegentlich warf sie einen Blick auf Russell. Er war der einzige Gast an der Bar, die anderen bevorzugten die Tische. Williamstown lag nicht gleich um die Ecke, und bis jetzt hatte sie sich immer eingeredet, dass er zum Surfen nach Torquay kam und hinterher ein nettes Café mit Meerblick aufsuchte.

Ihre Blicke trafen sich, und sie wollte es genauer wissen. »Warum bist du heute nicht surfen gegangen?«

»Weil man heute mit einem Ruderboot hinauspaddeln könnte, ohne den Kaffee zu verschütten.«

Ellen kam sich gerade ziemlich albern vor, da sie offensichtlich in ein Fettnäpfchen getreten war. »Da ich selbst nicht surfe, habe ich, ehrlich gesagt, keinen Schimmer, was an den Surfstränden so läuft.« Sie musterte Russell. »Dann bist du nur wegen des guten Kaffees und der hübschen Aussicht nach Torquay runtergefahren?«

»Ich fürchte ja.«

»Aus dir werde ich nicht schlau, Russell.« Sie lächelte kopfschüttelnd. »Eigentlich wollte ich dir damit nur sagen, dass ich dich gern etwas näher kennenlernen würde.«

»Und wie stellst du dir das vor?«, fragte Russell zögerlich.

»Lass uns doch zusammen essen gehen und ein bisschen quatschen.«

»Heute Abend?«

»Falls du Zeit hast.«

Russell zögerte. Auch wenn er Ellen äußerst sympathisch fand, war er sich nicht sicher, ob er jetzt schon dazu bereit war, jemand Neues kennenzulernen.

»Ich habe Zeit«, sagte er schließlich. »Wann kannst du dich denn hier losreißen?«

»Wann immer ich will. Am besten gleich?« Er überlegte ihr eindeutig zu lange. »Jetzt überrumple ich dich.«

»Nein … ist schon okay. Welches Restaurant schwebt dir denn vor?«

»Kein bestimmtes. Aber weißt du was, ich werde mich noch kurz vergewissern, dass der Laden auch ohne mich weiterläuft. Dann machen wir uns auf den Weg und entscheiden spontan.«

Warum eigentlich nicht?, dachte Russell. Spontan und zwanglos, genau nach seinem Geschmack.

»Wie geht es Ihnen heute, Mr Williamson?«

»Fragen Sie lieber nach vorgestern, da ist es mir deutlich besser ergangen.«

»Was ist Ihnen dazwischengekommen?«

»Ich habe schlecht geschlafen und wieder einmal Albträume gehabt. Seit heute Morgen habe ich heftige Kopfschmerzen. Ein beschissener Druck im Schädel, den ich kaum aushalte.«

»Möchten Sie mir von Ihrem Traum erzählen?«

»Albtraum«, berichtigte Russell ihn und wartete, bis sein Therapeut Papier und Stift zur Hand hatte. Dann senkte er den Blick und begann zu erzählen. »Ich bin im Büro, fahre meinen Computer hoch und starre auf eine weiße Bildfläche. Meine Programme und Dateien sind weg. Sie existieren nicht mehr. Ich greife nach dem Telefon, aber da ist keines. Öffne Schubladen und Schränke, sie sind leer. Ich hetze in Vinces Büro. Auf seinem Schreibtisch stapeln sich sämtliche Anfragen für neue Projekte. Ich will intervenieren, bringe jedoch keinen Ton hervor.«

»Wie fühlen Sie sich dabei?«

»Ich fühle mich übergangen. Überflüssig. Ich bin wütend, weil mein Bruder alles bestimmt und jeder nach seiner Pfeife tanzt. Weil er rücksichtslos handelt und alles erreicht, was er sich vornimmt. Weil er sich Übermenschliches abverlangt und auch noch Freude daran findet.«

»Was müsste sich ändern, damit Sie sich nicht mehr übergangen fühlen?«

Seit Russell denken konnte, eiferte er Vince nach. Dem großen Bruder, dem vielversprechenden Sohn, der alles richtig machte. Aus dem eines Tages etwas Vernünftiges würde.

Letztendlich konkurrierte er mit Vince um etwas, dem er als erwachsener Mann zu viel beimaß.

Die Anerkennung seines eigenen Vaters.

Selbst wenn er die Utopie dahinter erkannte, betrachtete er es als seine Lebensaufgabe, Vince zu übertrumpfen oder zumindest mit ihm mithalten zu können.

»Was müsste sich ändern, damit Sie sich bei der Arbeit nicht mehr übergangen fühlen?«, bohrte Dr. Stark nach.

»Dieses Jahr gab es zwei Projekte, die ich gern umgesetzt hätte. Für Vince waren sie nicht prestigeträchtig genug.«

Dr. Stark blätterte an den Anfang seiner Notizen. »Auf dem Papier sind Sie und Ihr Bruder zu gleichen Teilen am Familienunternehmen beteiligt.«

»Dann sollte ich beim nächsten Mal auch darauf beharren, wenn mir etwas wichtig ist.«

Surfen half.

Hinterher fühlte er sich immer besser.

Manchmal auch ein wenig frustriert. Das konnte er nicht leugnen. Besonders an Tagen, an denen er sich zu viel vornahm und seine Ziele dann doch nicht erreichte.

Aber das Meer war ein launischer Spielplatz. Die perfekten Bedingungen gab es selten. Und darin lag wohl auch die Anziehungskraft des Surfens. Weil kein Tag dem anderen glich und Demut sowie über seine eigenen Grenzen hinauszuwachsen, eine tiefe Verbundenheit mit sich selbst hervorbrachte.

Russell sah über seine Schulter und nickte den beiden anderen Surfern zu, die sich ebenfalls an den Rand der Bucht stellten, um sich ein Bild der Situation im Wasser zu machen. Genau wie er wogen sie noch ab. Wobei er sich bereits dazu entschieden hatte, dass er heute nicht rauspaddeln würde.

Skye hätte es bestimmt getan.

Heute würde er sie nicht bloß ihres Mutes wegen bewundern und sie um ihren Höhenflug beneiden. Er würde sie feiern und sich mit ihr darüber freuen. Inzwischen hatte er begriffen, dass das eigene Glück nicht in den Fußstapfen anderer auf einen wartete.

»Ich habe wieder angefangen zu arbeiten.«
 »Und wie ist es Ihnen dabei ergangen?«
 »Im ersten Moment ist es mir schwergefallen, nicht in alte Muster zu fallen und jeden Tag bis spät in die Nacht zu arbeiten.«
 »Wie ist Ihnen das gelungen?«
 »Ich habe in letzter Zeit viel nachgedacht und mich mit meiner Situation auseinandergesetzt. Ehrlich gesagt, hat mich nach meiner Auszeit die funktionierende Tüchtigkeit der anderen betroffen gemacht. Für mich ergibt das alles keinen Sinn. Ich bin früher gern auf Bäume geklettert und habe stundenlang einfach nur dagesessen und vor mich hin geträumt. Heute mache ich das nicht mehr, weil letztendlich immer etwas anderes erledigt werden muss oder ich mich darum bemühe, in ein gesellschaftstaugliches Schema zu passen, mit dem ich mir am liebsten den Hintern abwischen möchte. Entschuldigen Sie die Ausdrucksweise. Aber es ist befreiend, die Wahrheit endlich mal aussprechen zu können.« Russell erfreute sich an Dr. Starks Schmunzeln und fuhr fort. »Ich habe mir überlegt, dass ich mich in den nächsten Wochen um eine Immobilie in Torquay bemühen werde, um ein paar Tage die Woche von zu Hause aus arbeiten zu können. Damit ich meine Arbeit und Freizeit selbstbestimmter gestalten kann. Wenn sich ein Projekt eröffnet, das ich gern realisieren möchte, werde ich mich

durchsetzen. Jedenfalls habe ich mir das fest vorgenommen. Aber so viel zur Theorie.«

»Es freut mich, zu sehen, wie sehr Sie an sich arbeiten. Welche Fortschritte Sie dabei machen und welche eigenen Erkenntnisse Sie daraus ziehen. Dass Sie erkennen, dass Sie handeln.«

Nichts fühlte sich im Augenblick besser an, als nach vier intensiven Arbeitstagen der Firma den Rücken zuzukehren und so schnell wie möglich aus Melbourne herauszukommen.

Jemand, der immer einen Platz in seinem Herzen haben wird, hatte einmal zu ihm gesagt: »Russy, lass das Leben einfach mal passieren. Lass es ein wenig mehr auf dich zukommen. Wie die Wellen da draußen. Das ist viel weniger anstrengend, als wenn du jeder Welle hinterherjagst, die das große Ganze sein könnte. Und nun mach schon, paddele die nächste an, oder willst du schon wieder eine verpassen?!«

In weniger als einer Stunde, je nach Verkehr, würde er in Torquay in seinem zweiten, noch renovationsbedürftigen Zuhause eintreffen und den Rest der Woche von dort aus arbeiten. Mit Sicherheit eher am Haus als für das Büro. Die nächsten beiden Monate würde es dann umgekehrt der Fall sein.

Im Moment stimmte es so. Er ließ das Leben etwas mehr passieren, die Dinge ein wenig mehr auf sich zukommen. Im Fall, dass sich etwas ändern müsste, würde er es schon merken. Doch jetzt freute er sich erst einmal auf sein Barbecue und das Bier, das Ellen mitbringen wollte.

Kapitel 24

Heute war ein weiterer kümmerlicher Tag in ihrem Leben. Zumindest traute sie sich wieder aus dem Haus. Wenn auch nur auf die oberste Treppenstufe des Mietshauses in St Kilda.

Justine roch an ihrem Kaffee und wunderte sich darüber, dass sie überhaupt noch etwas riechen konnte, nachdem sie sich die letzten zwei Tage heulend und deprimiert in ihrem Bett verschanzt hatte.

Obwohl sie sich geschworen hatte, es nicht mehr zu tun, fragte sie sich, ob Luke sie ebenfalls vermisste. Und ob er die unschöne Art und Weise, wie sie auseinandergegangen waren, inzwischen ebenfalls bereute.

Vielleicht passierte das alles aus einem bestimmten Grund.

Ein Denkzettel vom Leben, weil sie sich selbst nicht immer fair verhalten hatte. Weil sie Logan zu lange hingehalten und ihn mit ihrem Verhalten verletzt hatte.

Das mit dem Denkzettel war Schwachsinn! Und trotzdem hatte Justine das Gefühl, als würde sie vom Leben bestraft werden. Von dem Moment an, an dem sie auf ihr Herz gehört und auf ihr Bauchgefühl vertraut hatte.

Sie warf einen Blick auf ihr Smartphone und fragte sich,

warum sie überhaupt eines besaß, wenn sich doch eh niemand bei ihr meldete.

Selbst Jade, die sie ein paar Mal zu erreichen versucht hatte, während sie in Margaret River gewesen war, hatte ihre Bemühungen inzwischen aufgegeben. Doch bis jetzt hatte sie einfach nicht das Bedürfnis gehabt, mit jemandem aus ihrer Familie zu reden.

Ausgerechnet jetzt wünschte sie sich, Jade würde anrufen, sie trösten und ihr sagen, dass alles gar nicht so schlimm war und am Ende alles gut gehen würde. So wie früher, als sie noch ein kleines Mädchen gewesen war.

Vielleicht sollte sie Jade einfach anrufen. Nur so, um zu erfahren, was in ihrer Abwesenheit passiert war. Oder einfach nur, weil ihr danach war, eine vertraute Stimme zu hören.

»Komm schon, geh ran!«, murmelte Justine ungeduldig ins Telefon.

»Schön, dass du anrufst. Ich dachte schon, dass du nicht mehr mit mir reden willst.«

»Ich war einfach nur beschäftigt und brauchte mal etwas Zeit für mich«, rechtfertigte sich Justine.

Jade lehnte sich an die Anrichte der schweren Holzküche. »Du hättest trotzdem mal etwas von dir hören lassen können.« Sie seufzte ergeben. »Und, wie ist es so in Margaret River? So, wie du es dir erhofft hast?«

»Ich bin inzwischen wieder zu Hause.«

Jade spürte einen kleinen Stich in ihrem Herzen, weil sie davon nichts gewusst hatte. »Seit wann bist du denn wieder zurück?«

»Seit Samstag.«

»Na gut, offensichtlich wolltet ihr erst einmal ein wenig Zeit für euch haben.«

Kurz und schmerzlos, dachte Justine als sie sagte: »Logan und ich haben uns getrennt.«

»Ihr habt was? Warum denn?«, erwiderte Jade irritiert. »Das verstehe ich nicht. Ihr wolltet doch heiraten.«

»Logan wollte heiraten …« Im Nachbarhaus vernahm Justine Stimmen. Sie sah zum Fenster hinauf und sah ihre beiden Nachbarn in der Küche miteinander scherzen. »Ich habe jemanden kennengelernt. Luke …«

»In Margaret River? Was hat Logan gesagt?«

»Er weiß es nicht. Das ist auch nicht wichtig.«

»Warum habt ihr euch denn dann getrennt?« Jade drängte sich an Vince vorbei, als er in die Küche kam.

Justine vernahm Onkel Vince im Hintergrund. Sie konnte Jade direkt vor sich sehen, wie sie ihren Finger wie zur Ermahnung auf ihre Lippen presste. »Bist du bei Onkel Vince eingezogen?«

»Vorübergehend«, antwortete Jade.

»Ich verstehe das nicht. Aber im Moment gibt es so vieles, das ich nicht verstehe.«

»Dann geht es dir genauso wie mir gerade.«

Justine verdrehte die Augen. »Ich hätte besser erst gar nicht anrufen sollen.«

»Warum? Weil ich nicht gesagt habe, was du gern hören möchtest?« Jade seufzte. »Wir sollten darüber nicht am Telefon reden. Am besten treffen wir uns unten am Pier, ich lade dich zu einem Kaffee ein.«

»Jetzt? Ich weiß nicht …«

»Gib dir einen Ruck! Schließlich haben wir uns schon länger nicht mehr gesehen, und da gibt es noch so viel Unausgesprochenes zwischen uns.«

Am Ende lenkte Justine doch noch ein. Sie trank ihren

Kaffee aus, stellte die Tasse in die Küche und machte sich zu Fuß auf den Weg.

Die frische Luft und die warmen Sonnenstrahlen genießend, ging Justine ein paar Schritte den Pier entlang und hielt ungefähr in der Mitte des Steges inne. Nachdenklich lehnte sie sich an das Geländer, beobachtete die Kitesurfer, die in Ufernähe den Wind nutzten, und betrachtete die Skyline, die das Stadtbild in Melbourne prägte.

Zwei Mädchen mit Angelruten gingen ein paar Meter weiter rechts von ihr die Treppe am Steg hinunter ans Meer und setzten sich, die Füße ins Wasser baumelnd, auf die Plattform. In der Hoffnung, dass sie mit ihren Angelruten etwas erbeuten würden.

Dann endlich entdeckte sie Jade. Justine hob die Hand und winkte, doch Jade hatte sie bereits gesehen.

»Hey, meine Süße. Lass dich erst einmal drücken.« Jade zog Justine in ihre Arme und drückte sie fest an sich, bevor sie die Umarmung löste. »Du siehst gut aus. Sehr sogar.«

»Findest du? Ich habe mich schon besser gefühlt.«

Jade bemerkte die beiden angelnden Mädchen unter ihnen auf der Plattform. »Komm, besser wir gehen ein Stück.« Sie gingen gemächlich den Pier entlang, und Jade musterte Justine von der Seite. »Und nun erzähl! Was belastet dich?«

Justine blieb stehen und tupfte sich die Tränen aus den Augen. »Keine Ahnung … Ich bin etwas durcheinander. Gerade weiß ich nicht, ob ich mich hier überhaupt noch zurechtfinden werde.«

»Du bist erst seit Samstag zurück. Du und Logan habt euch gerade getrennt. Lass dir doch erst einmal etwas Zeit, um anzukommen!«

»Vermutlich hast du recht. So wie immer«, sagte Justine nachdenklich.

»Ich bin ja auch schon ein paar Jahre älter«, meinte Jade scherzhaft.

Sie gingen weiter und liefen eine Weile schweigend nebeneinanderher.

»Ihr solltet noch einmal darüber reden, du und Logan. Wirf deine Zukunft nicht einfach so weg.«

Justine hielt inne und drehte sich Jade zu. »Ich wusste, dass ich nicht hätte herkommen sollen.«

»Schschsch, nicht so laut. Ich habe dir damit nur sagen wollen, dass ich es schade finde, wenn ihr getrennte Wege geht.«

»Und was ist mit dir und Dad? Hast du mich da nach meiner Meinung gefragt?«

Jade musste schwer schlucken. All die Jahre hatte sie sich um ihre kleine Familie aufopfernd gekümmert und sich immer wieder aufs Neue eingeredet, dass ihre Liebe zu Russell genügte, um die Lücke zu füllen, die Skye hinterlassen hatte. Diese Worte nun von Justine zu hören, schmerzte sie.

»Ich weiß, dass ich einen Fehler gemacht habe und deswegen nun offenbar ein Leben lang die Böse sein werde. Aber ich habe deinem Vater über zwanzig Jahre meines Lebens gewidmet!«

»Was willst du damit sagen? Dass du alles bereust, was wir hatten?!«

Jade wandte den Blick von den Passanten ab, die sich neugierig nach ihnen umdrehten. »Nein, so habe ich das nicht gemeint.«

»Wie dann?«

»Ich wollte eigentlich nur sagen, dass es im Moment auch

für mich nicht immer einfach ist und es mir das Herz brechen würde, dich auch noch zu verlieren.« Jade nahm ein Taschentuch aus ihrer Handtasche und putzte sich schniefend die Nase. Sie wollte für Justine nicht nur eine geliehene Mutter sein, nur weil es damals gepasst hatte und sie gebraucht worden war. »Du bist meine Tochter und daran wird sich nichts ändern, auch wenn ich nicht immer deiner Meinung bin.«

Schluchzend wandte Justine den Blick ab.

»Komm her, Schatz.« Justine ließ sich von Jade in die Arme ziehen. »Es tut mir so leid wegen deinem Vater. Ich wollte weder ihm noch dir wehtun.«

»Ich weiß.«

»Hast du eigentlich bereits mit deinem Vater gesprochen, seit du zurück bist?«

»Nein, warum? Er hat sich ja auch nicht bei mir gemeldet«, entgegnete Justine. »Wie geht es ihm eigentlich?«

»Am besten fragst du ihn das selbst.«

»Warum habe ich das Gefühl, dass du mir etwas verheimlichst?«

»Ich verheimliche dir nichts. Ich bin nur der Meinung, dass du es von deinem Vater selbst hören solltest.«

»Was denn?«

Jade verdrehte die Augen, denn sie wusste, dass Justine nicht lockerlassen würde. »Dein Vater hat sich in Torquay ein Haus gekauft.«

»Er hat was? Wozu denn?«

»Wenn das irgendjemand wüsste.«

Sie erreichten das Ende des Steges, setzten sich auf die Terrasse des renovierten Pavillons und bestellten sich einen Kaffee.

Justine lehnte sich in ihrem Stuhl zurück und beobachtete eine Möwe im Landeflug. »Ich habe keine Ahnung, wie es beruflich für mich weitergehen soll. Ich kann nicht einfach so tun, als wäre nichts gewesen.«

»Falls du dich um Vince sorgst … Ich habe bereits mit ihm gesprochen.«

»Es geht nicht nur um Vince. Ich habe das Gefühl, als würde ich feststecken. Als wäre das alles hier nicht mehr mein Leben. Ich bin mir nicht sicher. Aber ich fürchte, dass ich nicht einfach so weitermachen kann wie bisher.«

»Du brauchst bestimmt nur etwas Zeit, um dich wieder einzugewöhnen. In ein paar Wochen lachen wir bereits darüber.«

Und doch befürchtete Jade, dass dies nicht der Fall sein würde. Nicht dieses Mal.

Kapitel 25

Vielleicht hätte ich vorher doch lieber anrufen sollen, dachte Justine, als sie die neue Adresse ihres Vaters in Torquay, gut eineinhalb Stunden von Melbourne entfernt, erreichte.

Warum hatte er ihr nicht erzählt, dass er sich ein neues Haus gekauft hatte?

War sie ihrem Vater etwa nicht mehr wichtig genug?

Sie dachte an das Foto ihrer Mutter und spürte, wie sich ihr Magen zusammenzog und auf einmal aufgestaute Wut hochkam. Doch dann fing sie sich wieder.

Schließlich stieg Justine aus Jades Wagen, ließ ihn an der Seitenstraße stehen und ging durch das renovierungsbedürftige Gartentor, dessen Angeln laut schepperten, als sie zufielen.

Offenbar renovierte ihr Vater das Haus. Die Fassade war kürzlich gestrichen worden, und die alten, zerfallenen Küchenschränke stapelten sich im Garten.

Justine klingelte an der Tür und reagierte überrascht, als eine unbekannte Frau die Tür öffnete. Es war ihr sogar ein wenig peinlich.

»Ich habe mich wohl in der Adresse geirrt«, sagte Justine schnell und wollte schon wieder gehen, doch die Frau hielt sie auf.

»Wen suchst du denn?«

»Meinen Vater. Er ist kürzlich hierher gezogen. Doch offensichtlich nicht in dieses Haus.« Als die Frau auf einmal ihre Haltung änderte und sie freundlich anlächelte, dachte Justine plötzlich, dass sich ihr Vater wohl nicht bloß ein neues Haus angeschafft hatte.

»Falls dein Vater Russell heißt, bist du hier richtig … Ehrlich gesagt, ist es mir gerade überhaupt nicht recht, dass wir uns auf diese Weise kennenlernen. Aber so ist es eben nun. Ich bin Ellen, und du musst wohl Justine sein. Leider weiß ich nicht, wann genau Russell vom Surfen zurückkommen wird.«

Wow, dachte Justine und fühlte sich gerade wie vor den Kopf gestoßen. Sie wusste nicht, ob sie nun enttäuscht sein sollte, dass ihr Vater nicht zu Hause war und ihr Wiedersehen nicht so verlaufen würde, wie sie sich das vorgestellt hatte, oder sogar wütend, weil er sich ein neues Leben aufgebaut und sie außen vor gelassen hatte.

Seit wann surfte er wieder?

Und warum hatte er sich nie bei ihr gemeldet und sich nach ihr erkundigt, wenn es ihm in Wahrheit blendend ging?

»Du darfst gern reinkommen und drinnen auf deinen Vater warten.«

»Nein, ich … werde mir ein bisschen die Gegend anschauen und später noch einmal vorbeikommen.«

Sie trat bereits durch das Tor des Gartenzauns, als die neue Flamme ihres Vaters sie einholte und der Auffassung zu sein schien, es wäre ihre Aufgabe, dass die Tochter ihres Liebhabers gut umsorgt war.

»In etwas weniger als einer halben Stunde fahre ich zur Arbeit. Ich führe eines der Cafés direkt beim Front Beach.

Ich würde dich gern zu einem Kaffee einladen, wenn du möchtest.«

»Nein, kein Interesse, und nun lassen Sie mich in Ruhe!«

Justine tuckerte eine Weile durch das sympathische Kleinstädtchen, an einer Reihe moderner Einfamilienhäuser vorbei, bis sie dieselben Straßen ein zweites Mal rauf und runter fuhr.

Es schien, als hätte ihr Vater das schlichte, renovierungsbedürftige Holzhaus vor seinem Abbruch gerettet. Wenigstens etwas, das er in ihren Augen richtig machte.

Gerade als Justine in Erwägung zog, sich auf den Rückweg zu machen, kam sie an einem Surfshop vorbei, an dem sie vorhin schon einmal vorbeigefahren war.

Spontan bog sie auf den Parkplatz ein, stieg aus dem Auto und erkundigte sich im Surfshop nach den umliegenden Stränden der Umgebung.

Weshalb sie sich ausgerechnet jetzt auch noch ein Surfbrett ausleihen musste, wusste sie nicht einmal selbst. Hinterher musste sie es ja auch wieder zurückbringen. Egal, ob sie es nun benutzen würde oder nicht.

Nachdem Justine alles in Jades Wagen verstaut hatte, ließ sie das Zentrum hinter sich. Nach einer Weile entdeckte sie ein Ortsschild, das Bells Beach ankündigte. Kurz darauf folgte sie einer sich steil auf und ab bewegenden Straße, genau wie es ihr der hilfsbereite Typ im Surfshop beschrieben hatte.

Mein Gott, sie war so aufgewühlt, dass es ihr nicht gelingen wollte, sich selbst wieder zu beruhigen. Sie wusste nicht, wie sie ihrem Vater begegnen, geschweige denn was sie zu ihm sagen oder am besten doch gleich direkt an den Kopf werfen sollte.

Es war einfach nicht zu fassen, wie er sich verhielt.

Wie ein Teenager, der nur noch Augen für sich selbst hatte!

Als sie die Küste erreichte, war der Himmel durchzogen, aber es sah nicht nach Regen aus. Sie bog auf den Parkplatz ab und hielt nach dem Range Rover ihres Vaters Ausschau, doch er war nicht da.

»Scheiße«, fluchte Justine enttäuscht.

Trotzdem würde sie kurz aussteigen und wenigstens einen Blick auf den Strand werfen, auch wenn sie heute keinen Surfversuch wagen würde. Dazu war sie einfach nicht in Stimmung.

Ein kräftiger Wind blies über das offene Meer, als sie aus dem Fahrzeug stieg.

Die Arme vor der Brust verschränkt, trat Justine an die Küstenlinie der Bucht. Um zum Strand zu gelangen, musste man die Treppe nehmen.

Unbeabsichtigt begann sie sofort, Vergleiche zu ziehen. Doch hier suchte man vergeblich nach türkisfarbenen, seichten Stellen im Wasser und blendend weißen Stränden.

Duff! Eine Welle schlug dumpf am Strand auf und ließ Justine zusammenzucken. Sie sah hinaus auf das Meer und stellte fest, dass die Wellen größer waren, als sie erwartet hatte. Noch ein Grund mehr, das Surfbrett unbenutzt wieder im Laden abzugeben.

Sie wollte bereits zurück in ihr Auto steigen, als sie am Rückspiegel des schwarzen Pick-ups, neben dem sie geparkt hatte, etwas entdeckte, das ihre Neugier entfachte. Es handelte sich um das gleiche Armband, das sie an ihrem Handgelenk trug. Nur das ihres rot war und das andere blau.

Das konnte unmöglich ein Zufall sein.

Ihr Herz raste wie wild in ihrem Brustkorb, während sie auf- und abging und aufgewühlt das Meer nach ihrem Vater absuchte. Sie konnte ihn aber nirgends entdecken.

Justine beschloss, zu warten. Doch je mehr Zeit verstrich, desto mehr wuchsen ihre Ungeduld und Wut auf ihren Vater.

Schließlich zog sie sich doch noch um und ging mit dem Surfbrett unter dem Arm zum Strand hinunter.

Als Justine einen Surfer ins Wasser springen sah, folgte sie ihm. Während dieser mit beeindruckender Leichtigkeit hinter die Brandung gelangte, hatte sie deutlich mehr zu kämpfen.

Mein Gott, was mache ich eigentlich hier draußen? Ich muss wohl verrückt sein.

Doch dann entdeckte sie auf einmal ihren Vater. Er brachte sich gerade in Position und beabsichtigte, die nächste Welle anzusteuern.

Keine Ahnung, welcher Teufel sie ritt, als sie wild entschlossen lospaddelte, um ihrem Vater die Tour zu vermasseln und ihm die verdammte Welle streitig zu machen.

»Die gehört mir!«, blaffte Justine ihren Vater an und erwischte die Welle mit ein paar kräftigen Armzügen.

Ohne Zweifel manövrierte sie sich gerade in eine Situation, die sie mehr Mut kostete, als sie in Wahrheit aufbringen konnte. Trotzdem blieb sie hochkonzentriert und sprang mit einem Adrenalinschub auf die Füße, darauf hoffend, dass sie die spektakuläre Welle meistern würde.

Als sich die Welle rasend schnell beschleunigte, wurde Justine bewusst, dass dies die Welle ihres Lebens sein könnte. Eine Erfahrung, die sie bestimmt nicht so schnell vergessen und die sich auch nicht so schnell wiederholen würde. Aber das Wunder passierte, und zwar genau jetzt.

Vielleicht, weil sie am Ende doch mutiger war, als sie sich zutraute. Vielleicht aber auch, weil es einfach so sein musste und dieser außergewöhnliche Moment allein ihr gehörte.

Doch ihre gute Stimmung änderte sich sofort, als sie nach einem gelungenen Ritt hinter die Brandung zu ihrem Vater zurückkehrte.

»Warum hast du mir davon nie erzählt?«, schrie Justine über das stetige Rauschen der Wellen hinweg. »Du hättest es mir sagen müssen!«

»Ich weiß.«

»Ich will die Wahrheit wissen, Dad. Sag mir, was damals wirklich passiert ist.«

Russell paddelte näher an Justine heran und positionierte sich wieder sitzend auf seinem Brett, die Beine im Wasser, die Balance haltend, während direkt vor ihnen eine Welle nach der anderen brach. »Sie war eine leidenschaftliche und verdammt gute Surferin. Doch an dem Tag des Unglücks ist sie ein zu hohes Risiko eingegangen. Die Wellen waren gigantisch. Sie verlor den Halt, fiel vom Brett und schaffte es nicht mehr rechtzeitig nach oben, um Luft zu holen. Als wir sie endlich entdeckten, war es zu spät und ich konnte nichts mehr für sie tun.«

Justine warf einen Blick über ihre Schulter. Das Meer war ruhiger geworden, und am Riff brachen nun kleinere Wellen. Sie wischte die Tränen fort und brachte sich in Stellung.

Sie musste einfach die nächste Welle nehmen …

Justine machte sich auf den Weg und zog sich mit ein paar entschlossenen Armzügen auf den Rücken eines trügerischen Wasserhügels.

Einen kurzen Augenblick hielt sie den Atem an, bis sie sich mit einem tiefen Atemzug auf die Füße stellte. Auf einmal fürchtete sie sich nicht mehr davor, durch die tosende Wucht in die Tiefe gerissen und von den Weiten des Meeres verschlungen zu werden. Es war, als wäre sie nicht mehr allein. Als würde jemand schützend seine Hände auf ihre Schultern legen und sagen: *Flieg, kleiner Vogel, flieg, deine Flügel werden dich tragen!*

Sie hörte die Welle majestätisch rauschen, schmeckte Salz auf ihren Lippen und fühlte jede einzelne Faser ihres Körpers prickeln, während sie mit sanften Bögen im Einklang mit der Welle ritt.

O mein Gott … Der Wahnsinn!

Ihr Herz pochte wild und heftig. Sie hätte nach Sternen greifen und auf Wolken tanzen können, so unerschrocken fühlte sie sich in diesem Augenblick. Frei von Ängsten und dem selbstauferlegten Druck, sich selbst oder irgendeiner Sache gerecht zu werden.

Hatte Skye auch so gefühlt?

War sie ihrer Mutter ähnlicher, als sie bisher geglaubt hatte?

Sie ließ sich zurück ans Ufer tragen. Als sie aus dem Wasser kam, sich umdrehte und auf das Meer hinausblickte, sah Justine ihren Vater die Welle so tollkühn und meisterhaft auf- und abreiten, wie sie es ihm nie im Leben zugetraut hätte. Da draußen wirkte er wie ein Held … ihr persönlicher Held, der wusste, was er tat und wie man Spaß hatte.

Die Mundwinkel bis zu den Ohren und Freudetränen in den Augen, legte Justine das Surfbrett auf den Sand.

»Wo hast du denn so gut Surfen gelernt? In Margaret River?«, fragte Russell begeistert, während er auf seine Tochter zuging.

»Gut möglich«, erwiderte Justine.

Russell folgte ihrem Blick und beobachtete die Surfer draußen. »Es tut mir leid, dass ich dir das alles vorenthalten habe. Ich verstehe, dass du auf mich wütend bist.«

»Nein, ich bin nicht wütend. Ich bin traurig, weil ich so vieles verpasst habe und Mum nie kennenlernen werde. Ich wünschte, sie wäre noch am Leben.« Sie musterte ihren Vater und spürte einen Stich in ihrem Herzen, weil er mit der Vergangenheit genauso haderte. »Kann es sein, dass Mum gern Liebesromane gelesen hat?«

Russell sah seine Tochter erstaunt an und lächelte. »Ja, das hat sie. Sie hatte ein Faible für romantische Geschichten. Wie kommst du denn darauf?«

»Ich habe in Sallys Bücherregal ein Buch mit Notizen gefunden, die wahrscheinlich von Mum stammen.«

»Das ist gut möglich. Sie hat ständig dieses kitschige Zeugs gelesen und in ihre Bücher gekritzelt.«

Justine lächelte und fragte schließlich: »Warum hast du mich im Glauben gelassen, dass Mum keine gute Schwimmerin war und deshalb ertrunken ist?«

»Kannst du dich noch daran erinnern, als du ohne Erlaubnis ins Wasser gegangen bist, obwohl du kaum schwimmen konntest? Und daran, wie laut ich daraufhin geworden bin, als ich dir erklärt habe, wie gefährlich die Strömungen und unberechenbar die Wellen sind und du ebenfalls ertrinken könntest?«

»Dann bin ich offensichtlich einfach davon ausgegangen, dass sie nicht gut schwimmen konnte«, schloss Justine nachdenklich.

»Ich konnte nicht darüber reden, weil ich nicht damit umgehen konnte, dass ich sie damals nicht aufgehalten habe.«

Justine rannen Tränen über die Wangen. Sie dachte an Skyes Notizen im Buch. »Sie hat dich von ganzem Herzen geliebt, Dad. So kitschig es für dich auch klingen mag: Du warst die Liebe ihres Lebens.«

»Deine Mutter wäre furchtbar stolz auf dich, wenn sie dich heute so sehen könnte.« Er sah wieder hinaus aufs Meer. »Und ich bin es auch.«

Justine grinste versöhnlich. Die Wellen waren nicht mehr ganz so hoch, und es reizte sie, noch ein paar mehr zu reiten. »Hast du Lust, noch mal rauszupaddeln?«

»Aber natürlich. Los geht's!«

Kapitel 26

Manche Tage flogen nur so an ihr vorbei. Rasend schnell. Wie immer.

Die Rückkehr an ihren Arbeitsplatz war Justine gar nicht so schwer gefallen, wie sie erwartet hatte. Es fühlte sich an, als wäre sie nie weggewesen.

Selbst Ethan hatte bereits ein paar Mal an ihre Tür geklopft, um sich für die laufenden Arbeiten am Ocean-Hotel-Projekt ihre Unterstützung zu holen.

Auch Onkel Vince schien während ihrer Abwesenheit begriffen zu haben, worauf das Unternehmen verzichten musste, wenn ein willensstarker, kluger und vor allem verlässlicher Kopf fehlte. Jemand, der Fakten auf den Tisch legte. Jemand, der sich einen Fehler eingestehen konnte, und jemand, der lieber einmal mehr über seine Bücher ging, als dass er hinterher die Schuld in die Schuhe eines anderen schieben musste.

Trotz der Tatsache, dass alles irgendwie rund lief, konnte Justine nicht leugnen, dass in ihrem Leben etwas fehlte und sie etwas Wesentliches vermisste.

Die Tage verflogen, und die Nächte schleppten sich grübelnd dahin. Manchmal weinte sie, bis keine Tränen mehr flossen.

Eines Abends, als Justine überhaupt nicht einschlafen konnte, setzte sie sich an ihren Laptop und schrieb Sally eine E-Mail, in der sie ungeschönt schilderte, wie langweilig sich ihr Leben im Vergleich zu der Zeit in Margaret River manchmal anfühlte. Dass es ihr auf einmal nicht mehr richtig erschien, eines Tages das Familienunternehmen zu führen und bereits jetzt schon darauf hin zu arbeiten.

Luke erwähnte Justine mit keinem Wort. Obwohl sie gern gewusst hätte, ob er inzwischen von Hawaii zurück war und er sie ebenfalls vermisste, auch wenn er nichts von sich hören ließ.

Stattdessen schwärmte sie von Margaret River, von der Zeit an der Westküste und wie viel ihr das alles auch jetzt noch bedeutete. Wie wertvoll diese Reise für sie gewesen war und wie sehr ihr die gemütliche Atmosphäre des Guesthouses fehlte.

Sallys Antwort kam prompt, und mindestens genauso schnell lehnte Justine das Angebot ab, weil sie dann doch nicht einfach alles stehen und liegen lassen und ihren Job noch einmal auf Eis legen oder gar ganz aufgeben konnte.

Trotz aller Ausreden ließ Justine die Aussicht auf ein weiteres Abenteuer keine Ruhe.

Auch wenn das bedeutete, dass sie ihr Mietverhältnis auflösen, den Job an den Nagel hängen und ihre Möbel in einer Lagerhalle unterbringen musste, um eine Weile in Sallys Unterkunft zu arbeiten.

Schon allein die Vorstellung, die Zelte abzubrechen und sich von alten Gewohnheiten zu trennen, war beängstigend.

Doch wer nicht wagt, der nicht gewinnt.

Und auch wenn das so leicht daher gesagt war, hörte sie

ihre innere Stimme, die klar und deutlich schrie: *Mach es einfach!*

4. Teil

Neustart ins Ungewisse

Kapitel 27

Wenn man einen Weg einschlägt, der gefühlt mit allen Normen bricht, gelangt man früher oder später an einen Punkt, an dem man an seiner Entscheidung zweifelt und sich fragt, ob die anderen nicht doch recht hatten.

Man kann sich davon aufhalten lassen oder eben auch nicht.

Justine drehte den Kopf zum Fenster und beobachtete, wie das Flugzeug abhob und der Boden unter ihr verschwand.

Als Justine zum Mittelgang aufsah, bemerkte sie die Flugbegleiterin, die darauf wartete, dass sie sich für den Landeanflug anschnallte.

Sie kam der Aufforderung nach und wandte den Blick wieder nach draußen.

In ungefähr zwanzig Minuten würden sie Perth erreichen. Je bewusster sie sich dessen wurde, desto weniger konnte sie glauben, dass sie tatsächlich einen Sprung ins Ungewisse wagte, um ihr Glück an einem anderen Ort zu versuchen.

Aber es passierte, gerade jetzt.

Das Flugzeug verringerte seine Geschwindigkeit, und das Fahrwerk wurde ausgefahren. Mit einem Ruckeln setzte die Maschine sicher auf, bremste ab und rollte über die Landebahn.

Dieses Mal empfing sie Perth nicht so freundlich wie beim letzten Mal. Alles war grau, und es nieselte unfreundlich.

War es am Ende doch ein Fehler, dass sie alles auf eine Karte setzte?

»Wir sind an der Reihe«, stellte Justines Sitznachbar fest und nahm seinen Rucksack aus der Ablage über ihnen. Er war so freundlich und reichte Justine ihr Handgepäck.

»Vielen Dank.«

»Sind Sie zum ersten Mal hier in Perth?«, erkundigte er sich, während sie den Mittelgang entlanggingen. »Nein, aber beim letzten Mal war das Wetter besser. Mal schauen, wie es in Margaret River sein wird.«

»Margaret River ist eine schöne Gegend. Für ein paar Tage lässt es sich dort gut aushalten. Wenn man den Dorf-Charme mag. Ich habe beinah das ganze Land bereist und bin letztendlich doch immer wieder in Melbourne gelandet.«

»Trotzdem scheinen Sie gern unterwegs zu sein.«

Er lächelte. »Das ist auch wieder wahr.« Vor der Gepäckausgabe verabschiedete er sich und bog in Richtung Toiletten ab. »Viel Freude auf Ihrer Reise!«, wünschte er Justine zum Abschied.

»Das wünsche ich Ihnen auch.«

Wie vereinbart, war Sally extra zum Flughafen gefahren, um sie in der Ankunftshalle abzuholen. Auch wenn es Justine nicht recht war, da sie den langen Weg auch wieder zurückfahren musste.

Sally winkte Justine zu und freute sich über ihre Ankunft. »Schön, dass du wieder hier bist, Liebes«, sagte sie und schloss Justine zur Begrüßung in ihre Arme.

»Ja … Ich hoffe, es war die richtige Entscheidung, die Zelte abzubrechen.«

Sally lachte auf. »Du bist jung! Dein ganzes Leben liegt noch vor dir. Glaub mir, Liebes, wenn ich sage, dass dir noch genug Zeit bleibt, um den Anker zu werfen.«

»Das hört sich nicht gerade nach Spaß an.«

»So schlimm ist es auch wieder nicht. Ab einem gewissen Alter tut man sich nur ein bisschen schwerer damit, Neues auszuprobieren, sobald man es sich gemütlich eingerichtet hat. Bis eines Tages wieder eine Chance an die Tür klopft.«

Während Justine noch überlegte, was Sally damit andeuten wollte, setzte sich Sally bereits in Bewegung.

Justine folgte ihren schnellen Schritten.

Beim Wagen angekommen, verluden sie ihr Gepäck in den Kofferraum. Es war etwas mehr, als Justine eigentlich hatte mitbringen wollen. Da sie sich diesmal vorgenommen hatte, länger zu bleiben, war es ihr wichtig gewesen, auch ein paar persönliche Gegenstände einzupacken. Dazu gehörten unter anderem die Erinnerungsstücke ihrer Mutter.

Sally startete den Wagen, und sie machten sich auf den Rückweg.

Inzwischen hatte es aufgehört zu regnen. Aber die Umgebung wirkte immer noch etwas trist. Sally schien das miese Wetter nichts auszumachen. Sie wirkte zufrieden. Jedenfalls machte es den Eindruck. Während Justine viereinhalb Flugstunden von zu Hause entfernt nun doch ein wenig zweifelte.

Was, wenn sie sich hier auf einmal nicht mehr so angenommen und willkommen fühlte wie beim letzten Mal?

Hatte sie überhaupt das Recht, sich auszuprobieren, während andere es nicht taten?

Wäre ihre Mutter stolz auf sie?

Bestimmt hätte sie sich nicht so viele Gedanken darüber gemacht. Stattdessen wäre sie ihrem Herzen, ihrer Leidenschaft, gefolgt.

Ihre Mutter mochte ein kurzes Leben gehabt haben, dennoch hatte sie jede Chance genutzt.

Je näher sie Margaret River kamen, desto mehr verblassten ihre Gedanken.

Auf der linken Straßenseite, inmitten einer dichten Allee aus Bäumen, kündigte ein grünes, rechteckiges Ortsschild Margaret River an. Kurz darauf erreichten sie die Hauptstraße, die durch den Ort führte. Alles wirkte so vertraut. Die Restaurants, in denen sie gegessen hatte. Der Supermarkt und der Buchladen, in dem Sally gern stöberte.

Fast so, als wäre sie nie weggewesen.

Obwohl es während der Fahrt noch einmal geregnet hatte, zeichneten sich am Himmel bereits blaue Löcher ab.

Sie bogen nach rechts, folgten der Straße und gelangten nach ungefähr zehn Minuten an die Küste.

Auf einmal verspürte Justine Herzklopfen. Der Blick auf den Indischen Ozean war spektakulär. Obwohl alles noch vom Regen verhangen war und die Umgebung ein wenig bedrückt und erblasst rüberkam, war dieser wildbewachsene, wettergegerbte Küstenabschnitt etwas ganz Besonderes. Ein faszinierender Flecken Erde, von dem eine Magie ausging, der sich Justine einfach nicht entziehen konnte.

Vielleicht lag es aber auch an den bekannten Surfspots dieser Gegend.

Obwohl sich heute an den Riffen keine hohen Wellen bildeten, konnte man erahnen, wie respekteinflößend Surfers Point werden konnte, sobald sich ein Swell ankündigte.

»Soll ich abbiegen?«, fragte Sally und warf Justine einen Seitenblick zu.

»Nein.«

Sie folgten weiter der Straße, auf der sie ebenfalls an die Küste gelangten. Kurz darauf erreichten sie das Guesthouse, das für eine Weile Justines Zuhause und Arbeitsplatz sein würde.

Der Rosenbaum blühte noch immer herrlich, und das zweistöckige Gebäude versprühte seinen unverkennbaren Charme. Dennoch geriet Justines Vorfreude kurz ins Stocken.

Dieses Mal würde sie ein wenig länger bleiben, und diese Entscheidung würde sie so schnell nicht mehr ändern können, wenn sie Sally nicht enttäuschen oder am Ende noch bei ihrem Vater einziehen wollte.

Sally parkte den Wagen in einer freien Parklücke und schaltete den Motor aus. »Ach, ich freue mich, dass du da bist«, sagte sie und wunderte sich beim Aussteigen darüber, dass ihr schwindlig wurde. Wahrscheinlich war es ihrer Aufregung geschuldet. Schließlich war sie nie krank. Das konnte sie sich auch nicht leisten.

Sally half Justine mit ihrem Gepäck und zeigte ihr in aller Ruhe eines der Zimmer im Erdgeschoss mit Sicht auf ein paar vertrocknete Sträucher, die ihre besten Zeiten bereits hinter sich hatten. »Hier kannst du dich erst einmal einrichten. Ich weiß, du bist ein besseres Zimmer gewöhnt. Sobald wir ein paar Buchungen weniger haben, kannst du gern ein anderes beziehen.« Auch wenn das alte Büro, das bisher als Abstellkammer gedient hatte, inzwischen ein Bett und einen Schrank bot, konnte es den Gästezimmern nicht das Wasser reichen. »Du kannst es dir gern so einrichten, wie du dich wohlfühlst.« Sally sah aus dem Fenster und zu den verkümmerten Sträuchern. »Denen werden wir morgen den Garaus machen.«

»Einverstanden«, erwiderte Justine schmunzelnd. »Danke für deine Mühen, Sally, und dass ich überhaupt hier sein darf. Das bedeutet mir sehr viel.«

Weil Sally darauf bestanden hatte, dass sie erst einmal richtig ankam, bevor sie über die Arbeitsteilung in der Unterkunft sprachen, suchte Justine den gegenüberliegenden Strand auf.

Sie überquerte die wenig befahrene Straße, ging die Treppe über den Hügel hoch und begab sich den schmalen Pfad entlang, der sich durch die wild bewucherte Umgebung schlängelte.

Es fühlte sich richtig gut an, wieder hier zu sein. An einem unaufgeregten, magischen Ort, der zugleich auch ein Neuanfang bedeutete.

Je länger Justine über alles nachdachte, desto dankbarer war sie für die Chance, die es ihr ermöglichte, ihr Leben einmal aus einem anderen Blickwinkel zu betrachten. Nichts hatte sie jemals so viel Energie gekostet wie die Bemühungen, es allen recht zu machen und einer Karriere hinterherzurennen, von der sie sich einst so viel versprochen hatte.

Doch aus diesem Grund war sie nicht hier. Nicht, weil sie ihrem alten Leben den Rücken zuwenden wollte oder sie das Gefühl hatte, vor etwas davonlaufen zu müssen.

Vielmehr war sie einfach nur offen für ihre Zukunft und daran interessiert, noch tiefer in das Leben ihrer Mutter einzutauchen.

Ein weiterer Grund war Luke.

Sie dachte immer wieder an ihn. An die Art und Weise, wie sie auseinandergegangen waren.

Heute würde sie das Gespräch nicht noch einmal so schnell beenden. Weil sie damit rechnen musste, dass sie hinterher nichts mehr von ihm hören würde.

Justine verschränkte die Arme vor der Brust, als der Wind auffrischte und es zu tröpfeln begann. Da sie nicht nass werden wollte, kehrte sie zur Unterkunft zurück.

Zu ihrer Verwunderung hatten sich ein paar der Gäste um die Sitzgelegenheiten versammelt. Als sie sich der besorgt wirkenden Gruppe näherte, entdeckte sie Sally auf einem der beiden Sessel sitzend, mit einem Glas Wasser in der einen und einem Küchentuch in der anderen Hand, das sie sich auf die linke Augenbraue presste.

»Was ist denn passiert?«, fragte Justine entsetzt.

»Sie ist wohl die Treppe hinaufgestürzt«, antwortete die junge Frau, die dafür sorgte, dass die benommen wirkende Sally einen Schluck trank.

»Es geht mir gut«, murmelte Sally.

Justine beugte sich zu Sally hinunter und schaute sich ihre Verletzung am Kopf an. Oberhalb der linken Augenbraue klaffte eine zwei Zentimeter lange Platzwunde. »Das muss bestimmt genäht werden. Am besten bringe ich dich ins Krankenhaus.«

»Das wird nicht nötig sein«, wehrte Sally ab.

»Da kommen Sie wohl nicht drum herum«, sagte einer der Gäste.

Zwei weitere gesellten sich zu ihnen. Währenddessen presste Sally wieder das helle Küchentuch auf die blutende Wunde.

»Ich schreibe Ihnen meine Telefonnummer auf, falls etwas sein sollte, wenn wir im Krankenhaus sind«, sagte Justine, während sie am Empfang nach Papier und Stift suchte.

»Keine Sorge, wir kommen allein zurecht«, versicherte der Freund der jungen Frau.

Zwei der Männer begleiteten sie nach draußen und halfen Sally, in den Wagen zu steigen.

Von der Unterkunft benötigten sie gerade mal zehn Minuten bis zum Krankenhaus. Das einstöckige Gebäude war überschaubar und machte es ihnen leicht, sich zurechtzufinden.

Da Sally nicht wollte, dass Justine ihre Zeit vergeudete, während sie auf die Ärztin warteten, suchte sie das Restaurant auf, in dem Luke für gewöhnlich arbeitete. Aber er war nicht da. Dennoch schlug ihr Herz spürbar gegen ihre Brust. Auch dann noch, als sie sich an einen der Tische an der Fensterfront setzte und das Treiben auf der Straße und den Gehwegen beobachtete.

Im Grunde kannte sie Luke doch kaum. Wie konnte sie dann so felsenfest davon überzeugt sein, dass er ihr so unendlich viel bedeutete?

Ein Mitarbeiter des Restaurants kam an ihren Tisch, um ihre Bestellung aufzunehmen. »Aaron meinte, dass Luke heute Abend noch vorbeikommen sollte.« Er musterte sie. »Soll ich ihm was ausrichten?«

»Nein.«

»Okay. Dein Essen kommt gleich«, bestätigte er, bevor er wieder hinter der Theke verschwand.

Luke war demnach wieder zurück.

Aber was erwartete sie von ihm? Woher sollte er denn wissen, dass sie wieder in Margaret River war?

Sie zückte ihr Mobiltelefon. Doch dann wurde ihre Pizza an den Tisch gebracht und sie überlegte es sich anders.

Nach dem Essen fuhr Justine zurück ins Krankenhaus.

Als sie Sally nirgends entdecken konnte, erkundigte sie sich bei einer Krankenhausmitarbeiterin nach ihr. Dass sie Sally über Nacht hier behalten und beobachten wollten, damit hatte Justine nicht gerechnet. Vom besten ausgehend, hoffte sie, dass es nichts Ernstes war und Sally das Krankenhaus bereits morgen wieder verlassen konnte. Schließlich hatte sie keine Ahnung davon, wie man ein B&B allein führte.

Justine klopfte leise an die Tür und betrat das Zimmer. Zu ihrer Überraschung hatte Sally Besuch. Hätte Justine das gewusst, wäre sie nicht einfach so hereingeplatzt und hätte die vertraute Unterhaltung der beiden gestört.

Während Sally ihrem Blick auswich, schaute der Mann interessiert in ihre Richtung.

Justine erkannte den Mann wieder, den sie damals mit Sally zusammen vor dem Guesthouse gesehen hatte. Sie musterte seine sportlich schlanke Statur. Die zerzausten, grauen Haaren. Das von der Witterung gegerbte Gesicht und das Funkeln in seinen Augen. Die Lachfältchen um seinen Mund.

»Entschuldigt, ich wollte euch nicht stören …«

»Noah wollte sowieso gerade gehen«, fiel ihr Sally ins Wort.

»Ja … Ich werde morgen noch einmal vorbeikommen.« Er fing Sallys Blick ein, doch die Vertrautheit kam nicht mehr zustande.

»Schönen Abend«, sagte Noah im Vorbeigehen an Justine gewandt.

»Noah?«, sagte Justine zu Sally, nachdem er verschwunden war.

»Komm, setz dich doch erst einmal neben mich, Liebes!«, forderte Sally sie auf.

Justine tat, wie ihr geheißen. Für einen kurzen Augenblick verlor Sally den Faden, als sie in Justine die junge Skye sah. »Mein Gott, Liebes. So wie du mich gerade ansiehst ... Man könnte glatt meinen, deine Mutter säße neben mir.«

»Ist das wahr?«

»Ja, du siehst ihr manchmal sehr ähnlich.«

»Ich wünschte, sie wäre noch am Leben und ich könnte mich selbst davon überzeugen«, antwortete Justine nachdenklich. »Weshalb ist Noah vorhin einfach gegangen? Hat er kein Interesse daran, mich näher kennenzulernen?«

Sally sah verwundert auf, aber dann erinnerte sie sich, dass sie Noahs Namen in Justines Gegenwart einmal erwähnt hatte. »Wahrscheinlich war er sich nicht sicher, ob du es tatsächlich bist. Ich habe es Noah erst erzählt, nachdem du bereits wieder in Melbourne warst.« Sally umfasste Justines Hand. »Es tut mir leid, Liebes, aber es fällt mir nicht leicht, über die Vergangenheit zu reden. Oder zumindest über das, was ich dir noch nicht erzählt habe.« Sally zog ihre Hand zurück und sah zum Fenster. »Ich habe mich damals mit Skye gestritten, als ich erfahren habe, dass sie schwanger war.«

»Warum ausgerechnet jetzt, Skye? Wo doch alles so gut für dich läuft? Ihr beide seid zu jung, um eine solch große Verantwortung zu tragen.«

»Woher willst du das denn wissen? Du hast doch keine Ahnung!«

»Ich kann mich neben dem Guesthouse nicht auch noch um ein Baby kümmern!«, erklärte Sally.

»Das musst du auch nicht.« Skye blickte über ihre Schulter zu Russell, der gerade zur Tür hereinkam. *»Noah hat uns den alten Van überlassen. Wir kommen auch gut allein klar. Stimmt's, Russy?«*

Sally musterte Justine traurig. »Ich hoffte, dass sie eines Tages zurückkehren und wir uns versöhnen würden. Doch dazu ist es leider nicht mehr gekommen. Dabei passierte das Unglück praktisch vor der Haustür, als sie sich dazu entschieden hatten, nach Hause zu kommen …« Sie sah in Justines glasige Augen. »Jetzt habe ich dich traurig gemacht, Liebes.«

»Es geht schon«, erwiderte Justine schniefend.

»Komm her!«, sagte Sally und zog Justine in ihre Arme. »Ich bin mir sicher, dass Noah an die Küste gefahren ist. Das tut er immer, wenn er über etwas nachdenken muss.« Sie berührte Justines Wange. »Geh ruhig. Ich komme hier auch gut allein klar.«

Kapitel 28

Justine hielt am Surfers Point und war ziemlich aufgewühlt.

Das Unglück passierte praktisch vor der Haustür, hörte sie Sallys Worte in ihrem Kopf.

Insgeheim hatte Justine eine leise Vorahnung gehabt. Dennoch traf die Wahrheit sie wie ein Stich ins Herz.

Sie schaltete den Motor ab. Das Brummen verstarb in der Dämmerung. Auf dem Parkplatz standen noch vier weitere Fahrzeuge. Justine konnte aber niemanden entdecken. Auch nicht im Wasser.

Mit einem tiefen Atemzug stieg sie aus dem Auto und begab sich an den Rand der Anhöhe, den Blick über den Indischen Ozean schweifend.

Sanfte Wellen brachen an den Kalksteinriffen.

Mainbreak schlummerte friedlich, während sich von der Mitte aus die Gischt nach rechts und links ausbreitete.

Justine sah zu der Treppe, als sie jemanden hinaufkommen hörte. Es war Noah, der sie überrascht ansah. »Ist es Zufall, dass wir uns begegnen?«

Justine schüttelte den Kopf. »Sally hat es mir erzählt.«

»Dann scheint sie dich mehr zu mögen als mich. Mir hat sie es nicht direkt gesagt. Ich musste es mir selbst zusammenreimen.« Er musterte Justine eindringlich. Ihr

Atem stockte, als er fragte: »Du bist Skyes Tochter, nicht wahr?«

»Ja.« Sie erwiderte sein Lächeln.

Noah drehte sich um und schaute auf das Meer hinaus. Gemeinsam lauschten sie in der Dämmerung dem Meeresrauschen, bis Justine das Schweigen brach. »Es ist gerade so friedlich da draußen.«

»Die Ruhe wird bald vorbei sein. Sie haben einen Swell angekündigt, der sich von Südafrika in unsere Richtung bewegt. Wie herausfordernd sich Mainbreak dann zeigen wird, ist schwer vorauszusehen. Dieser Swell bereitet mir jetzt schon schlaflose Nächte. Ab einem gewissen Alter sollte man solche risikoreichen Unterfangen vielleicht besser lassen.« Noah bedachte Justine mit einem Seitenblick. »Surfst du auch?«

»Mittlerweile schon. Aber das ist eine lange Geschichte.«

»Deine Mum liebte das Surfen. Sie war eine bewundernswerte, junge Frau. Die Wellen waren ihr Lebensinhalt, und solange sie sich brachen, fand sie ein Stück inneren Frieden. Aber wahrscheinlich spreche ich jetzt mehr von mir selbst.« Er lächelte. »Das Meer lehrt dich, geduldiger zu sein. Aber es nimmt dir nicht die Furcht, wenn du dich den Herausforderungen nicht stellst. Genau wie im wahren Leben. Da draußen ist es nicht ungefährlich, doch wenn du gut vorbereitet bist, wird es dich hinausziehen.«

»Dann hat sie damals gewusst, worauf sie sich einließ, als sie rauspaddelte?«

»Syke war eine gute und erfahrene Surferin. Sie hätte es schaffen können. Doch an diesem Tag herrschten verrückte Bedingungen. Die Wellen donnerten regelrecht ans Riff. Hier draußen hast du kaum dein eigenes Wort verstanden.«

Er warf Justine einen Blick zu und erinnerte sich an das Baby, das sie damals gewesen war. Das wie am Spieß an Russells Brust geschrien hatte, als hätte es begriffen, dass ihre Mutter nicht mehr lebend zurückkehren würde.

Justine hatte Tränen in den Augen, und Noah wusste nicht recht, wie er sich ihr gegenüber verhalten sollte. Er war nicht sonderlich gut in solchen Angelegenheiten. Schließlich sagte er: »Sally meinte, dass sich jemand um das Guesthouse kümmert, während sie weg ist. Ich nehme an, dass sie damit dich meinte.«

»Morgen soll sie das Krankenhaus bereits wieder verlassen können«, erwiderte Justine, wobei es ihr schwerfiel, ihren eigenen Worten Glauben zu schenken. Irgendwie beschlich sie das Gefühl, dass hier etwas vor sich ging, von dem sie noch nichts wusste.

Noah nickte zustimmend. Offensichtlich hatte Sally sie noch nicht in ihre Pläne eingeweiht. »Vielleicht treffen wir uns mal drüben an der Flussmündung, dann paddle ich mit dir hinaus.«

»Abgemacht.«

Justine beobachtete Noah dabei, wie er zu seinem Wagen ging. Kurz darauf hörte sie den Motor aufheulen.

Gedankenversunken ging sie ein paar Schritte den Uferweg in Richtung der Flussmündung entlang, bis ihr die Tränen die Sicht verschleierten und sie auf einmal stehen blieb.

Sie drehte sich um und blickte zu der Stelle, an der ihre Mutter ihr wertvolles Leben verloren hatte.

Auf einmal fing ihr Herz an, spürbar gegen ihren Brustkorb zu schlagen, als sie draußen im Meer ein seltsames Leuchten entdeckte.

Es war aber niemand draußen und schon gar nicht mit einer Lampe, oder?

Entschlossen lief Justine an ihren Ausgangspunkt zurück und konzentrierte sich auf eine bestimmte Stelle. Aber das leuchtende Glitzern war verschwunden, als wäre es nie da gewesen.

Hatte sie es sich nur eingebildet?

Justine setzte sich in Sallys Auto und verweilte noch eine Weile am Strand, doch das Leuchten kehrte nicht zurück.

Es blieb ihr selbst überlassen, woran sie zu glauben bereit war.

Als sich Justine spät am Abend auf ihr Zimmer zurückzog, fand sie auf ihrem Bett eine ausgedruckte E-Mail von Chris, in der er sich nach ihr erkundigte. Darunter war Sallys Antwort zu lesen, dass sie nach Melbourne zurückgekehrt war.

Justine setzte sich auf das Bett und lehnte sich gegen ihr Kissen am Kopfende. Sie dachte über Chris nach. Ihr war gar nicht bewusst gewesen, dass er nicht mehr in Margaret River, sondern in Kanada war.

Auf einmal hatte sie ein schlechtes Gewissen, weil sie sich damals bei ihrer überstürzten Abreise nicht von ihm verabschiedet hatte.

Sie vermisste ihn. Das tiefsinnige Gespräch, das sie damals am Strand geführt hatten. Sie hatten sich auf Anhieb gut verstanden.

Wahrscheinlich hätten sie sich damals geküsst, wenn sie den Anfang gemacht hätte.

Bestimmt würde er ihr jeden Wunsch von den Lippen

lesen und sie nicht wochenlang leiden lassen. Aber Chris war nun einmal nicht Luke.

Trotzdem schrieb sie Chris zurück und erzählte ihm, dass sie wieder in Margaret River war und dass sie dieses Mal ein paar Monate oder vielleicht auch länger bleiben würde. Und sie berichtete ihm davon, dass sie Noah, Skyes Pflegevater, kennengelernt hatte.

***

Chris legte sein Mobiltelefon zurück auf den Kaminsims. Justine hatte ihm vor ein paar Tagen geschrieben, doch er hatte ihre E-Mail erst heute gesehen.

Sie schien glücklich zu sein, und das freute ihn. Doch wenn er sich jetzt einredete, dass es ihm nichts ausmachte, dass sie wieder in Margaret River bei Luke war, während er in Kanada festsaß, würde er sich selbst etwas vormachen.

Trotzdem hatte sich Chris dazu entschieden, für eine Weile in Kanada zu bleiben und das Haus seines Großvaters zu renovieren.

Die neue Küche nahm bereits Gestalt an, und er hatte schon immer gern mit Holz gearbeitet. Vielleicht würde er das Haus am Ende doch verkaufen und schauen, wohin es ihn verschlug.

Dass Noah sein Vater war, behielt er für sich. Am Ende hatte er doch nicht die Beziehung zu ihm aufbauen können, die er sich tief in seinem Inneren erhofft hatte.

Noah war kein schlechter Mensch, und Justine hatte bestimmt nicht die gleichen Erwartungen an ihn.

Das Surfen heute Morgen hatte ihn tief befriedigt.

Sobald er in ein, zwei Stunden mit der Arbeit im Haus fertig war, würde er erneut den Strand aufsuchen.

***

Justine dachte über Sallys Worte nach, während sie den Strand aufsuchte, um über alles nachzudenken.

»Das Guesthouse bedeutet mir sehr viel. Aber es kann auch ziemlich anstrengend und einsam sein. Auch dann, wenn immer irgendjemand um dich herum ist.«
»Aber du scheinst glücklich zu sein«, warf Justine ein.
»Das bin ich doch auch. Nur kann es manchmal ermüdend werden, wenn du ständig dasselbe machst und dir nie eine Pause gönnst.«

Mit ihrem Vorhaben, sechs Wochen durch Europa zu reisen, hatte Sally sie völlig überrumpelt. Hätte Justine von Sallys Plänen gewusst, wäre sie auf das Angebot, eine Weile in ihrer Unterkunft zu arbeiten, wahrscheinlich nicht eingegangen.

Doch jetzt konnte sie nicht einfach zurückkrebsen.

Diesmal nicht.

Kapitel 29

Der Swell erreichte die Küste. Meterhohe Wellen krachten ans Riff und brachen sich mit brachialer Härte und Geschwindigkeit.

Ein solches Naturspektakel hatte Justine noch nie zu Gesicht bekommen. Zeitweise hielt sie den Atem an, wenn die Wellen wieder heftig gegen die Küste donnerten.

Noah gesellte sich zu Justine. Heute würde er nicht rauspaddeln.

»War es damals auch so heftig?«

Noah fing Justines Blick ein. »Ziemlich, ja.«

»Warum hast du sie nicht aufgehalten?«

Er sah zu den beiden Surfern, die sich mental für ihr Vorhaben bereit machten. »Sie war bereits im Wasser, als ich angekommen bin. Letztendlich hätte ich sie nicht aufhalten können. Hätte ich es versucht, hätte ich sie nur aufgewühlt und sie wäre trotzdem hinausgepaddelt.«

»Werden die beiden zurückkommen?«

Noah legte seine Hand wie zur Beruhigung auf Justines Schulter. »Das Leben bietet viele Gefahren. Würden wir immer vom Schlimmsten ausgehen, würden wir nie erfahren, zu was wir tatsächlich fähig sind. Genauso wie in der Liebe. Sobald Sally nach ihrer Europareise zurückkommt, werde ich um ihre Hand anhalten. Davor fürchte ich mich mehr als vor diesem Swell.«

Justine lächelte amüsiert. »Ich werde ihr gut zureden.«

»Das würde bestimmt helfen.«

Allmählich füllte sich der Parkplatz. Auch einige von ihren Gästen, die sich der Faszination dieser Naturgewalt nicht entziehen konnten, hatte es hierher gezogen. Zwischen all den bekannten und unbekannten Gesichtern entdeckte Justine auf einmal Luke, der gerade dabei war, seine Fotoausrüstung im Wagen zu verstauen.

Hatte er sie gesehen? Oder doch nicht?

Ihr Herz schlug plötzlich schnell, und am liebsten würde sie sich bemerkbar machen. Stattdessen blieb sie jedoch wie angewurzelt stehen.

»Falls du ein wenig Hilfe brauchst, könnte ich mich für dich einsetzen«, sagte Noah, als er Justines Interesse an Luke bemerkte.

»Danke, aber man kann niemanden zu etwas zwingen, das er nicht will.«

»Stimmt ... Aber wer möchte schon nicht mit so einer hübschen, klugen Frau zusammen sein?«, entgegnete er.

Noahs Zuversicht entlockte Justine ein Lächeln und brachte sie dazu, sich noch einmal nach Luke umzudrehen.

Inzwischen saß er in seinem Wagen und sah in ihre Richtung. Offensichtlich hatte er sie doch gesehen.

Einen kurzen Moment lang hoffte Justine, er würde noch einmal aus seinem Fahrzeug steigen und zu ihr herüberkommen. Doch offenbar hatte er was Besseres vor, da er bereits den Motor startete.

Lukes Verhalten machte Justine wütend und enttäuschte sie zutiefst. Wenn jetzt keine anderen Leute um sie herum gewesen wären, hätte sie ihn aufgehalten und ihm gesagt, dass er sich zum Teufel scheren konnte.

In Wahrheit war sie aber erleichtert darüber, dass sie erst gar nicht die Möglichkeit dazu bekommen hatte. Letztendlich wollte sie ihn nicht auch noch darin bestärken, dass es das Beste war, wenn sie sich aus dem Weg gingen.

Kapitel 30

Luke kippte sein Bier ins Spülbecken. Es war jedoch nicht das flüssige Brot, das ihm nicht schmeckte. Vielmehr war es die Art und Weise, wie er Probleme bewältigte – oder eben nicht bewältigte –, die ihm missfiel.

Er war kurz davor, Justine anzurufen. Doch die Tatsache, dass sie etwas Besseres verdient hatte als jemanden, der sich selbst bemitleidete und immer wieder infrage stellte, hielt ihn zurück.

Jetzt komm schon, mein Junge, leg das unsinnige Gekritzel weg und hilf mir bei echter Männerarbeit!

In den Augen seines Vaters war er stets ein verweichlichter Bengel gewesen, dem das Leben einmal übel mitspielen würde. In den Augen seiner über die halbe Welt verstreuten Freunde war er ein talentierter Fotograf. Ein netter, aufgeschlossener Kerl, mit dem man gern seine Zeit verbrachte.

Doch wie sah er sich selbst?

Und was wollte er wirklich aus seinem Leben machen?

Ein Versager war jemand, der die Erwartungen anderer nicht erfüllen konnte oder seinen eigenen nicht gerecht wurde. Oder jemand, der bei jeder Gelegenheit eine Bestätigung suchte, einer zu sein.

Luke hatte Justine ein paar Mal aus Hawaii anrufen wollen. Hatte es dann aber doch nicht getan. Weil sie an ganz unterschiedlichen Orten lebten und eine Beziehung auf Distanz nicht funktionieren würde.

Weshalb war sie ausgerechnet jetzt wieder in Margaret River?

War ihre Mutter der Grund?

Oder Noah?

War sie seinetwegen hier?

Wahrscheinlich nicht. Wieso sollte sie?

Selbst wenn Justine ihm noch eine Chance geben würde: retten musste er sich selbst.

Sein größter Feind war nicht der Hai, der ihn damals angegriffen hatte. Oder die Möglichkeit, dass ihm dasselbe noch einmal wiederfahren könnte. Vielmehr war es die Einstellung zu sich selbst.

Nur Versager werden von Haien attackiert.

Die Narbe an seinem Bein war ein handfester Beweis, den er nicht einfach ausblenden konnte.

Der Wind war vielversprechend, was einer der Gründe war, weshalb Luke in seiner Garage stand und mit seinem Schicksal haderte. Denn er hatte nichts weggeworfen. Auch wenn er sich nach dem Unfall geschworen hatte, dass er weder seine Windsurfausrüstung noch eines der vier Surfbretter oder sein Kletterzeug jemals wieder anrühren würde.

War er nur stur? Oder war seine Angst zu scheitern berechtigt?

Seit dem Unfall war seine linke Beinhälfte verstümmelt, und ein wichtiger Teil seiner Wadenmuskulatur fehlte.

Jemand hatte einmal zu ihm gesagt, dass es von großer

Bedeutung sei, an sich selbst zu glauben. Denn nichts wäre vergleichsweise so wirksam wie das Vertrauen in sich selbst.

Chris' Gefasel ließ Luke keine Ruhe.

Wütend verfrachtete er seine Windsurfausrüstung in den Kofferraum und brach Richtung Küste auf. Während der Fahrt geriet Luke ins Grübeln. Er machte sich sorgen, dass er mit seinem Vorhaben scheitern und sich komplett zum Affen machen würde. Dass seine Freunde ihn bemitleideten, weil er inzwischen ein Krüppel war und nicht mehr zu großen Sachen taugte, in denen er einst ein unbesiegbarer Draufgänger gewesen war.

Er parkte den Wagen und stellte den Motor ab.

Zwei bekannte Gesichter waren draußen am Windsurfen. Den Schirm des Kitesurfers konnte er nicht erkennen.

Der Swell war abgeflaut. An den Riffen gab es kaum noch Wellen. Seine Kumpels nutzten den Wind weiter draußen und tobten sich so richtig aus, während sie regelrecht über die glitzernde Wasseroberfläche flogen.

Luke freute sich mit ihnen, aber seine Stimmung war auch getrübt. Denn heute würde er sich einmal nicht hinter seiner Fotokamera verstecken.

Jetzt musste er sich beweisen, sich an die neue Situation herantasten und herausfinden, was für ihn überhaupt noch möglich war.

Früher hatte er es oft auf die Spitze getrieben und ein paar wirklich halsbrecherische Sachen in viel zu hohen Wellen gewagt. Vor allem während seiner Zeit auf Hawaii.

Er erinnerte sich an die verbale Ohrfeige eines Freundes, nachdem sie einen Tag zuvor einen guten Freund in den Wellen verloren hatten.

Glaubst du wirklich, dass du noch frei und selbstbestimmt

handelst, Luke? Vielmehr glaube ich, dass du all diese kranken Sachen machst, um deinem Alten etwas zu beweisen und die Stimme in deinem Kopf verstummen zu lassen.

Aus welchem Grund war er heute hier?

Luke spürte sein Herz gegen seine Brust schlagen, während er dem Stimmengewirr in seinem Kopf lauschte. Letztendlich war er selbst sein schlimmster Richter, der ihn davon abhielt, loszulegen und einfach nur Spaß zu haben, ohne sich zu bewerten.

Er konnte immer noch einen Rückzieher machen und weiterhin in einer Situation verharren, mit der er nicht wirklich zurechtkam. Doch schließlich gab er sich einen Ruck. Entschlossen schlüpfte er in seinen Wetsuit und holte seine Windsurfausrüstung aus dem Wagen.

Luke setzte sein Segel und driftete holpernd auf das offene Meer hinaus. Er gewann an Geschwindigkeit und schloss ohne Probleme zu der Truppe aus Windsurfern und Kitern auf.

Seine Zähne blitzten vor Freude, und etwas brüllte aus der Tiefe seines Herzens empor, weil er gerade seine eigenen Schranken durchbrochen hatte.

Lukes Gedanken schweiften zu Justine, und plötzlich wünschte er sich, er könnte dieses Hochgefühl mit ihr teilen. Ihr zeigen, wie viel sie ihm in Wahrheit bedeutete. Dass nicht sie der Grund für seinen plötzlichen Rückzug gewesen war, sondern nur er selbst.

Er fühlte sich großartig. So gut wie schon lange nicht mehr. Im selben Atemzug fragte er sich, wie lange dieses fragile Hochgefühl wohl anhalten würde.

Zurück an Land, ließ er keine erneuten Zweifel in sich zu. Im Gegenteil, er hielt an seinem Vorhaben fest.

Im kühlen Wind befreite er seinen Oberkörper von seinem Wetsuit, verstaute rasch sein Equipment im Auto und schwang sich klitschnass auf das Badetuch auf dem Fahrersitz. Daraufhin schoss er förmlich den Hügel hoch und wieder hinunter und landete schließlich auf dem Parkplatz des Guesthouses.

Als wären sie verabredet, kam Justine durch die Tür und trat auf die Veranda. Sein Herz flatterte, als sie ihre Arme schützend vor der Brust verschränkte. Ihre scheinbar abwehrende Haltung hielt ihn jedoch nicht davon ab, aus dem Fahrzeug und die Treppe hinauf zu springen.

»Ich weiß, ich bin ein Idiot! Ein dämlicher Idiot, der sich glücklich schätzen kann, dass du wieder hier bist«, platzte es aus ihm heraus.

Justine musterte Lukes Aufmachung. Seine nassen Haare. Seinen nackten Oberkörper. »Gestern machtest du einen ganz anderen Eindruck.« Sein vertrauter Blick strahlte eine Sehnsucht aus, die es ihr schwer machte, nicht so schnell nachzugeben.

Doch Luke ging es zu langsam.

Er umfasste ihre Hüften und hob sie hoch.

»Du bist nass!«

Lachend ließ er sie wieder runter, hielt sie jedoch noch immer Umschlungen, sodass sie ihm zumindest nicht entweichen konnte. Er fing ihren leuchtenden Blick auf und dann endlich küsste er sie. »Sehen wir uns heute Abend?«

»Falls ich nichts Besseres zu tun habe«, erwiderte sie lächelnd.

Sie begleitete ihn zu seinem Auto, und Luke zog sie noch einmal in seine Arme. »Du bist immer noch nass!«

Grinsend stieg Luke ein. Ehe er losfuhr, hielt er noch

einmal an und ließ das Seitenfenster hinunter. »Willst du meine *feste* Freundin sein?«

Justine lächelte kopfschüttelnd. Die Frage war so plump und gleichzeitig genau das, was sie hören wollte. »Vielleicht ... Und nun fahr schon! Ich muss das alles zuerst verarbeiten.«

»Ich wollte mich nur vergewissern«, erwiderte er feixend und fuhr los.

Epilog

Justine hatte keinen Plan und auch kein bestimmtes Ziel vor Augen.

Sie ließ sich einfach eine Weile treiben und vertraute darauf, dass sie sich richtig entschieden hatte.

Das Leben war keine Sackgasse, sondern vielmehr eine Chance voller Möglichkeiten.

Die Wahrheit über ihre Mutter hatte ihr die Augen geöffnet und ihr gezeigt, dass es auch außerhalb der Bauunternehmung ihrer Familie Wege gab und sie ihr Leben selbst in der Hand hatte.

Zuvor hatte sie ihre ganze Energie auf ein einziges Ziel gesetzt und sich dann doch immer nur im Kreis gedreht, weil sie den Peak nicht erreichen konnte.

Sie bewunderte Vince für seine Zielstrebigkeit und seinen Erfolg. Trotzdem wollte sie mehr vom Leben haben, als nur dieses eine Ziel zu verfolgen.

Gelegentlich zweifelte sie an ihrer Entscheidung. Aber das hielt sie nicht davon ab, auch weiterhin ihr Leben frei zu gestalten.

Die Rückkehr an diesen wunderschönen, magischen Ort war ein mutiger Schritt. Ein Schritt, den sie nicht bereute.

Anmerkung und Dank

Wellen, insbesondere große Wellen, haben mich schon immer fasziniert. Früher habe ich mich oft gefragt, woher die Wellen kommen und warum sie sich auf einmal an der Küste brechen. Spätestens seit meiner Arbeit an meinem Roman und weil ich mich ein paar Mal selbst mit meinem Surfbrett in die Fluten geworfen habe, weiß ich es. Oder zumindest ein bisschen besser.

Ich danke Roger, (ich hoffe, ich habe seinen Namen richtig in Erinnerung), einem Mitarbeiter aus dem National Surfing Museum in Torquay, für das sympathische Gespräch. Sowie all den Locals, die ich spontan angesprochen habe, die sich meinen Fragen aufmerksam stellten, auch wenn meine Englischkenntnisse noch etwas holprig sind.

Dasselbe gilt auch für die beiden hilfsbereiten Mitarbeiterinnen aus dem Bookshop von Torquay und Margaret River. Danke!

Ein weiteres Dankeschön geht an meinen Autorenkollegen Markus Kleinknecht. Danke, dass du mein Manuskript vorab gelesen und mir wertvolle Tipps gegeben hast. Ich bin überzeugt, dass ›Solange sich die Wellen brechen‹ erst durch deine Unterstützung zu dem Roman reifen konnte, der er heute ist.

Schreiben erfordert Ausdauer und nimmt viel Zeit in Anspruch. Ich habe wirklich großes Glück, dass ich damals vor gut einundzwanzig Jahren Mr Right begegnet bin. Danke Jan, für deine Unterstützung und all die kleinen Abenteuer, die wir noch gemeinsam erleben werden.

Ich bin gerne an deiner Seite … nur damit du das weißt!